Der Zauberspiegel des Eros

ein Roman von

Paul Riedel

www.paul-riedel.de

©Paul Riedel, München 2017

Printed in Germany

Umschlag: © Paul Riedel, München 2017

Lektorat: Michael von Sehlen

Erste Auflage 2017

Zweite Auflage 2018

Bibliografische Information der Deutschen Nationalbibliothek: Die Deutsche Nationalbibliothek verzeichnet diese Publikation in der Deutschen Nationalbibliografie; detaillierte bibliografische Daten sind im Internet über dnb.dnb.de abrufbar.

© 2018 Paul Riedel

Herstellung und Verlag

BoD – Books on Demand, Norderstedt

Paul Riedel

Geboren am 27. Mai 1960 in der brasilianischen Stadt Sao Paulo als Paulo Sergio Riedel, nutzt er den Namen seines Urgroßvaters als Künstlernamen.

Er beendete 2010 eine erfolgreiche Karriere in der IT- und Datenbanken-Branche und widmet sich seitdem seiner bildenden Kunst und Literatur.

Zwischen 2007 und 2011 absolvierte er eine Ausbildung als Psychotherapeut nach dem Heilpraktikergesetz, die seine Kenntnisse von der menschlichen Psyche vertieft hat.

Seine Muttersprache Portugiesisch prägt seine Romane durch ihren reichen Wortschatz, genau wie sein Interesse für die Antike mit ihrem Reichtum an literarischen Formen seinen Stil beeinflusst.

Vorwort

Die Beobachtungsgabe ist ein hohes Gut des Menschen, das mit von vielen Generationen tradierten philosophischen Überlegungen zu einer besonderen Kunst gewachsen ist. Auch die psychische Evaluierung von Aktionen und Reaktionen gibt uns in unserer Geschichte weitere Informationen, die wir weder durch eine Schreibfeder vor Augen noch von einem Mund gesprochen zu Ohren bekommen haben, deren Entwicklung wir jedoch kaum übersehen können.

Wir sind in unserer Beobachtungsfähigkeit stets besser geworden. Mit einem naiven Tratsch angefangen, sind wir zu Experten der Psyche ausgereift und kommen an Grenzen, die wir vorher nicht erahnt haben.

Alle diese Informationen, die wir sammeln, können uns helfen, Situationen des Alltags zu verstehen und unser Handeln besser zu gestalten oder zu begründen.

Jedoch die stets wachsende Informationsflut durch Medien und die virtuelle Welt nehmen uns die Zeit für eine Verfeinerung und Filterung der Informationen weg, die wir bekommen. Im Ergebnis stehen wir irgendwann vor einem Berg von Informationen, ohne zu wissen, welche Handlung von uns erwartet wird. Diese Ohnmacht kann sogar unsere Entwicklung zum Stillstand zwingen, als wären wir vor Angst vor einem unbezwingbareren Moloch erstarrt, vor dem, was wir als unsere Errungenschaft bezeichnen.

Dies als Ergebnis einer Evolutionsstrategie zu bewerten, wäre eine rein spekulative Annahme, für die nie eine Grundlage oder Beweismöglichkeit existieren wird. Aber diese Machtlosigkeit konfrontiert uns mit der Tatsache, dass Technologie in der Informationsflut uns dazu gebracht hat, vor einem unsichtbaren Feind zu kapitulieren, dessen Mutter und Vater wir gleichermaßen sind, wie einst Eros, der Urgott der begehrlichen Liebe.

Wir sehen und fühlen die Konsequenzen, wir sind uns dieses Kampfes bewusst, aber vor allem wissen wir eins: dass der größte Feind, den wir nicht bezwingen können, unser eigenes Spiegelbild ist.

1

Die Sonne schien angenehm auf den Park herunter und nicht einmal eine schwache Brise war an jenen Tag zu spüren. Die Wärme, die von einem wolkenlosen Himmel strahlte, war gleichmäßig über die grüne Wiese verteilt. Egal ob im Schatten der Bäume oder in freier Sonne.

Aber die Stimmung des Hugo van Hülsen war grauer als ein Regentag. Sie war grauer als seine grauen Haare, die seine fast sechzig Lebensjahre zierten.

Zuerst erfuhr er, dass sein Arbeitgeber in Rente geht, und dann, dass dessen verzogener Sohn die Leitung des

Verlags übernehmen sollte. Diese schicksalsverändernden Ereignisse wären nicht wichtig, wenn es nicht bedeuten würde, dass seine Abteilung aufgelöst wäre.

Lucius Grünmantel, wie der Sohn des Geschäftsführers des Mayer Verlages hieß, sah das Lektorat nur als Kostenposten und so verkündete er in der Sitzung an jenem Morgen, dass die Abteilung zu einer externen Firma übertragen wird. Im Fachjargon bedeutete dies, dass wer dort noch eine Stelle hatte, würde in eine Frührente geschickt oder mit neuen Vertragskonditionen konfrontiert, denen man kaum zustimmen könnte. Da er noch nicht alt genug für eine Frührente war, sah er sich schon in der nächsten Schlange am Arbeitsamt um Hilfe bitten. Zu jung für eine Rente, doch zu alt, um sich woanders zu bewerben.

Hugo nahm auf einer Bank im Park Platz und öffnete die Packung mit seinem Pausenbrot. Doch sein Appetit hatte ihn verlassen und mit Gedanken an die kommenden Tage ohne Geld aß er nun doch sein gekauftes Brot.

‚Mist', fluchte er innerlich.

Eine blonde, leicht mollige Frau bewegte sich in seine Richtung. Der Kleidung nach zu urteilen müsste sie joggen, dachte Hugo bei sich. Unbeholfen und fast mitleiderregend hob sie ihre Füße vom Boden und hievte ihre Hüften in eine flottere Gangart.

Sie lächelte ihn kokett an. Doch er erwiderte das Lächeln nicht. Er war selten kommunikativ und er war seit mindestens zehn Jahren nicht mehr gewohnt, dass Frauen sich für ihn interessierten.

Nachdem er das Brot aufgegessen hatte, knüllte er die Brötchentüte zusammen und warf sie in den nahebei stehenden Papierkorb. Die blonde Frau, die zum zweiten Mal an ihm vorbeirannte, schrie: „Zwei Punkte!", und winkte ihm zu.

Es war offensichtlich, dass sie sich für ihn interessierte, aber in einer so miesen Stimmung war er mit Sicherheit an diesem Tag kein guter Gesprächspartner. Er wusste auch nicht mehr, wie er sich bei einem Date verhalten sollte. Er war etwas verlegen und wollte seinen Kummer woanders abklingen lassen. Eventuell in einer Bar, wo er sich bis zur Besinnungslosigkeit besaufen könnte.

Als sie zum dritten Mal an ihm vorbeirannte, wollte er nicht länger den Miesepeter spielen.

„Fleißig, fleißig", gab er freundlich an und beobachtete die leidvollen Bemühungen der Frau.

„Man tut, was man kann. Ich bin wieder auf Diät", beichtete die blonde, kurvige Venus, während sie auf der Stelle lief.

„Sorry, ich bin heute etwas mürrisch. Ich werde bald auf Jobsuche sein müssen", brach es aus Hugo heraus, als wollte er sich von einem großen Druck befreien. Es war so traurig für ihn, solch einen Schluss erleben zu müssen, nachdem er dem Verlag doch so lange treu gewesen war.

„Ich hatte nie einen Job, in dem ich länger als sechs Monate gearbeitet habe. Daher kann ich mit Kündigungen bestens umgehen." Sie lud sich selbst ein, neben Hugo zu sitzen.

„Ich heiße Margareth. Mit Betonung auf ‚heiße'". Sie fächerte sich mit ihrer kleinen Hand Luft zu und lachte fröhlich und unbeschwert.

„Hallo ‚heiße' Margareth, ich bin Hugo. Mit Betonung auf verzweifelt und bald arbeitslos." Er war sich bewusst, dass er nicht so charmant war, wie es Margareth sicher erhofft hatte. Doch entschied er sich, weiter eine Weile sitzen zu bleiben.

„Was machst du?"

„Ich bin Lektor und Redakteur beim Mayer Verlag."

„Kenne ich. War auch mal in einem Verlag beschäftigt. Schließt der Verlag?"

„Nein. Wir haben uns von dem alten Besitzer verabschiedet und ab heute ist sein Sohn der neue Chef. Meine Abteilung wird nicht mehr gebraucht, haben wir heute erfahren. Meine ältesten Kollegen haben bereits einen neuen Vertrag bekommen und was ich bekommen werde, kann ich mir kaum vorstellen."

Margareth hörte ihm mit Interesse zu, wusste aber nicht seine Verzweiflung nachzuvollziehen.

„Du hast, wie ich annehme, Erfahrung, das kann auf der Suche nach einem Job behilflich sein."

„Wohl kaum. Ich bin zu alt für diesen Markt. Wer über vierzig ist, hat schlechte Karten. Aber immerhin darf ich mit einem der von mir Betreuten angeben. Ich betreue Eros Petrocelli."

Das war der einzige wichtige Mandant des Verlages und wenn das Lektorat aufgelöst würde, käme er in die Obhut eines Account-Managers, der bestimmt viel weniger verdiente.

„Du malst aber schwarz. Wenn deinen Klienten der Eros Petrocelli Schwarm der Nacht und Nächte ist, dann kann der Verlag sich nicht so einfach von dir verabschieden."

Eros war ein Sänger, der, als der Abstieg seines Bühnenerfolgs begann, seine Begabung als Schriftsteller entdeckt hatte.

„Sicherlich nicht so leicht, aber wenn ich nicht einen ganz tollen Einfall habe, kann meine Arbeit von einem Anfänger übernommen werden und ich darf mir eine Seniorenbeschäftigung suchen."

„Ich habe bereits zwei seiner Bücher gelesen. Ich liebe erotische Romane. Nichts für eine züchtige Dame", sagte Margareth etwas kokett.

„Ich denke, er schreibt eher pornografisch, aber man könnte es auch so nennen. Alle beiden Romane wurden von mir lektoriert. Der dritte auch, kam vor zwei Monaten heraus."

„Oh mein Gott. Das ist fabelhaft. Den dritten Roman habe ich noch auf meiner Einkaufsliste."

„Ich hätte lieber einen gebildeten Schriftsteller, aber er ist berühmt und das reicht dem Verlag für seine Zwecke. Sie würden sogar Biografien von Minderjährigen publizieren, Hauptsache, es wird gut vermarktet."

Beide lachten miteinander und Margareth war schließlich siegreich mit ihrer Annäherung und brachte Hugo dazu, sie zu einem Abendessen einzuladen.

„Wohnst du hier in der Nähe?", wollte sie erfahren.

„Nein. Ich wohne im Osten der Stadt."

„Ah. Das ist aber was ganz anderes. Dass jemand von ferne hier zu Besuch kommt."

„Der Verlag hat hier in Richtung Germering seinen Sitz. Wollen wir unsern Kummer bei einem Abendessen austauschen?", fragte Hugo überflüssigerweise.

2

Die Uhr an der Wand tickte regelmäßig und ein glänzender Bronzekegel tanzte im Rhythmus der geschlagenen Sekunden monoton unter ihr. Das Sonnenlicht des Nachmittags, das den Raum durch das vordere Fenster erhellte, begann sich langsam zu verabschieden.

Hugo van Hülsen spürte, wie der Induktionsstrom seines Displays seinem Zeigefinger zusetzte, und überlegte, ob er eine Pause einlegen oder lieber wieder einen Papierausdruck lesen sollte. Aber das Lesen machte ihm Spaß und er las gerade so vertieft, dass er lieber das Kribbeln an seinen Zeigefinger ignorierte, bevor er die Umwelt mit weiterem Papiermüll verletzen wollte.

Früher hätte er das ganze Manuskript ausgedruckt und die zahlreichen Erzählungen, die er per Post bekam, Blatt für Blatt durchgesehen. Aber mit Rücksicht auf den schwindenden Urwald hatte er sich vor einigen Jahren entschieden, seine Lesezeit nur noch elektronisch gestützt zu gestalten.

Das Ticken der Uhr an der inneren Wand des Wohnzimmers nahm er meistens nicht bewusst wahr, aber an jenem Tag waren seine Nerven etwas gespannter als sonst und es schien ihm, als wäre dieses Geräusch besonders laut. Da er nicht das Lesen unterbrechen wollte, schaltete er mit seiner freien linken Hand mit der Fernbedienung das Radio und dann eine an seinem Lesegerät angebrachte USB-Leselampe an.

Seit zwei Jahren arbeitete er nun schon von zu Hause aus und versuchte das Beste aus seiner unfreiwilligen

Karriereveränderung zu machen. Er konnte im Home-Office wenigstens Musik hören und sich mehr um seine Bedürfnisse kümmern.

Bachs Sonata Nummer 5 in F Minor plätscherte zart aus dem Lautsprecher und überdeckte das monotone Ticken der Uhr und machte Platz für die angenehme Melodie. Hip-Hop oder andere modernere musikalische Ausrichtungen, die er ebenfalls mochte, forderten zu viel Aufmerksamkeit und würden ihn von der Lektüre ablenken, daher ließ er weiter die sanften klassischen Stücke im Radio laufen.

Die feuchte Luft blies durch das offene Fenster und ließ ihre Elfenbeinhaut erschaudern. Düster schwebten die Gardinen mit dem Wind und reflektierten das spärliche Licht der Nacht. Während sich ihre Haare mit der Gänsehaut aufrichteten, blickte sie auf einen Schatten in der nächtlichen Dunkelheit, der sich draußen schnell bewegte.

Sie hätte am liebsten um Hilfe gerufen, jedoch wusste sie, dass im Umkreis des Anwesens nur Eulen oder Raben ihre Schreie hören würden und keiner sonst in der Lage wäre, ihr zu helfen.

Angst konfrontierte sie mit Symptomen, die sie bis dahin kaum gekannt hatte. Ihr Herz pochte stärker als sonst und ein leichter Adrenalinschub brachte sie einer Ohnmacht nahe.

Sie hob ihre Hand zum Griff und zog das offene Fenster zu und verriegelte es in der Hoffnung, dass der Schatten, der sich draußen bewegte, aufgeben und sie in Ruhe lassen würde.

Ein stummer Blitz erhellte den dunklen Himmel der Nacht und die trockenen Blätter des Kastanienbaums flogen in Scharen nach links und hinterließen den kahl werdenden Baum, der nun einem greisen Waldschrat ähnelte. Sie zählte bis acht, bis ein Ton aus dem Donner zu hören war. Noch war der Regen weit weg von ihrem Haus, aber bald würde sie der Sturm erreichen.

Die Anzeige auf Hugos Pad verblasste und ein Batteriezeichen zeigte, dass der Strom restlos verbraucht war, und jetzt musste er das Lesen für einen Moment aufgeben, da er das Gerät nachladen musste. Trotz mehrmaligen Fluchens blieb das aufsässige Gerät dabei, mehr Strom zu fordern.

Hugo las zum wiederholten Male ‚Der Zauberspiegel‘ seines Schützlings Eros Petrocelli. Das Werk war noch weit von der Herausgabe entfernt und er wollte vor allem den minderwertigen Wortschatz des Jungen in seinem voraussichtlich letzten Projekt beim Mayer Verlag etwas verbessern.

Eros Petrocelli, der Autor, war außer in der Musik auch einmal als Fernsehstarlet in einer Live-Soap zu sehen. Eros sah gut aus und wusste seinen Charme vor der Kamera einzusetzen. Sogar als man herausfand, dass er seine intimen Momente lieber mit Männern teilte, waren alle seine weiblichen Fans von seinen gebastelten Erklärungen vor den Kameras betört. Eros brachte es sogar fertig zu erklären, dass seine Homosexualität ihn vom Sex fernhielt, woran viele seiner Fans nach ergreifenden Ohnmachtsanfällen vor der Kamera fest glaubten.

Nach zwei Jahren Zusammenarbeit war es Hugo bereits gelungen, einiges an seiner Wortwahl zu verbessern, aber hin und wieder ließ sich Eros als Schriftsteller, der er nach seiner mäßig erfolgreichen Fernsehkarriere geworden war, in seinen Texten von billigen Romanen inspirieren.

Hugo stand auf, während das nächste Lied im Radio ertönte. Er konnte es nicht ganz einordnen, aber er nahm an, es sollte der Komponist Franz Liszt aus dem XIX. Jahrhundert sein. Die langsam aufbauenden Töne waren gut aufeinander abgestimmt und während sich im Hintergrund eine Violine um Aufmerksamkeit bemühte, musste sich Hugo unter den Tisch bücken und das verlorene Stromkabel des Pads suchen.

Als die Violine sich etwas mehr in der Melodie durchsetzte und das aufdringliche Piano endlich seinen Platz im Hintergrund fand, steckte er das Stromkabel in sein Pad, das dankbar die Auflade-LED leuchten ließ. Mit einem Klick wurde die Leselampe ausgeschaltet.

Hugo ließ das Pad auf dem Schreibtisch aus Holz liegen, nahm kurz auf seinem Lesesessel Platz und deckte sich mit einer Sofadecke zu. Seine Füße froren und trotz des wunderbaren Nachmittags, der sich draußen verabschiedete, war er so sehr in die Stimmung des Romans eingetaucht, dass er immer noch die dort beschriebene feuchte Kälte spürte.

Sein Ingwertee war bereits kalt geworden und ihm war klar, dass mit der verlorenen Wärme auch der wohltuende Geschmack entschwunden war. So ließ er die kalte Tasse noch eine Weile auf dem Tisch stehen und überlegte, was ihm an der zuvor gelesenen Szene nicht gefiel.

Er erinnerte sich an den ersten Roman von Eros, dessen Lektorat er damals innehatte, in dem verschiedene Beschreibungen mit erotischen Passagen der derbsten Form geschmückt waren. Nicht selten musste er Sätze wegstreichen, wie *Ihre bebenden Pudding-Brüste* oder *Ihr Verlangen kroch über ihre langen Beine in ihre geheimnisvolle Orchidee*. Dabei ergriff ihn immer noch ein leichtes Entsetzen und er verzog angewidert seine Mundwinkel.

Er musste zugeben, dass Eros gelehrig und innovativer war als alle anderen der von ihm im Verlag Betreuten, aber ihm fehlten immer noch gewisse Ausdrucksweisen. Zum Teil war das durch sein Alter und seinen explosiven Hormonhaushalt motiviert, aber Hugo hatte wenig Geduld und Verständnis für solche billigen Sätze. Aber trotz aller Stolpersteine in ihrer Zusammenarbeit war Hugo mit dem erreichten Zustand in Eros' Entwicklung als Autor zufrieden.

Er brachte die Teetasse und das sonstige Geschirr auf einem Tablett zur Küche, als das Telefon im Flur Franz Liszts Melodie wie ein landendes UFO übertönte.

Schnell wurde das Tablett mit einem klirrenden Geräusch auf die Kommode in den Flur gelegt und Hugo nahm das Telefon ungeschickt ab. Eine Stimme sprach sofort und unaufhörlich, während der Apparat zu Boden rollte.

„Hast du wieder das Telefon fallen lassen?", hörte er die klagende Stimme sagen, während der Apparat mit einem dumpfen Geräusch auf den Parkettboden purzelte.

Als er endlich wieder greifen konnte, drückte er unbeabsichtigt den falschen Knopf, so dass er nicht weitersprechen konnte, da die Leitung bereits tot war.

Er legte den Apparat auf das Tablett, ging in Richtung Küche und wusste, dass Margareth, seine beste Freundin, bestimmt wieder anrufen würde.

Im Radio sprach die Stimme des Moderators einen unverständlichen Satz, den Hugo nicht mehr zuordnen konnte. Als er es als das norwegische Klassik-Radio erkannt hatte, erklang wieder das Telefon.

„Margareth, meine Liebe", begrüßte er sie, ohne darauf zu warten, dass sie sich meldete. Nach einer kurzen Pause klang ihr Name fast melodramatisch.

„Bis du hingefallen oder ist wieder das Telefon heruntergefallen?", fragte sie in einem fast investigativen Ton.

„Margareth, kümmere dich um deine Dinge. Ich war nur ungeschickt." Er wusste, dass sie ihm wieder indirekt Vorwürfe machen wollte, dass er eventuell am Tag zuvor zu viel Wein getrunken oder den Genuss der Schlaftabletten übertrieben hatte. Diese Gebetsmühle hörte er seit einigen Monaten von ihr und es schien, als hätte sie sich vorgenommen, in seinem Leben den freigewordenen Platz seiner Mutter zu übernehmen, die im Alter von achtundachtzig Jahren in einem Pflegeheim fast allein und dement verstorben war.

„Ich wollte nur kurz anrufen, weil du dich gestern so merkwürdig gemeldet hast, dass ich nicht wusste, ob du krank warst oder sonst was." Das ,Sonst was' wurde mit Nachdruck ausgesprochen, aber er überhörte es diskret.

„Nein, es geht mir gut", sagte er kurz angebunden und nach einer unmerklichen Überlegungspause.

„Hast du den Roman fertiggelesen?"

„Nein. Eros hat wieder Anflüge von billigen Romanen in seinen Texten und ich will das genauer prüfen. Ich komme mir manchmal so vor, als hätte ich einen Tag des Murmeltiers und müsste alles wieder von vorne machen. Eros ist zwar gut und seine Bücher verkaufen sich im Moment sehr gut, aber er ist jung und will zu viel in zu kurzer Zeit erreichen. Sein aktueller Roman ist schlicht gesagt billig geschrieben. Ich werde mindestens noch zwanzig Tage daran arbeiten müssen, um die Klischees durch qualitativ ansprechende Sprachelemente zu ersetzen."

„Ach, du Armer", sprach Margareth leicht schmollend.

„Na ja. Das ist nun mal bei meiner Arbeit so."

„Lass dich nicht entmutigen. Deine Arbeit ist sehr wichtig für ihn. Wollen wir uns zum Abendessen treffen?"

Außer ihrer Rolle als Mutter schien sie auch entschieden zu haben, ihn irgendwann zu ihrem Ehemann küren zu wollen.

„Heute nicht. Ich will das zu Ende bearbeiten und möglichst früh ins Bett gehen. Mein Kopf macht mir momentan zu schaffen."

„Ach, das ist Männerjammern, oder? Wir haben Frühling und der Pollenflug ist wieder da. Jammer nicht so. Das ist ja fürchterlich."

Er fühlte sich, als würde sein Gehirn in Watte verwandelt und über seinen Schädel hinauswachsen. Es war wirklich ein typisches Pollenflugsymptom, dachte er.

„Klar", fügte er sich Margareths Aufklärung, fühlte sich aber dennoch als Opfer.

Beinahe hätte Hugo ‚Klar, Mutter' gesagt, aber das sprach er mit Rücksicht auf die gute Beziehung lieber nicht aus.

„Du rufst nie an – wenn ich dich nicht anrufe, höre ich nichts von dir."

„Ich bin im Stress."

„Ich brauche auch etwas Aufmerksamkeit."

„Klar, Margareth. Ich werde mich öfters melden. Ich muss sowieso irgendwann in Urlaub gehen. Die Arbeit setzt mir ziemlich zu."

„Rufst du mich an, wenn du mit dem Buch fertig bist? Ich würde es auch gerne vor der Herausgabe lesen."

„Ja."

„Ich bin neugierig, wie das weitergeht. Eros hat einen interessanten Stil und durch deine Arbeit ist er viel interessanter geworden." Der zweite Teil des Satzes hörte sich nachgeschoben an, aber er wollte nicht undankbar sein und grunzte bejahend.

„Ich rufe dich Morgen an, ja?"

„Sicher, Hugo. Mach's gut."

Sie legte auf und er überlegte, was er gerade hatte tun wollen, und schaute sich um. Als er das Tablett mit dem Geschirr auf dem Tisch sah, fiel es ihm wieder ein und so ging er damit zur Spülmaschine. Aus dem Wohnzimmer hörte er, wie das klassische Radio vor sich hin tönte.

Während er das Geschirr hineinplatzierte, fiel ihm ein, dass etwas an dem Text nachgebessert werden musste, aber wegen des Stromausfalls fand er sie Stelle nicht mehr.

Zurück im Arbeitszimmer hörte er, wie der norwegische Moderator etwas plapperte, was er wieder nicht verstand, aber es musste etwas über Cosima de Flavigny, die Tochter von Franz Liszt, gewesen sein. Er tippte auf die Kurzwahltaste der Fernbedienung und das Radio wechselte zu einem anderen Sender.

Die Stimme der britischen Sängerin Shirley Bassey erklomm gerade Höhen und muntert ihn etwas auf. Er drückte auf das Fernsehen, wo das Video zum Sender lief und die düsteren Figuren von *Get the Party started* schwebten in Schwarz gekleidet über den Boden und brachten ihm etwas von Hemingway in Erinnerung. Er holte sein Tablet, das noch am Stromkabel hing, und blätterte im Roman zu der Stelle, wo er unterbrochen worden war. Er ging rhythmisch, zum Gesang der Meisterin tänzelnd, zum Sessel, während der Beat der Musik die von Bildern eingerahmten und modische Fächer und Hüte tragenden, sich elegant-lasziv bewegenden Models begleitete. Diese Bilder belasteten Hugos Aufmerksamkeit so, dass er das Video ausschaltete und weiter *Where do I begin*? hörte.

Liane spürte die Angst, die in ihr aufstieg, und schloss die Gardinen vor dem Fenster. Sie wollte telefonieren und um Hilfe bitten, aber wer sollte ihr helfen, wenn sie die Bedrohung nicht erkennen oder gar beschreiben konnte?

Eine Tür öffnete sich.

Sie hörte, wie Schritte sich in der Küche bewegten, und das Schlurfen ließ vermuten, dass der Mensch oder das Wesen, das sich bereits im Haus befand, groß und schwer war.

Der Duft von gärendem Moos drängte sich in ihre Nase und das Schlurfen war nahe der Schwelle zum Wohnzimmer zu hören.

„Wer ist da?", fragte sie in den Raum. „Zeigen Sie sich!"

Auf ihre Aufforderung kam keine Antwort, aber die Geräusche waren nun deutlicher zu hören. Als würde dieses Wesen absichtlich die Dunkelheit herbeirufen, erlosch im ganzen Haus das Licht.

Draußen funkelten ferne Blitze am Himmel und warfen die schattigen Konturen des kahlen Kastanienbaums an die geschlossenen Gardinen. Diesmal konnte sie zwischen den Blitzen und dem Dröhnen des Donners kaum bis drei zählen.

„Schaue in den Spiegel", forderte sie eine gutturale Stimme auf und brach so das im Raum herrschende Schweigen.

„Hilfe", kam gequält durch ihre Stimmbänder, während ihr der in ihrem Mund aufsteigende Speichel die Sprache erstickte.

Panik stieg Liane zu Kopf und sie verlor kurz ihr Bewusstsein, während ihr Körper langsam zu Boden sank. Ihr Unterleib fühlte sich an, als würden dort tausend Teufel mit brennenden Hufen einen unheilvollen Tanz vollführen.

Sie blieb noch für eine kurze Weile bei Bewusstsein und spürte, wie lange krallenartige Finger sich in ihren Körper hineinbohrten und der Schmerz sie hin und wieder zum Aufwachen brachte.

Ihre Kräfte hatten sie verlassen und sie konnte sich nur wünschen, dieser grausame Moment würde bald mit ihrem Tod enden. Schuldgefühle übermannten sie und sie akzeptierte diese Tortur als Urteil.

Eine breite Hand schlug ihre Wangen und forderte sie auf aufzuwachen.

Sie wäre lieber schnell über die Schwelle des Todes hinübergetreten, aber dieses unheimliche Wesen schien nach ihren Todesqualen zu gieren.

Sie wollte schreien, in der Hoffnung, sie könnte sich damit befreien, aber es war vergebens. Aus ihrem Hals kam keine Stimme, die die Mauern der Angst hätte überwinden können.

Wie ihr danach geschah, erlebte sie nicht mehr, da es ihrem Geist in einem Moment der Verzweiflung gelang, sich von diesem Tortur zu befreien.

Blut floss über das Geranienmuster des Teppichs und umrandete ihren Körper mit einem rubinfarbenen Schimmer.

Am nächsten Tag lag ihr Körper nackt auf dem Boden der schlecht eingerichteten Wohnung und der Gestank von Urin schwängerte die Luft. Ihre Kleider waren wild von ihrem leblosen Körper gerissen worden und bildeten nun einen Kranz um sie.

Lianes weiße Haut bekam einen bläulichen Glanz und ihre Haare waren um ihren Kopf ausgebreitet, als wären sie für diesen Moment frisiert worden.

Diese Szene des Schreckens blieb jedoch für zwei Tagen ohne Betrachter und so wölbte sich ihr Bauch.

‚Igitt!', hörte Hugo seine eigenen Gedanken, als hätte er dies selbst ausgesprochen.

Er markierte diverse Stellen mit dem Finger und holte die Funktastatur, um einige Kommentare in den Text einzugeben. „Blumentopf gießen, Blumentopf gießen, Blumentopf gießen", beschwor er dreimal hintereinander. Er sprach es, um das Ekelgefühl, das der letzte Satz ausgelöst hatte, loszuwerden.

Er schrieb fast eine halbe Stunde, wie Eros diese Szene stilistisch verbessern sollte, und gab einen Hinweis, dass der Spiegel in der Szene zu kurz kam, da er eine Schlüsselrolle im Ablauf der Geschichte hatte.

Zufrieden mit seinen Leistungen fügte er dies in eine E-Mail ein und drückte den Sendeknopf. Eine Sanduhr drehte mehrere Purzelbäume und er entschied, dem Computer die weitere Arbeit zu überlassen.

Das Telefon vom Flur, das er in die Küche mitgenommen hatte, konnte er vom Wohnzimmer aus blinken sehen und es zeigte damit, dass das Funksignal funktionierte. Er war sich sicher, das Telefon nicht in die Gabel gelegt zu haben, aber Margareth hatte so viel geredet, dass er dachte, es getan zu haben, ohne es zu merken.

Er schaltete das Radio aus und bereitete sich vor, die Nachrichten des Abends im Fernsehen zu genießen.

3

„Ich gebe irgendwann auf", beklagte sich Eros mit starrem Blick auf den Computermonitor. Die Tastatur knallte auf den Arbeitstisch und klang so, als würden alle Tasten abspringen.

Sein Partner Francis schreckte in der nebenliegenden Küche zusammen und ließ beinahe die Glasschüssel seiner Mutter fallen, die er gerade aus dem Ofen holte.

„Was ist denn schon wieder? Ich bin am Backen und hasse es, wenn du solche Ausbrüche vor dich hin laberst und mich dabei störst." Francis' Stimme tönte klagend aus der Küche und wie es sich anhörte, musste sein Kopf wohl im Ofen sein.

„Rede in meine Richtung, sonst verstehe ich dich nicht." Eros war ein typisches Muttersöhnchen und erwartete gerne, dass jeder sich nach ihm richtete. Seine lockigen italienischen Haare erinnerten an den Jungen auf dem Gemälde „Der Lautenspieler von Caravaggio".

Francis kam, seine Hände mit einem Küchentuch abtrocknend, ins Arbeitszimmer und blickte verständnisvoll zu seinem Partner hin. Sein karibischer Teint war etwas vom Winter verblasst, aber seine unverkennbare tropische Art ließ ihn immer wieder aufs Neue wie der Strandjunge erscheinen, den Eros unter der Sonne von Martinique kennengelernt hatte.

„Was ist denn schon wieder? Was fluchst du vor dich hin?"

Eros hatte seinen Kopf auf die verschränkten Arme gelegt und mit gesenktem Kopf zeigte er mit der rechten Hand auf den Monitor und tat so, als würde er weinen.

„Was denn?", fragte Francis leicht nervös, während er mit dem Küchentuch die Mehlreste von seiner Hand abrubbelte.

„Mein Lektor hindert mich weiterhin, den Roman so herauszugeben. Er meint, dass die erotischen Beschreibungen zu anzüglich seien und die Gewaltszenen zu blutig." Er warf sich nach hinten gegen die Stuhllehne und sprach betont langsam: „Mein Name ist Eros."

Mit dem Hinweis auf seinen Namen wollte er seine Verpflichtung betonen, körperlicher Liebe und Zorn Ausdruck zu verleihen, wie es sein Namensvater, der Gott Eros, Erzeuger der Götter, auch getan hatte.

„Mein lieber Schatz. Du heißt zwar Eros, aber du bist nicht die Wiedergeburt eines Gottes und die Nacht hat dich nicht in einem Ei gezeugt. Höre auf ihn. Er ist lange in diesem Geschäft. Er ist vor allem ziemlich teuer und der Verlag ist großzügig, diese Kosten für dich zu übernehmen. Kneife die Arschbacken zusammen und lerne von ihm. Zugegeben, das Projekt sollte sechs Monate dauern und wir sind beinah bei zwei Jahren, aber doch nun fast am Ende. Reiß dich zusammen." Hier sprach die reine Vernunft aus Francis, der nebenbei auf den Ofen aufpasste. Francis bewegte sich zur Küche und hörte nur nebenbei dem Jammern seines Partners zu.

„Aber er ist alt und er versteht nicht, was die Frauen lesen wollen. Ich bin sicher, dass es das letzte Mal, als er Sex gehabt hat, in der Sahara geregnet hat."

In der Küche mischte sich ein kreischender Lacher mit dem Geräusch zweier fallender Backformen.

„Was?", Francis trat an die Türschwelle, gab sich theatralisch und fasste sich mit der rechten Hand lasziv an seine Brust.

„Du Schwester vom Dienst verstehst, was Frauen wollen?", kritisierte Francis weiter.

Eros schmollte und tat so, als hätte er den Seitenhieb nicht verstanden.

„Dein Lektor ist etwas älter als du, sagen wir zwanzig Jahre, und wäre er kein Hetero, würde ich dich sofort an deine Mutter zurückgeben und mich bei ihm anbiedern." Francis bewegte das Küchentuch um sich herum, als wäre es ein Tanzschleier, und bewegte sich tanzend wie eine arabische Bauchtänzerin. „Nur weil du einige Drinks mit den Weibern im Lillos trinkst und einige perverse Gespräche mit ihnen führst, bist du noch lange kein Hetero und in Hinblick auf die körperliche Liebe et cetera solltest du auf ein Väterchen hören. Ich glaube, er hat mehr Mumuhs gesehen als du und er weiß etwas mehr über Frauen als du. Da bin ich mir sehr sicher."

Eros musste zugeben, dass ihm bisher alle Kritiken seines Lektors wirklich geholfen hatten, ihn von einem angehenden Rapper ohne Zukunft zu Eros, dem Schriftsteller der Jugend, zu machen.

„Aber er überliest das Dichterische an den Aphorismen", verteidigte sich Eros.

„Tut er nicht und nur, weil du einige einfache Reime wie Kuh zu Muh, oder Himmel zu Pimmel beherrschst, bist du bei weitem kein Dichter. Und bitte: Ein Rapper ist kein Kulturträger. Bis auf Fußpilze und sonstige Parasiten, die die meisten mit sich auf die Partys tragen, finde ich in diesem Milieu keine nennenswerte Kultur."

„Huhmmmpf", war von dem beleidigten Eros zu hören, dazu nervöses Klappern auf der Computertastatur.

„Und ich und mein Leib sind die lebenden Beweise, dass du sehr wenig von Frauengenitalien verstehst." Francis zog sein T-Shirt hoch und zeigte zum Beweis seinen nackten Bauch.

„Nutte", konterte Eros.

„Du mich auch. Was hat er gemeckert?" Francis duftete nach Zimt und Nelken und das rührte nicht nur von den Backzutaten her, sondern auch von seiner eigenen Deomischung.

„Er meint, dass der Spiegel nicht im Vordergrund der Szene ist, und so wie ich es verstanden habe, wollte er dem Gespräch vor Lianes Ermordung etwas mehr Inhalt geben."

Francis überlegte kurz und kam an Eros' Seite zum Computer und las die E-Mail selbst durch. Er scrollte sie einige Male hinauf und hinunter und holte das Manuskript auf den Desktop des Computers. Er schob Eros auf dem Stuhl nach hinten und setzte sich auf dessen Schoß.

„Auha. Du bist schwer", beklagte sich Eros.

„Und du bekommst gleich ein blaues Auge, wenn du so etwas noch einmal sagst." Francis war sich bewusst, dass er sich in der letzten Zeit etwas zu sehr an Köstlichkeiten gelabt hatte und ihm eine Diät nicht schlecht täte.

„Tja. Er hat Recht", urteilte Francis. „Wir hätten klären sollen, dass sie sterben sollte, weil sie ihre Nebenbuhlerin zum Selbstmord geführt hat und das Gesetz da nichts hätte ausrichten können." Francis las murmelnd den Text, auf der Suche nach dem Fehler. „Ja, und wir haben auch nicht über das Spiegelbild gesprochen. Gut. Wir müssen das nachbessern. Wir setzen nach der Aufforderung, sich im Spiegel anzublicken, eine Szene, in der Liane das Gesicht der sterbenden Andrea sieht, wie sich sie qualvoll vergiftete. Wir geben etwas von der sterbenden Julia von Shakespeare hinzu. Es ist zwar etwas kitschig, aber wird ihm bestimmt gefallen. Auch meiner Ansicht nach ist sie zu schnell gestorben. Das Biest müsste wirklich leiden. Wir legen etwas nach und lassen sie zweimal über den Teppich rollen." Francis dachte kurz nach. „Sie könnte kotzen. Das mögen die Kids. Ja, und neeh … an dem Erbrochenen zu ersticken, wäre zu plump. Belassen wir es dabei, aber Kotzen muss sein", beschloss Francis.

Eros schüttelte seinen Kopf, als würde er diese Haltung von Francis nicht verstehen.

„Ach ja? Jetzt kommst du mit sowas? Das fällt dir aber sehr spät ein, oder? Du kannst dich auch etwas mehr bemühen, sonst ist das Ganze deinetwegen im Verzug."

Francis merkte, dass Eros wieder einen Anfall von Selbstüberschätzung hatte, und machte sich wieder auf den Weg zur Küche. Er schnallte seine Flip-Flops mit einer besonders heftigen Geste zu, um damit indirekt Eros seine Empörung über den Vorwurf mitzuteilen.

Eros presste beide Hände auf seinen Mund und wollte sofort mit Entschuldigungen auf die Knien fallen und er überlegte, wie er das jetzt ausräumen sollte.

„Mann, sei nicht sauer", bat Eros, als er merkte, dass er sich eigentlich undankbar gegenüber Francis' Hilfe gezeigt hatte.

Francis hielt kurz am Ausgang des Arbeitszimmers inne und drehte sich um.

„Ich tippe deine Diktate gerne ein und nach Möglichkeit überhöre ich das Gefasel, das du diktierst, während ich etwas mehr Eleganz in den Text einbaue, aber ich bin nicht dein Sekretär." Francis verschwand durch den Türbogen in Richtung der Küche und vorsichtig, aber bestimmt, knallte er die Tür zur Küche zu.

Eros erschrak und ging Francis schuldbewusst nach. Er machte die Tür langsam auf und hoffte, Francis würde nicht eine Plastikschüssel nach ihm werfen. Da Francis nicht reagierte, ging Eros, sich seines Fehlverhaltens bewusst, besorgt auf Francis zu, während der hektisch die Spüle abputzte und absichtlich sein Gesicht von Eros abwandte.

Eros näherte sich langsam und während seine Hände Francis' Hüfte umfasste, drückte er seine behaarte Brust gegen Francis' Rücken und seine Nase an seinen Hals, der nach Gewürzen duftete. Beim Versuch, ihn zu küssen, wendete Francis sein Gesicht von ihm ab.

„Ich bin nicht dein Lakai", stieß Francis eingeschnappt hervor. Eros wusste nur zu gut, dass er in den drei Jahren, die sie bereits zusammenlebten, ohne Francis nicht einmal die erste Zeile korrekt geschrieben hätte.

„Nein, aber Versuchungen sollte man nachgeben. Wer weiß, ob sie wiederkommen!" Eros presste seine Männlichkeit einladend an Francis' Lenden heran.

„Billig. Mit Oscar-Wilde-Zitaten willst du mich jetzt beeindrucken?"

Jeden Tag schrieb Francis neue Zitate auf Lernkarten und half Eros damit, etwas mehr über Literatur zu lernen. Trotz des ganzen Erfolges litt Eros an einer schlechten Ausbildung und einer zu nachlässigen Erziehung von einer stets besoffenen Mutter.

„Warte. Ich habe noch eins", überlegte Eros weiter.

„Es ist besser, zu genießen und zu bereuen, als zu bereuen, dass man nicht genossen hat." Eros rieb dabei sein in der Zwischenzeit markant gewordenes Glied an Francis' Gesäß und versuchte etwas erotischer zu wirken.

„Huhmm. Mit Giovanni Boccaccio geht es besser, du lernst wirklich viel, aber ich glaube nicht, dass er das damit gemeint hat." Francis erregte Eros umso mehr, wenn er ihn für die gelernten Zitate mit Schmeicheleien belohnte.

Nach dem zweiten Trockenwischen der Spüle breitete Francis das Küchentuch glatt auf der Arbeitsfläche der Küche aus.

„Hast du Zeit, um diese Korrekturen zu machen? Bitte, bitte." Francis tat so, als würde er die Liebesküsse nicht gerne empfangen.

„Zieh dir eine Schürze an, hilf mir beim Putzen und dann machen wir die Korrekturen gemeinsam." Francis akzeptierte die Liebkosungen an seinem Hals als Zeichen der Dankbarkeit.

„Bao bao?", fragte Eros, während er Francis' Shorts mit beiden Händen am Bund griff. Mit Bao meinte Eros die Porno Cartoons, die sich beide gerne einmal anschauten.

Francis spürte, wie die Erregung in ihm wuchs, aber er war pflichtbewusster als Eros und achtete auf eine gewisse, wenn auch nicht penible Ordnung.

„Nach der Arbeit gerne, aber wir sind ziemlich hinterher mit deinem Roman und dein Lektor ist zu gut, um es sich mit ihm zu verscherzen. Pack deinen Schwanz wieder ein und hilf mir, das hier zu putzen, und nach der Korrektur reden wir über Bao bao."

„Bao bao", jammerte Eros.

Doch Francis' Entschlossenheit siegte schließlich, so dass Eros seine Hose wieder über sein sichtbar erregtes Genital zog und sich die Schürze umband.

4

„Wer ist da?", fragte Hugo, während er durch den leeren Raum blickte.

Er drehte sich um und sah die geschlossenen Gardinen vor dem Fenster und überlegte, wie er in diesen ungemütlich eingerichteten Raum gekommen war. Der Geruch von altem Moos stieg unangenehm in seine Nase und brachte ihn fast zum Niesen. Er spürte den Geruch und das Kribbeln, aber er konnte nicht niesen. Er vermisste im Moment Musik, weil er immer gerne Musik um sich hatte, aber diesmal war nur das ferne Flüstern der Winde zu hören.

Eine Tür im Nebenraum ging offensichtlich auf. Das leidige Knirschen der Scharniere war nicht zu überhören. Ein frischer Wind kam hindurch und kühlte seine Hoden. Er bemerkte verlegen, dass er keine Hosen anhatte. Selten stand er sonst irgendwo nackt, aber diese unvorhergesehene Situation hatte ihn überrascht. Wieso hatte er sich nicht angezogen, fragte er sich. Er stellte fest, dass er nur sein Pyjamahemd anhatte, aber die Hosen sah er nirgendwo im ganzen Raum.

Er hörte, wie sich im Nachbarraum jemand bewegte, und dessen Füße schienen über einen Linoleumboden zu schlurfen, anstatt zu gehen.

„Wer ist da?", fordert er den Unbekannten heraus. Er suchte nach einer Waffe, um sich zu verteidigen, aber seine Hände befassten sich überflüssigerweise mit seinen Genitalien, um sie in der Dunkelheit zu bedecken.

Wieder keine Antwort, nur ein noch stärkeres Rasseln war zu hören.

Lichter flackerten in der Ferne und die Helligkeit der Blitze schien durch die Gardinen hindurch. Eine Stimme quälte sich in den nächsten Raum und Hugo versuchte die aufsteigende Angst zu bekämpfen. Er zitterte am ganzen Körper und da verzichtete er auf alle Scham und griff mit beiden Händen einen Kerzenleuchter, der auf dem Nebentisch am Sofa stand, und ging wie ein kraftloser Kämpfer voran, der sich einem wütenden Bullen stellen muss.

„Schaue in den Spiegel", sprach eine tiefe Stimme.

„Aahhh!", schrie Hugo und wachte erschrocken auf. Sein Körper fühlte sich nass an. Sein Schrei endete in einem Hustenanfall, ausgelöst von einer übermäßigen Menge von Speichel in seinem Mund.

Er zitterte und als Erstes zog er die Bettdecke zur Seite und prüfte, ob er seine Hosen anhatte. Er griff in den Schritt und stellte fest, dass er vor Schweiß nass war. Beinah kam ihm der Gedanke, dass seine Blase sich ungewollt entleert hätte. Sei Herz pochte und er entschied sich aufzustehen.

„Himmel Arsch nochmal", sagte er zu sich selbst und schaltete das Licht an.

Offensichtlich begleitete ihn der Roman, den er gerade überarbeitete, in den Träumen. Er hatte die Rolle Lianes in der Todesnacht angenommen.

Hugo stand auf, ging ins Wohnzimmer und schaltete das Radio an. Es war für ihn eine Möglichkeit, sich etwas zu beruhigen. Seine Pyjamahose klebte an seinem durch den Alterungsprozess dünn gewordenen Gesäß und er versuchte sich von dem Stoff zu befreien, aber seine unsicheren Finger griffen ins Leere.

An seiner linken Stirnseite pochte es leicht und er fühlte sich, als würde er eine Erkältung bekommen. Da er wach zu sein schien, schaltete er seinen Computer an und während das System hochfuhr, ging er in der Küche. Etwas Tee würde ihn beruhigen, dachte er.

Er schaltete das Licht in der Küche an und kurz kämpften seine Augen mit der beißenden Helligkeit der Neonlichter. Der nasse Stoff seines Nachtanzugs klebte weiter an seiner Haut und bevor er weiter zur Spüle ging, entschloss er sich, sich umzuziehen.

Sein Herz schlug weiterhin etwas aufgeregter als sonst und hätte er nicht gewusst, dass er eine leicht hypochondrische Natur hatte, wäre er etwas besorgter gewesen.

Er schaute sich seine Schublade mit den ordentlich gefalteten Nachtanzügen an und entschied sich für das gestreifte Lila. Er zog sich aus und breitete den nassen Nachtanzug auf dem Wäschekorb aus geflochtenem Stroh aus und während er den neuen anzog, überlegte er, wie er wohl auf den Traum gekommen war.

Die Uhr auf seinem Nachttisch zeigte ein Uhr zwanzig. Bevor er wieder zur Küche ging, holte er ein Handtuch und fing an, seine spärlichen nassen Haare zu trocknen. Seine kräftigen Hände pressten das Tuch an seinen Kopf und er schlurfte mit nur halb angezogenen Hausschuhen los. Da seine Augen teilweise vom Handtuch bedeckt waren, konnte er die Schuhe nicht richtig anziehen. Dies kümmerte ihn nicht allzu sehr und erst als er endlich in der Küche war, schlupfte er ganz in seine Schuhe hinein.

‚Kamille, Ingwer, Baldrian', zählte er die verschiedenen Sorten Tee im Schrank auf, bevor er sich für eine Schlaftee-Mischung entschied. Er überlegte kurz, ob nicht Whisky schneller wirken würde, aber die Vorstellung von Vorwürfen am nächsten Morgen wegen zu viel Alkohols hielt ihn davon ab.

Das Wasser kochte und die Kanne tänzelte nach der Melodie des blubbernden Wassers. Der Schalter sprang zurück in die Aus-Stellung und annoncierte, dass der Tee aufgegossen werden durfte.

Hugo war mittlerweile ruhiger geworden, obwohl sein Kopf offensichtlich immer noch etwas unter dem angestiegenen Blutdruck litt.

Chopin meldete sich mit einer sanften Melodie, nachdem Hugo die Fernbedienung betätigt hatte.

Mit einem akkurat aufgegossenen Tee und einem steigenden Allegro aus dem Radio saß er dann vor seinem Computer und schrieb eine E-Mail an Eros.

Guten Morgen, Eros,

ich hoffe, es geht Dir gut. Es ist mir inzwischen eingefallen, was an der Szene gefehlt hat. Liane ist, oder besser gesagt war, eine sportliche Frau. Da in dem Zimmer, wo sie sich befand, auch die von Dir beschriebenen Bronzekerzen-leuchter von Ralph Pfeffer waren, wäre eigentlich bei der bisherigen Entschlossenheit, die wir von dieser Frau kennen, logisch, dass sie nicht wie eine zweitklassige Blondine aus einem Horrorfilm um Hilfe schreit, sondern, dass sie sich mit irgendetwas bewaffnet und dann im Kampf stirbt. Das ist dramatischer und erzeugt mehr Emotionen. Deine Beschreibung dieses Charakters zeichnete bisher eine starke, entschlossene Frau und das sollten wir beibehalten. Vor allem wollen wir keine Kinoklischees im Buch wiedergeben, oder?

Auf das von Dir angefragte Kotzritual bitte ich zu verzichten. Das kommt in fast jedem zweiten amerikanischen Film vor und man bekommt mittlerweile den Eindruck, als wären alle Frauen in solchen Filmen Wiederkäuer. Ein entschiedenes Nein zu diesem Vorschlag.

Die Kampfszene ist zu kurz und da stimme ich Dir zu, sie muss einige Male hin und her rollen etc., aber bitte keine John-Sinclair-Anzüglichkeiten, wie „Ihre Brüste sprangen aus dem seidenen Morgenrock", das haben wir bereits besprochen, denke ich. Wir wollen eine Verwandlung Deines Stils präsentieren und das geht nicht von selbst. Darum arbeite bitte nach diesen Vorgaben.

Ein Letztes: Das Detail des Kastanienbaums hat mich besonders beeindruckt und das wird den Leser und die Leserin bestimmt in Stimmung bringen.

Ich bin heute bis um vier im Verlag, falls Du mich suchst.

Grüße

Hugo van Hülsen

Hugo nahm das Handtuch von seinem Nacken herunter; denn seine Haare waren mittlerweile trocken. Da sogar seine Kopfschmerzen leicht nachließen, wollte er etwas Schlaf finden.

‚Zzzzzzhhmmm.' Der Computer verabschiedete sich nach einem Klick vom Radio, das auch zu einer Pause beordert wurde, und Hugo ging vom Wohnzimmer zum Flur und schaltete auf dem Weg dorthin die Lichter aus.

Er holte eine Schlaftablette aus seinem Beistelltisch am Bett und nahm sie mit dem restlichen Tee aus seiner Tasse.

Endlich spürte er etwas Entspannung, als die Tablette allmählich ihre Wirkung entfaltete. Der Duft von Baldrian und Verbenen aus der ausgetrunkenen Teetasse meldete sich an seiner Nase und er schlief wieder ein.

Gerne hätte er weiter von seinem Roman geträumt, da er nur im Schlaf die besten Einfälle hatte, aber die folgende Nacht war ereignislos und ruhig.

5

Eros schnarchte etwas leiser am Morgen. Aber wenn er vor dem Schlaf ein gewisses Maß Alkohol getrunken hatte, musste sein geliebter Francis einiges tun, um unter dem dröhnenden Schnarchen einschlafen zu können. Daher wachte Eros meistens früher und schuldbewusster als Francis auf. So war es auch an diesem Tag.

„Bist du wach?", flüsterte Eros mit vorgetäuschter Vorsicht an Francis Ohr, doch dieser blieb noch eine Weile regungslos.

Nachdem Francis zwei Küsse in seinem Nacken auch nicht aufmunterten, schmiegte Eros sich an Francis heran. Als sich die ersten Zeichen des Aufwachens zeigten, feierte Eros seinen Sieg.

„Soll ich dich aufwecken?" Eros fuhr auf Francis' Brust mit seinen Fingern von oben nach unten.

Da die Berührungen zu wenig Wirkung zeigten, flüsterte er mit einem verschwörerischen Unterton in sein Ohr:

„Ich habe keine Unterhosen an." Als Francis seine Augen langsam aufbekam, hob Eros die Augenbrauen zweimal hoch, als wäre er eine Comicfigur.

„Hol dir welche aus der Schublade links und lass mich schlafen." Francis deckte seinen Kopf mit der Bettdecke zu.

„Spüre einmal diesen fabelhaften Körper. Der Leib ist das Königreich des Herzens." Eros setzte seine Bemühungen fort, Francis aus dem Bett zu werfen.

„Lass das, ich bin zu müde für al-Ghazālī. Gestern hast du wieder zu viel getrunken."

Francis rollte zur Seite.

„Ich bin wach und ich will essen…" Eros platzte mit dem Muttersöhnchen-Syndrom heraus.

„Toll. Geh in die Küche und ich komme nach…" Francis bedeckte seinen Kopf. „…in einer halben Stunde."

„Nein. Du kochst am besten."

„Aaaarrch", gähnte Francis und schob die Bettdecke mit beiden Füßen von sich herunter.

„Gut. Ich koche, aber ich muss vorher duschen." Francis stand auf und schlurfte in Richtung Bad und Eros rollte sich im Bett hin und her und feierte seinen Sieg unter seiner Decke.

„Die Könige sind nur Sklaven ihres Standes, dem eignen Herzen dürfen sie nicht folgen. Darum muss ich meinen Geist schonen, für noch ein kreativen Tag."

„Schiller um diese Uhrzeit ist mir zu viel. Ich ergebe mich Eurer Gnade."

Auf dem Weg zum Bad überlegte Francis, wie die Szene der sterbenden Liane aufgepeppt werden könnte, aber alle Ideen, die ihm einfielen, wurden bereits von Hugo abgelehnt. Hugo wuchs in der Zeit der Zusammenarbeit zu einem noch penibleren Menschen und zum Teil musste man ihm Recht geben, aber in mancherlei Hinsicht schien Hugo selbst nach etwas zu suchen, was Eros und er selbst nicht bieten konnten. Auch die Vertragskonditionen waren klar und Hugo strapazierte ungeachtet der

Vereinbarungen beide mit neuen Ideen und Kritiken. Er musste bald etwas unternehmen, weil sonst auch das vorgeschossene Geld ausgehen würde und das Buch noch nicht fertig wäre.

Das warme Wasser fiel wie Regen auf seine raue Haut und dabei ließ er sich von den Tropfen inspirieren. Nach dreißig Minuten im Bad drehte Francis das Wasser der Dusche zu und trocknet sich ab. Francis zog einen gelb-weißen Matrosenanzug an und ging zur Küche, um das gemeinsame Frühstück vorzubereiten. Da es noch mindestens weitere dreißig Minuten dauern würde, bis er mit dem Kochen fertig sein würde, schaltete er den Internet-Fernseher in der Küchenwand an.

Es liefen einige Cartoons und dann sollten die Nachrichten kommen und die hörte Francis gerne in der Früh alleine an. Da die Nachrichten überall den ganzen Tag gleich waren, reichte es, einmal aufmerksam zuzuhören. So reservierte er seinen Tag für andere, bessere Programme und Eros durfte ihn wie sonst beim Fernsehen stören.

Eine Frau mit einer künstlichen Frisur erschien am Monitor und kündigte die Nachrichten an.

Hier die Nachrichten des Tages mit Angelika Baumer und Torsten Hilbert.

Eine vermisst gemeldete tschechische Frau wurde in Aubing gefunden.

...

Es wurden weitere Schlagzeilen von Thorsten soundso vorgetragen. Francis bewertete den Männlichkeitsgrad des Moderators und war gelinde gesagt enttäuscht, so dass er seine Aufmerksamkeit dem Inhalt der Nachrichten widmete. Diese nahmen Francis vollste Aufmerksamkeit in Anspruch, da in den letzten Tagen in der Presse mehrere Meldungen wegen der Suche nach dem verschwundenen Mädchen zu lesen waren. Er schob den Lautstärkeregler der Fernbedienung hoch und Angelika Baumer setzte nach einer wohlklingenden Einleitungsmusik ihre Berichterstattung fort.

Martine Neboliev, eine Studentin aus Prag, die in München Geschichte studierte, wurde in Aubing tot aufgefunden. Ihr zum Teil entblößter Körper wurde am gestrigen Morgen von einer Dame, die ihren Hund Gassi führte, im Wald gefunden. Vor Ort berichtet Susanne Drews für Sie.

Aufnahmen des Tatorts zeigten eine unnötige Ambulanz, da für Martine offensichtlich keine Wiederbelebung mehr nötig war, und zwei Polizeiautos, die mehr damit beschäftigt waren, Spanner zu verscheuchen, als den Tatort zu sichern.

Eine erschrockene Dame mit einem kleinen Yorkshire blickte mit weit aufgerissenen Augen in die Kamera.

Die kleine Lise grub wie verrückt und als sie nicht mehr raus-wollte, schaute ich nach. Offensichtlich wollte sie dem Mädchen helfen. Die Reporterin kommentierte diese etwas absurde Behauptung nicht, aber der kleine Yorkshire schien seine Attraktivität vor der Kamera zu genießen.

Der Polizeisprecher am Tatort schien etwas genervt zu sein und beriet sich mit einem Kollegen vor aufdringlich laufenden Kameras, während die alte Dame von einer Beamtin freundlich, aber bestimmt zur Seite genommen wurde.

Noch können wir nichts über Tathergang oder Täter sagen. Offensichtlich hatte Frau Neboliev irgendwann gejoggt, da sie noch Sportkleidung trug, aber weitere Details werden noch ermittelt.

Damit schloss der Beamte mit finsterer Miene, aber sichtlich zufrieden seinen Bericht und dachte offensichtlich, das wäre alles gewesen. Doch die Reporterin vor Ort ließ nicht locker und fragte weiter nach.

Tut mir leid, aber zurzeit können wir nichts sagen, denn noch ist es auch nicht klar, ob sie hier abgeladen wurde oder ob das hier der Tatort ist. Eine erste Erklärung wird bestimmt am Nachmittag folgen.

Die Pfannkuchen waren über den goldbraunen Punkt und der schmelzende Zucker fing an, etwas karamellisiert zu riechen. Schnell holte Francis sie aus der Pfanne und platzierte sie auf den großen flachen weißen Tellern aus Italien, auf die ein Zitronenmuster geprägt war.

Susanne Drews zog eine weit finsterere Miene und schmollte aus Bestürzung vor der Kamera.

Ein schrecklicher Vorfall. Bereits die dritte Frau in München West, die überfallen wurde und brutal ihr Ende fand. Das Wort brutal wurde mit ein besonderen langen a ausgesprochen und es klang so, als würden diesem langen Vokal mindestens drei L folgen.

Francis pfiff zwischen seinen weißen Zähnen und legte zwei geschnittene Erdbeeren an die stark gebräunten Pfannkuchen auf dem Frühstücksteller. Während der Karamellduft die Küche erfüllte, räumte er sehr schnell das übrige Geschirr und Besteck in die Spülmaschine und schlenderte zum Schlafzimmer.

„Steh auf. Das Frühstück ist serviert und ich will den Pfannkuchen nicht kalt essen. Wie Balzac sagte, ein Ehemann darf nie zuerst einschlafen und zuletzt aufwachen", befahl Francis und klatschte aufmunternd laut in die Hände.

„Danke, Schatz", war unter der dicken Bettdecke zu hören.

„,Danke, Schatz' kannst du dir sparen. Du putzt nachher die Küche. Aufstehen." Eros hob eine Hand unter der Bettdecke hervor und winkte zustimmend.

Francis sprang auf das Bett und setzte entschieden beide Füße auf Eros' Leib und schob ihn aus dem Bett. Unter Protest wurde Eros aus dem Bett herausgerollt und plumpste auf den Boden.

„Ich bin ein Künstler. Ich bin ein Schriftsteller", jammerte Eros wehleidig, als sein Körper aus dem Bett geworfen wurde.

„Ja, ja. Schnell, du hast schon gestern Nacht eine E-Mail von deinem Lektor bekommen." Francis blätterte in seinem Pad, um das Dokument zu öffnen.

Beide Jungs gingen nebeneinander zur Küche.

„Was sagt er?"

„Er sagte nein zu meinem Kotzorgien-Vorschlag. Ich hatte bereits mir einiges überlegt, aber er hat Recht, es wäre zu sehr Abklatsch billiger Horrorfilme aus den Siebzigern. Ich hatte bei der Überlegung tatsächlich an einen Film über ein verfluchtes Haus gedacht."

Eros zog einen Bademantel an, den er im Flur vom Kleiderhaken holte, und schnürte das Band an seine Hüfte.

„Ich glaube, ich habe zugenommen." Eros schien nicht zu merken, dass das Band einen Knoten um die Schlaufe des Bademantels hatte. Francis rollte seine Augen ob dieser Fehleinschätzung seines Partners, zog den Hocker an den Tisch und forderte Eros mit dem Zeigefinger auf, sich hinzusetzen. Er übernahm in Stille das Korrigieren des Bandes in den Schlaufen und sprach zu seinem Mann über die Nachrichten.

„Das Mädchen, über das sie immer wieder berichtet haben, ist im Wald gefunden worden." Francis' Stimme klang nach ehrlichen Bedauern.

„Welches Mädchen?"

„Eine der Joggerinnen. Es ist die dritte gefunden worden."

„Drei?"

„Ja. In Aubing schon wieder."

„Mensch. Ich muss Hilde mal anrufen. Sie ist bestimmt mit den Frauen vom Verein dabei, Demos zu organisieren." Hilde war eine Lesbe, die hauptamtlich Demos organisierte. Sie behauptete,

Computerprogrammiererin zu sein, doch keiner hörte je, dass sie einen Job hatte.

„Ach bitte. Hilde protestiert immer gegen irgendetwas. Vielleicht sollte sie sich einfach mal Arbeit suchen."

„Gloria unterstützt Hilde, wusstest du das?" Gloria war einmal die Assistentin der Geschäftsführung im Mayer Verlag, doch beim Geschäftsführerwechsel musste auch sie ihren Stuhl räumen.

„Nach dem Frühstück darfst du sie anrufen", befahl Francis.

„Ja, Meister", mimte Eros einen Djinn.

„Nachdem du geputzt hast."

„Ja, Meister."

„Nachdem wir die E-Mail von Hugo beantwortet haben." Francis legte das Pad mit der gefundenen E-Mail vor ihn hin.

Eros klatschte mit beiden Händen in der Luft und tat so, als hätte er einen Zauber ausgesprochen.

„Du hast deinen dritten Wunsch ausgesprochen, Efendi. Danach haben wir Bao bao in neuen Positionen, Meister."

6

‚Die alten Bücher schmeiße ich ganz weg und das Bürozeug verteile ich hier bei den neuen Kollegen. Gut! Scheiße, ich muss eine Torte bestellen und die Pflanzen müssen weg.'

Diese Aufgaben kreisten in den Gedanken des Kommissars Peter Assmann und dabei malte er einige Kringel auf einen Notizblock und versuchte vor seinem jüngeren Kollegen und künftigem Nachfolger beschäftigt zu wirken. Drei jüngere Polizisten hatten gerade die Ausbildung abgeschlossen und sollten nach einem Jahr unter seiner Obhut in die Praxis eingeführt werden. Das Jahr war schon lange abgelaufen und nach fast fünfundvierzig Jahren Arbeit bei der Polizei sah er seinen kommenden Ruhestand als einen Sieg, den viele seiner Kollegen nie erreicht hatten.

Herzinfarkt, Krebs und Nervenzusammenbrüche haben seine früheren Kollegen frühzeitig aus der Mordkommission und einige sogar aus dem Leben geholt und er hatte dies alles zumindest bis dahin überlebt. Er schaute auf die drei Schützlinge und mit etwas Bewunderung für deren Umgang mit dem Computer und etwas Verachtung für deren Manieren überlegte er, wie sie sich ohne ihn weiterentwickeln würden.

Sein Büro war seit fast zwanzig Jahren rauchfrei, aber die vielen Nikotinschichten aus früheren Jahren konnten die billigen Malerarbeiten nicht verdecken und leider auch nicht den unangenehmen Geruch im Raum. Kaum einer merkte das, aber er als ehemaliger Raucher konnte diese Gerüche nicht ignorieren.

Neben seinem Tisch plauderten die jüngeren Kollegen aufgeregt, da sie scheinbar wieder etwas zu tun gehabt hatten. Meistens waren sie an andere Abteilungen ausgeliehen, aber seitdem die Parkmorde bekannt geworden waren, hatten alle ziemlich viel zu tun gehabt.

„Er hat schon wieder zugeschlagen", riss einer der jüngeren Kollegen Peter aus seinen Gedanken.

„Was meinst du, Lukas?"

„Eine Frau wurde im Park gefunden. Sogar die Reporter haben bereits darüber berichtet. Hast du Klaus nicht gesehen, in Sakko und frisiert wie ein Stricher?"

Peter war etwas müde und seine Geduld mit dem hyperaktiven jüngeren Kollegen war nicht besonders ausgeprägt.

„Junge, man sagt nicht, dass unser Pressesprecher wie ein Stricher aussieht, und wenn doch, würde man meinen, dass du ziemlich viel über männliche Stricher weißt. Lass das bitte sein und lass mich arbeiten."

Der jüngere Kollege tat so, als hätte er die Rüge nicht verstanden, lachte laut und sprach mit dem Pressesprecher, der gerade hineingekommen war.

„Heh! Du hast voll die Nutte vor der Kamera gemacht." Mit einem derben Lachen beendete Lukas seinen Satz und Klaus Ackermann, der Polizeisprecher, ignorierte ihn und ging auf Peter Assmann zu. Eine leichte Enttäuschung zeichnete sich auf Lukas' Gesicht ab, die allerdings von den übrigen Anwesenden unbemerkt blieb.

Ein großer Schäferhundmischling hechelte und schien darauf zu warten, welche weiteren Späße ihm die aufregende Unterhaltung noch bieten würde.

„Sorry, aber der Kindergarten hier ist für mich eine doppelte Motivation, meine Rente einige Tage früher einzureichen", beschwerte sich Peter mit finsterer Miene.

„Du musst bitte noch einige Tage aushalten, weil dieser Fall einen erfahreneren Ermittler braucht, und momentan haben wir Mangel an Personal, weil viele andere auch in Rente gehen." Klaus tat alles Mögliche, um Peter zu motivieren, diesen Fall noch abzuschließen, da bereits einige Protestgruppen und Politiker die Polizei wegen angeblicher Untätigkeit kritisierten.

„Warte mal", bat Peter kurz.

„Lukas, beweg dich zur Küche, hol die Wasserkanne und gieße die Pflanzen, sonst verbringst du einige Tage im Archiv."

Der jüngere Lukas hörte auf zu lachen und ging murrend zur Fensterbank. Die Pflanzen im Büro waren Peters ganzer Stolz und seit fast zwanzig Jahren pflegte er sie sorgsam.

„Was machst du mit den Pflanzen? Wenn du nicht mehr hier bist, kann ich mir nicht vorstellen, dass diese Kinder sich darum kümmern werden", stellte Klaus fest.

Als eine Gießkanne unter den Flüchen des jungen Lukas auf den Boden der Küche donnerte, hob Peter seine Hände hoch.

„Was nehmen die Frauen von heute eigentlich während der Schwangerschaft? Seine Mutter hat bestimmt die schlimmsten LSD-Trips gehabt. Egal. Ich nehme alle zu mir nach Hause. Falls du welche haben willst, bediene dich, weil ich so viel Platz auch nicht habe. Nun, du warst in Aubing vor Ort?"

„Ja. Es war nichts Großes zu bemerken. Eine jüngere Frau, die Verschwundene aus Tschechien, war halbnackt in einen Busch gezerrt und vielleicht auch vergewaltigt worden."

Peter holte eine Mappe aus seinem Stapel, den er fast täglich um eine Mappe reduzierte, indem er sie geschickt jemandem übergab.

„Von Vergewaltigung war bisher bei unserem Täter nicht die Rede." Peter schaute sich die früheren Berichte an.

„Du hast Recht, ich habe das nur angenommen, weil ihre Kleider heruntergerissen worden waren, aber wir müssen den Bericht der Spurenermittler abwarten."

„Ich wollte Lukas damit beschäftigen. Er ist zwar manchmal ein Hohlkopf, aber von den jüngeren Kollegen ist er bestimmt der intelligenteste. Rosemarie kümmert sich um ein Profil und um die Hintergrundinformationen und Bastian ermittelt noch in dem ersten Fall. Bisher schaut alles in dem ersten Fall nach einem Unfall aus, aber nachdem die zweite Leiche im Park gefunden wurde, mit den gleichen Merkmalen, sind wir verunsichert worden."

Peter behandelte den jüngeren Lukas mit gewisser Strenge, aber meistens, weil der ihn sehr an seine ersten Jahre bei der Polizei erinnerte. Er selbst war früher der

Büroclown und seine Witze und Anmerkungen hatten zur damaligen Zeit auch kein besseres Niveau.

„Oh bitte, Peter. Ich habe im Moment andere Fälle zu bearbeiten und mit einer so unerfahreneren Truppe komme ich bestimmt nicht gut in der Öffentlichkeit an. Vor allem wenn Lukas mit seinem Wortschatz vor ein Mikrophon tritt, bin ich am nächsten Tag freiwillig weg."

„Sei nicht so hart mit ihm. Er hat Potential, genau wie die anderen beiden Kollegen." Peter versuchte ausgleichend zu wirken, weil er sich sicher war, dass dieser Fall nicht vor seinem Ruhestand würde abgeschlossen werden können und er keine Verlängerung riskieren wollte.

„Aber er hat eine große Klappe", ergänzte Klaus, während der jüngere Lukas mit gesenktem Kopf die Blumen goss.

Auf der Wand neben dem alten Holzfenster schaute Peter den Kalender mit dem markierten Tag seiner Verabschiedung an.

„Du musst sehen, dass du mit dem Jungen und dem Mädchen hier zurechtkommst, weil ich in fünfundzwanzig Tage weg bin."

„Aber Peter, dieser Fall ist ziemlich wichtig. Kann ich irgendetwas tun, damit du etwas länger bleibst, mindestens als Berater?"

„Schau'n mer mal." Der leicht bairische Zug mischte sich mit seinem rheinischen Dialekt. Nach so vielen Jahren, die Peter in Bayern lebte, übernahm er, wenn auch unbewusst, vieles von dem örtlichen Dialekt.

Peter schaute sich die von Klaus mitgebrachten Fotos vom Tatort an. Er überlegte kurz und Klaus wagte kaum zu atmen, um Peter nicht aufzuregen. Das hatten die jüngeren Mitarbeiter scheinbar schon geschafft.

„Lukas!", rief Peter, wie immer im Befehlston.

„Was denn?"

„‚Was denn' kannst du deinem Vater bestellen. Komm her." Lukas versuchte professionell zu wirken, aber so ganz konnte er seine Respektlosigkeit offenbar nicht ablegen.

„Entschuldige. Was kann ich für dich tun?"

„So ist es besser. Schau dir diese Fotos vom Tatort an. Eins muss dir doch auffallen."

Lukas' Antlitz verwandelte sich fast in eine etwas ältere Version des spielerischen Jungen. Ernsthaft blickte er auf das Foto. Er übernahm die Mappe von seinem Mentor und blätterte, während Peter Klaus durch ein Handzeichen zu warten bat.

„Fällt dir was auf diesem Foto auf, Lukas?"

„Sind das hier alle Fotos vom Tatort?", fragte der Junge mit besonderer Aufmerksamkeit.

„Nein. Das sind nur die Fotos, die ich mit dem Ermittler vor Ort mit meinem Handy aufgenommen habe. Diese Fotos werden eher für meine Pressearbeit benutzt. Es kommen noch die Fotos vom Tatortermittler. Sie werden bestimmt mehr Details beinhalten. Warum, was ist da los?" Klaus merkte, dass der Junge doch etwas mehr konnte, als sich den launischen Befehlen von Peter unterzuordnen.

„Der Serientäter, sofern es ein Täter ist, lässt immer ein besonderes Detail, das wir bei den ersten zwei Opfern gefunden haben, zurück. Übrigens, wir führen ihn jetzt als Serientäter, weil mehr als eins oder sogar jetzt das dritte Opfer da ist. Wenn ich richtig sehe, ist das wirklich ein drittes Opfer", erklärte Lukas.

„Welches Detail? In den Presseberichten meiner Kollegin habe ich nichts dazu gelesen."

„Nein, das haben wir bisher für uns behalten, weil das in der Öffentlichkeit nichts nutzt und eher Nachahmer motivieren kann", kommentierte Peter.

Peter saß zufrieden auf seinem Stuhl und fuchtelte auffordernd mit der Hand, damit sein Schützling mit der Erklärung fortfuhr.

„Ja. Alle Frauen hatten auf der linken Hand einen Hand-spiegel, auf dessen Rückseite ein Bild des Gottes Eros ist, der einen Bogen schnitzt. Eigentlich ein Gemälde von Rubens."

„Ohlalah. Lukas kennt sich mit Gemälden aus", bemerkte Klaus überrascht.

„Habe ich doch gesagt, oder? Lukas ist der Beste. Aber du brauchst dich nicht so aufzuplustern, Junge. Du räumst heute die Küche auf und dann machen wir gemeinsam in diesem Fall weiter. Ab, gieß die da hinten auch."

„Mann, bestell dir einen Gärtner, ich bin kein …"

„Schusch, ab mit dir", befahl Peter und wedelte den Jungen ab.

Zufrieden mit dem Lob ging Lukas mit der Wasserkanne weg und ließ den beeindruckten Klaus bei Peter stehen.

„Na, wer sagst denn. Er ist schon etwas heller, als man so denkt."

„Ich sehe nur ein Problem, dass zwar die Präsentation der Leichen einem Muster folgt, aber die Todesursachen passen nicht zur Theorie eines Serientäters", erklärte Peter.

„Ich kann mich erinnern, dass die Erste als Unfall mit Todesfolge erklärt wurde", erinnerte sich Klaus.

„Ja. Aber wer und warum die Leiche dann so präsentiert hat, kann man nur erklären, wenn der Täter irgendwie in das Unfallgeschehen involviert war." Lukas stellte die Gießkanne auf einen der Aktenschränke und mischte sich wieder in das Gespräch ein.

„Aufgrund der gerissenen Fußgelenkbänder war anzunehmen, dass das Opfer ausgerutscht ist und unglücklich hinfiel. Aber es ist klar, dass sie woanders hinfiel als an dem Ort, an dem die Leiche gefunden wurde." Bastian, der sich auch für das Gespräch interessierte, kam zur Gruppe und gab seinen Beitrag zur Diskussion.

„Ich sende unsere Zeitskala zum Monitor, dort können wir die Ergebnisse in der Chronologie besser betrachten." Lukas bewegte geschickt seine Finger über die Tastatur, während sich der Monitor erhellte.

„Die Leiche des zweiten Opfers wurde fünf Monate später fast an der gleichen Stelle gefunden. Die Aufmachung war die gleiche. Nackt ausgezogen, die Haare ausgebreitet und der Spiegel in der linken Hand. Jedoch diese hat sich selbst vergiftet oder wurde es." Bastian beendete seinen Satz, indem er seinem Hund einen Ball zuwarf. „Arnaud fand damals das Glas mit dem Gift. Er wird irgendwann ein guter Spurensucher werden." Peter zweifelt diese Theorie an, da Arnaud mehr Interesse am Balljagen zeigte als an Spurensuche, aber er hielt es für diplomatischer, dies nicht anzusprechen.

„Die Dritte sah ebenso wie die anderen aus. Ich bin mir nur nicht über die Todesursache schlüssig. Es sieht so aus, als hätte sie sich selbst durch den Bauch erstochen, oder es wurde so inszeniert. Beide Hände umschließen den Waffengriff." Klaus sprach so, als wäre er nicht in diesem Raum, sondern noch am Tatort, um die Details zu überprüfen.

„Sie stehen bestimmt irgendwie in einem Zusammenhang. Entweder arbeiteten sie zusammen oder sie lebten in derselben Wohnung ...", überlegte Bastian.

„Nein. Sie wohnten bestimmt nicht in derselben Wohnung. Das habe ich geprüft. Ich kenne nur nicht die Wohnung der dritten Frau, aber dem gehe ich nach." Lukas schrieb dabei eine Notiz, um sich später an die Aufgabe zu erinnern.

„Aber es kann sein, dass die ersten beiden Frauen zusammenarbeiteten." Rosemarie distanzierte sich gerne von den Späßen der Kollegen und hatte wirklich nicht vor, ihre Zeit unbeachtet im Büro zu verbringen. Sie bewegte sich zum Monitor und übernahm das Wort.

„Die Erste war eine arbeitslose Schauspielerin und lebte von Zeitjobs. Noch weiß ich nicht, wo sie gearbeitet hat, weil die Untersuchung der Eingänge auf ihrem Bankkonto noch andauert. Die Zweite war Zeitsekretärin und ich habe Lukas mitgeteilt, dass wir fragen sollten, warum die Firma, für die sie gearbeitet hat, sie nicht als vermisst gemeldet hat."

„Wie kommst du dann auf die Idee, dass sie beide zusammengearbeitet haben?" Klaus war etwas unschlüssig ob dieser Aussage.

„Sie haben laut der Handykontaktliste mal miteinander telefoniert. Ich ermittle noch weiter, aber da die Gespräche bestimmt vor langer Zeit stattfanden, sind die Daten nicht mehr verfügbar, aber die Möglichkeit, dass beide Frauen zusammengearbeitet haben, ist für mich naheliegend." Rosemarie war von ihrer Annahme sehr überzeugt und ließ kaum Raum für Diskussionen.

„Das Team scheint den Fall bestens im Griff zu haben", lobte Klaus.

„Sie haben vom Besten gelernt." Peter klopfte sich selbst auf die Schulter und lachte zufrieden. Arnaud hechelte, zufrieden mit seinem Anteil am Lob und ungeachtet seines bescheidenen Beitrags zu den Ermittlungen.

Nur die traurigen Opfer, die vergessen auf dem kalten Boden eines Waldes lagen, konnten diesen Erfolg nicht mehr mitfeiern. Sie waren nur noch weitere verlöschte Lichter in einer Konstellation von verlorenen Seelen, die einem von zahlreichen Mördern auf diesem Planeten zum Opfer gefallen waren.

7

Hugo lief in seiner Wohnung herum und suchte nach seiner Tageszeitung. Er war sich sicher, dass er sie bereits wieder einmal zerknüllt aus dem Postkasten geholt hatte, und er war kurz davor, erneut einen Beschwerdebrief an die Zeitung zu schreiben. Er suchte sie an allen gewohnten Stellen und obwohl er sie nicht fand, entdeckte er am Computermonitor angeklebt wenigstens den Zettel mit der Erinnerung an den Beschwerdebrief. Er gab die Suche nach der Tageszeitung auf und schaltete den Fernseher an, um die Nachmittagswiederholung der Nachrichten noch vor Ende seines Arbeitstages anzuhören. Die Nachricht über das im Wald gefundene Mädchen hörte er mit Bedauern und überlegte, wie es wohl dazu gekommen war, dass die Brutalität in der Gesellschaft in den letzten Jahren so angestiegen war.

Der blaue Monitor des Computers fuhr endlich hoch. Dabei fiel ihm auf, dass mittlerweile die Computersysteme in solchen Geräten ebenso lange Zeit brauchten, um betriebsbereit zu sein, wie die Urfernseher aus den sechziger Jahren benötigten, um warmzulaufen. Der Sender wurde eingestellt und eine Reporterin sprach – für seinen Geschmack zu schnell. Er selbst hatte noch seine Gedanken bei dem Stapel Arbeit, den er noch bis Ende der Woche erledigen musste, und diese aufgeregte Art der Reporterin brachte ihn selbst in Aufregung, denn der Redeschwall der Dame schien wenig zu informieren.

Sein Computer meldete sich mit einem Ton, der ankündigte, dass eine E-Mail eingetroffen war. Während die Kamera im Fernsehen den Tatort recht diskret zeigte, wie eine Beamtin eine Frau mit einem Yorkshire den

Bildausschnitt verließ, sprach die Reporterin mit mehr Bestürzung als sonst über das Geschehen.

Eine E-Mail von Eros war mit der besprochenen Korrektur seines Romans hereingekommen.

‚Na endlich', dachte Hugo mit einer leichten Verachtung für die bevorstehende Arbeit von Eros.

Hugo war etwas von dem Bild des Tatorts im Hintergrund abgelenkt und überhörte die Reporterin.

‚Wieder eine ermordete Frau in den Nachrichten', durchfuhr es ihn.

Es schien, als würden Frauen Schlange stehen, um in die Schlagzeilen zu kommen, und jeden Tag kam die gleiche Nachricht, nur mit einer anderen Frau, abgebildet mit einem kleinen Foto neben einem grausamen Tatort. Er drückte leicht genervt die Fernbedienung und brachte die schrecklichen Nachrichten des Tages zum Schweigen.

Er schaute sich niemals die Fotos genauer an, da sie meistens nichts Persönliches an sich hatten. Es waren nur unkenntlich gemachte Gesichter und diese Frau war wieder nur eine in einem Meer von Opfern, die der Presse jeden Tag präsentiert wurden.

Leichte Schweißperlen sammelten sich am Haaransatz seiner Stirn. Offensichtlich hatte er sich zu sehr aufgeregt. So entschied er sich für etwas klassische Musik und befahl seinem Internet-Radio, Dido und Aeneas von Purcell zu spielen. Die Anwendung blinkte und zeigte damit, dass ein Video das Lied begleitete. Mit einem Druck auf die Fernbedienung schaltete sich das Fernsehen an, das Orchester spielte und ein Paar tanzte rhythmisch zur

Musik. Schwimmende Körper hinter dem Paar schwebten am Bildschirm und begleiteten die sanften Geigentöne und die bereits angefangene Musik kam zum Ende. Zufrieden mit der erreichten Ruhe nahm er Platz auf seinem Lesesessel, holte sein Pad und rief das neue Manuskript von Eros auf.

Während das Ballet de l'Opera National de Paris bei der Darstellung von Orpheus und Eurydike halbnackte Tänzer mit ernsten Gesichter über die Bühne stampfen ließ, zeigte sein Pad eine Purzelbäume schlagende Sanduhr, die informierte, dass das neue Manuskript geladen wurde. Mit ein wenig Neid stellte er fest, dass alle diese Tänzer scheinbar riesige Penisse besaßen oder sich zumindest Socken in den Schritt gestopft hatten, um solche überproportionalen Wölbungen zu präsentieren. Er verscheuchte den Gedanken und sah, wie die Sanduhr vom Bildschirm verschwand.

,Endlich', sagte Hugo zu sich.

Liane zitterte innerlich und war sich ihrer Schuld bewusst. Angst stieg von ihrem Unterleib auf und kroch über ihren Magen in Richtung ihres weißen Halses. Ihr wurde übel.

,Oh, bitte nicht schon wieder die Kotzorgie', lenkten ihn seine Gedanken von der Lektüre ab.

… Sie stützte sich an der Wand ab und rang um Fassung. Als sie sich am Fenster mit frischer Luft von ihrer Übelkeit befreien wollte, sah sie, wie sich ein Schatten im Garten bewegte.
„Gerechtigkeit oder bloße Rache?", dachte Liane und fürchtete sich vor beidem. Rasch zog sie die Gardinen vor das Fenster, als würden die Stoffbahnen die anstehende

Gefahr abwehren können. Sie konnte in dieser Situation und um diese Uhrzeit nicht mit Hilfe rechnen und so prüfte sie die Verriegelung das Fensterschloss. In der Dunkelheit konnte sie draußen nichts erkennen, jedoch innerlich wusste sie, dass sie für ihr Verbrechen büßen würde, weil ihre Unachtsamkeit sie dazu gebracht hatte, sich selbst als Mörderin zu verraten.

Im Nebenraum öffnete sich die Tür zum Hinterhof. Angst versetzte ihr heftige Stiche in die Brust. Sie vergaß, die Sicherung des Türschlosses zuzudrehen.

Schwere Schritte bewegten sich über das Linoleum der Küche und erzeugten dabei ein unheimliches Schlurfen, das vermuten ließ, dass der Mensch oder das Wesen, das sich bereits im Haus befand, groß und schwer war.

Der Duft von gärendem Moos vom nahe liegenden Teichrand drängte sich in ihre Nase, als wäre sie selbst mit den Gartenschuhen ins Haus gekommen, ohne sie auszuziehen. Das unheimliche Wesen war nur ein dunkler Schatten, den sie nicht erkennen konnte, bis auf einen verrotteten Kleidersaum aus einem leichten Stoff, der Lichtreflexe des aufkommenden Gewittersturms wiedergab.

„Wer ist da?", stammelte Liane unsicher. Doch der Schatten in der Dunkelheit gab weder Antwort, noch schien er sie zu beachten, sondern sich an ihrer wachsenden Angst zu weiden. Ein tiefer Seufzer verströmte den Gestank des Verderbens aus den Lungen dieses Wesens im Raum.

Lauter und näher war nun das Monster in der Unsichtbarkeit der Dunkelheit zu spüren. Als würde es die

Dunkelheit um sich herum herbeirufen, verlöschte das Licht im ganzen Haus und nur der Flackerschein der Blitze zuckte durch die geschlossenen Gardinen.

Draußen funkelten Lichter am Himmel und warfen die schattigen Konturen des kahlen Kastanienbaums an die dünnen Gardinen.

„Schaue in den Spiegel", forderte eine gutturale Stimme und brach so das Schweigen, das den Raum beherrscht hatte.

Trotz der extremen Dunkelheit, die alles in sich aufzusaugen schien, waren zwei glühende Funken zu erkennen, wo Rache und Wut zu einer Einheit verschmolzen.

„Was willst du?", kam es noch herausfordernd aus ihrer Kehle, während der Rest des Satzes dort steckenblieb. Sie griff mit beiden Händen den antiken Kerzenleuchter mit der filigranen Arbeit Ralph Pfeffers und verwandelte diese Krönung der Kunst in eine gewöhnliche Waffe, die sich mit ihr gegen das Unvermeidliche stemmen sollte.

„Er scheint das verstanden zu haben", stellte Hugo zufrieden fest und ließ das Pad erleichtert auf den Nebentisch fallen.

Martina Plietskaya bewegte sich auf der Bühne, begleitet von Ravels Bolero, und andere Tänzer bildeten den Bühnenhintergrund. Für eine Minute genoss Hugo die Vorführung.

Hugo schrieb einige Notizen in das Dokument und speicherte es, bevor er mit dem Lesen fortfuhr.

Panik stieg Liane zu Kopf und ihr wurde schwindelig. Ihr Bewusstsein setzte kurz aus und während ihr Körper langsam zu Boden sank, flackerten Erinnerungen an eine Frau auf, deren Tod sie verursacht hatte. Eine unschuldige und naive Frau, deren Schuld allein darin bestand, den falschen Mann geliebt zu haben.

Sie wurde von dieser grausamen Erinnerung mit einem Schmerz weggerissen, der ihren Unterleib in Besitz nahm. Krallenartige Finger bohrten sich in ihren Unterleib, tief in ihre Intimität hinein.

‚Billig, billig. Intimität. Er kapiert das nicht', sprach Hugo zu sich selbst und schien etwas von seiner gewohnten Fassung zu verlieren.

„Intimität", spuckte Hugo das Wort wie einen Fluch laut in den leeren Raum.

Seine Empfindlichkeit konnte auch ein Symptom einer aufkommenden Erkältung sein. Er fasste sich an den Hals und merkte, dass er mehr als normal schwitzte. Er wollte sich aufs Sofa legen und etwas ausruhen, aber zuvor noch wollte er dieses Kapitel abschließen.

Sie war sich bewusst, dass sie weder Gnade noch die Liebe verdiente, wonach sie sich so sehr sehnte, die sie einem anderen gestohlen hatte. Der Tod schien nun ihr Schicksal zu sein und sie akzeptierte, dass für das, was sie getan hatte, dieser grausame Moment die unvermeidliche Konsequenz war.

Eine breite Hand schlug auf ihre Wangen und forderte ihren fast leblosen Körper auf, wach zu werden.

Es war ihr bewusst, dass ihr Opfer einen gnädigeren und schnelleren Tod bekommen hatte, aber sie hoffte, mit diesen Qualen mindestens einen Teil ihrer Sünde noch im Leben abzubüßen.

Wie ihr danach geschah, erlebte sie nicht mehr, da es ihrem Geist in einem Moment der Verzweiflung gelang, sich diesem Erlebnis zu entziehen.

Blut floss über das Geranienmuster des Teppichs und umrandete ihren Körper mit einem rubinfarbenen Schimmer.

„Bla, bla, bla. Er lernt es doch nicht", murmelte Hugo vor sich hin, doch keiner hörte seinen Klagen zu.

Der Bolero kam zum Ende und die weißen Füße von Martina schienen in der Dunkelheit zu schweben, da die Tänzerin einen schwarzen Anzug trug und auch die Bühne extrem dunkel war.

Er holte sein Telefon, drückte die Kurzwahl und es erklangen verschiedene Töne und dann erfuhr er in der Ohrmuschel die Bestätigung, die er hören wollte.

„Bei Petrocelli."

„Hallo Francis. Ich habe die neue Version gelesen."

„So, so."

„Sie ist besser, eventuell einen Tick zu dramatisch, da man von Eros mehr über bebende weiße Brüste und entblößte Genitalien zu lesen bekommt – aber keine schlechte Entwicklung. Doch das Ende ist nicht korrekt." Das Wort Intimität bohrte noch wie ein ungewollter Parasit in seinen Gedanken.

Auf der anderen Seite der Leitung hörte Hugo, wie Francis schnaubte.

„Ich will euch nicht stressen, aber Liane ist eine Mörderin und der Leser muss den Eindruck bekommen, dass Liane zum Opfer des von ihr ermordeten Opfers oder im Auftrag dieses Opfers wird. So wie in einem Zombie-Film, jedoch ohne Zombies. Verstehst du das?"

Erneutes Schnauben bestätigte, dass Francis widerwillig verstanden hatte.

„Klar, Hugo. Aber wenn wir das direkt schreiben, verliert das Ganze an Atmosphäre und wird dann genau das, was du sagst: eine Zombie-Geschichte, aber ohne Zombies. Ich finde das bescheuert." Francis Argumentationen waren meistens überzeugend und trotz seiner grammatikalischen Mängel musste Hugo immer wieder mit gut fundiertem Widerstand rechnen.

Jahrelang hatte Hugo die besten Politologen und Journalisten in der bayerischen Szene betreut. Er war Chefredakteur von zwei Zeitungen und jetzt musste er sich mit unbegabten Starlets von Fernseh-Soaps abgeben, die die Grundsätze der Literatur kaum verstehen konnten, und einer aufmüpfigen karibischen Tunte, wie er immer wieder zu sich sagte, die scheinbar seine Nerven zum Zerreißen bringen wollte. Seine Meinung über Eros und Francis fasste er zwar nicht in Worte, aber seine distanzierte Haltung war sichtbarer als ihm lieb war.

„Francis. Wir haben einen Liefertermin und ich bitte dich – oder eigentlich Eros – nicht wie Shakespeare zu schreiben, sondern nur die Geschichte so zu gestalten, wie wir sie besprochen haben."

Hugo holte tief Luft und versuchte seinen Mund zu beherrschen, doch schien ihm der nicht mehr zu gehorchen und er sprach das Ungewollte aus.

„Wenn ihr das nicht könnt, lasst einen Ghostwriter schreiben. Ich habe keine Zeit für sowas."

Er brachte kaum den Satz zu Ende, als Francis auflegte. Hugo lief weiß an.

George Gershwins *Rhapsody in blue* wurde von der New Yorker Philharmonic gespielt und Hugo zitterte mehr als zuvor. Ein leichtes Zittern, das bestätigte, dass er heute lieber nicht mehr arbeiten sollte.

Eventuell war er mit Francis zu hart gewesen und so entschied er im Liegen auf dem Sofa, eine E-Mail zu schreiben und sich kurz zu entschuldigen.

Hugo suchte den Sender mit den Nachrichten, holte seine Sofadecke und kuschelte sich darunter.

Hier die Nachrichten am Nachmittag mit Angelika Baumer und Torsten Hilbert.

Die Polizei bestätigte, dass das im Aubinger Wald gefundene Mädchen Opfer eines Serientäters ist. Ein besonderes Detail in diesen Morden kommt immer wieder vor ...

Hugos Nase triefte und er suchte nach den Taschentüchern auf seinem Nebentisch. Seine Finger fanden zwar die Taschentücher nicht, jedoch eine Cognac-Flasche, die ihm bestimmt etwas Wärme geben würde. Er schenkte etwas In das ungewaschene Glas, das danebenstand.

... alle Opfer hatten an ihrer linken Hand einen Taschen-spiegel mit einem Bild des Gottes Eros.

Hugo erschrak und das nur wenig gefüllte Glas Cognac fiel ihm aus der Hand.

‚Oh mein Gott', dachte er noch, bevor er, begleitet von klirrenden Glasscherben, in den Schlaf fiel.

8

Rosemarie las die Berichte, die sie angefordert hatte und war ratloser als zuvor. Das erste Opfer wurde nachweislich durch einen Unfall getötet. Das zweite Opfer wurde vergiftet oder, so überlegte sie, hatte sich selbst vergiftet. In der Wohnung war keine Spur des Giftes zu finden und das Gift an sich war nur eine Droge, die man sich in der Drogenszene überall leicht für einige Scheine beschaffen kann.

‚Nein, mit der Giftspur komme ich nicht weiter.' Rosemarie war meistens unabhängig und zog es vor, lieber allein ohne ihre Kollegen zu arbeiten, aber hier fiel ihr nichts mehr ein.

„Bastian", rief Rosemarie und blickte in seine Richtung, doch er schien mit seinem Hund Arnaud beschäftigt zu sein, darum stand sie auf und ging zu seinem Tisch hin.

„Ey, hast du mich nicht gehört?", forderte sie ihn heraus.

Etwas aus den Gedanken gerissen schaute der rothaarige Mann, der seinen Hund kraulte, sie an.

„Sorry. Ich überlegte gerade was. Irgendwer hat der Presse das Detail mit dem Spiegel an der linken Hand weitergegeben. Das war nicht gut. Was kann ich für dich tun?" Er war nicht gerade freundlich und Rosemarie konnte sich kaum vorstellen, dass er je eine Freundin gehabt hatte. Sein Äußeres sah schlampig aus und so wie er manchmal roch, badete der Hund offenbar mehr als er selbst. Nicht zu übersehen war, dass er seinen Körper sehr gut trainierte. Die breiten Schultern, die Kerbe in seinem Kinn waren bestimmt attraktive Merkmale, aber reichten nach Rosemaries Urteil nicht für einen Mann aus. Das schien Bastian aber kaum zu kümmern.

„Dachtest du über die Mordfälle nach?", wartete Rosemarie kurz. „Ich auch. Ziemlich verwirrend. Ich überlege, ob wir wirklich Mordfälle haben und ob es sich wirklich um einen Serientäter handelt. Ich denke, Lukas ist mit dieser Schlussfolgerung zu voreilig gewesen."

Der Konkurrenzkampf zwischen Rosemarie und Lukas um Peters Nachfolge nahm viel von ihrer Arbeitszeit in Anspruch und Bastian hatte nicht vor, irgendeinen der beiden zu unterstützen oder gar ebenfalls zu konkurrieren.

„Was willst du?" Bastian war immer etwas schroff, urteilte Rosemarie.

„Nur etwas Gedankenaustausch. Ich bin an eine Grenze gekommen und die Fragen häufen sich, und je mehr Informationen ich bekomme, desto mehr stelle ich mir die Frage, ob es hier ein Serientäter ist oder ein ..." Sie breitete ihre Hände in der Luft und verzog ihr Gesicht.

„Ich weiß, was du meinst. Mir geht es genauso. Wenn Peter weg ist, hoffe ich nur, dass wir in den kommenden fünf Jahren keine solchen Fälle mehr zu lösen bekommen. Damit hat sogar er trotz seiner Erfahrung Probleme." Bastian schob Arnaud wieder von sich auf den Boden.

„Nun? Mehr Personal haben wir nicht und an Erfahrung mangelt es bei uns allen drei. Wir müssen da durch. Was soll dieser Spiegel bei den Opfern bedeuten?"

„Das ist das Einzige, was die Mordfälle neben der Tatsache, dass die Opfer alle Frauen sind, verbindet. Der

Täter, wenn es nur einer ist, kann seine Spuren gut verwischen." Bastian schaltete den Hauptmonitor an.

„Warum denkst du, dass der Täter ein Mann ist? Unfall, Gift, gut, warten wir noch auf den Bericht über das dritte Opfer, aber keine der Taten schließt eine Frau als Täterin aus."

„Gleichberechtigungsfrage? Jetzt? Wird das nicht uns von unserem Problem eher ablenken? Morde werden über siebzig Prozent von Männer ausgeführt und bei Frauenmorden ist der Prozentanteil an männlichen Täter noch höher." Eine Grafik wurde auf Bastians Computermonitor eingeblendet und er zeigte diese Statistiken mit dem ausgestreckten Zeigefinger. Unschlüssig blickte Arnaud zu beiden und überlegte, wie geschickt es wäre, um einen Hundekuchen zu betteln, entschied sich dann aber, noch etwas abzuwarten.

„Ich hatte das auch bei meinem Täterprofil berücksichtigt, aber ich will hinsichtlich des Geschlechts noch offenbleiben. Wo sind Lukas und Peter?", erkundigte sich Rosemarie.

„Peter ist mit Klaus in der Presseabteilung. Wir haben einige Frauenorganisationen dort, die gegen uns und unsere Machtlosigkeit protestieren, und Lukas scheint beim Tatortermittler zu sein. Er meinte, er komme heute noch wieder rein. Er will wissen, wo die Spiegel gekauft wurden."

Arnaud wandte sich von beiden ab und legte sich auf seine Decke, um sich von der Unterhaltung zu erholen.

„Ich komme mit dem Zusammenhang zwischen den ersten beiden Frauen nicht weiter. Sie haben miteinander telefoniert und ich vergleiche noch die Kontakte in den E-Maillisten, aber beide hatten kaum jemand in der Kontaktliste und keine der E-Mails war älter als drei Wochen. Die kostenlosen Anbieter löschen alles, was älter ist. Ich habe die IT-Abteilung um Hilfe gebeten", informierte Rosemarie ihren Kollegen.

In diesem Moment trat Lukas in den Raum. Er schien aufgeregter als sonst.

„Na, was macht ihr Turteltäubchen?"

„Leck mich", erwiderte Bastian.

„Fick dich", setzte Rosemarie hinzu.

„Mann! Was für eine Stimmung. Ich kann etwas über die drei Grazien erzählen. Ich hoffe, ich habe nicht gestört."

„Du? Du störst immer. Ich hoffe, diesmal hast du wirklich etwas zu erzählen. Wir kommen nicht weiter", räumte Rosemarie ein.

9

Wieder fand sich Hugo in dem dunklen Raum mit den zugezogenen Gardinen. Er sah, wie Blitze, die einen Gewittersturm ankündigten, den Nachthimmel erhellten. Jedoch stellte er mit Verwunderung fest, dass er weder Angst hatte, noch überhaupt von dieser Szenerie beeindruckt war. Es war, als wäre er in einem eingerichteten Kaufhaus, und das düstere Mobiliar wäre nur die Bühne für einen kunstvollen Verkauf.

Diesmal fühlte er sich auch nicht mehr mit seiner Nacktheit unwohl und es war ihm auch bewusst, dass es sich um einen Traum handelte.

‚Wieso muss ich in meinem Traum nackt sein?', fragte Hugo sich selbst und zum Teil genoss er den Klang seiner Baritonstimme, obwohl ihm bewusst war, dass seine Stimme in der Realität bestimmt anders klang.

Er schaute auf seine linke Hand und bemerkte ein kaltes Messer mit metallenem Griff, der im Licht des drohenden Unwetters glänzte. Seine Füße schmerzten und er hob sie mit Mühe und bewegte sich in Richtung des Türbogens zum Wohnzimmer. Draußen donnerte es und ihm wurde klar, dass er sich mit schmerzenden Füßen nicht in einen Sturm begeben sollte. Er schaute sie sich an und ein Schrei erstickte in seinem Hals: Ein Fuß steckte in einem Stiefel und der andere, barfüßige, blutete heftig.

‚Ach, du Scheiße nochmal!', entfuhr es ihm unwillkürlich.

„Wer ist da?", hörte er eine bebende Stimme im Nebenraum fragen.

Ein landendes Ufo schien den Sturm übertönen zu wollen. Da schaute er erneut seine Füße an, wachte wieder auf – und das Telefon heulte im Ufo-Ton weiter.

„Hier van Hülsen", murmelte er noch halb im Schlaf und wischte sich etwas Speichel aus den Mundwinkeln.

„Hast du wieder getrunken?"

„Oh Margareth, lass das sein. Ich bin krank. Du hast mich aus meinem Traum gerissen."

„Sorry, Schatz."

„Ich bin so besorgt wegen dieses Romans von Eros, dass ich sogar davon träume."

Margareth lachte laut und schrill.

„Oh mein Gott. Wenn ich mir vorstelle, wie du dich in einen seiner billigen Liebhaber verwandelst, werde ich total wuschig." Margareth ergänzte ihre Bewertung mit einem weiteren Lachen.

„Ja, es kommt mir auch so vor. Jedes Mal bin ich in diesen Träumen nackt. Eros hält sich nicht an das, was wir besprochen haben, und der Verlag hat das ganze Marketingkonzept so ausgerichtet, dass er als Neuentdeckung der Literaturwelt angepriesen werden muss, aber wenn er mir wieder mit seiner erotischen Szene die Arbeit verdirbt, wird das nichts."

„Sei nicht so streng mit ihm. Er ist nun mal jung, wie wir auch mal waren, oder?"

Hugo richtet sich im Sofa auf und zog seine Decke wieder hoch. Seine Erkältung war etwas besser geworden, aber die Füße schmerzten und ebenso sein Rücken.

„Ich versuche und versuche, aber seine Muse Francis ist ein sehr eigenwilliger Mensch und ich behaupte sogar, dass er alles schreibt. Ich kenne Eros und bin mir sicher, dass er nicht so gut mit der Sprache umgehen kann, wie die Zeilen, die ich zum Lesen bekomme, sind. Auch die karibische Satzstellung ist unübersehbar."

„Das wäre die Enthüllung des Jahres. Mit so einer Information könntest du bei den Zeitungen eine Menge Geld machen."

„Ich behalte diese Option im Kopf, falls die Veröffentlichung zu einer Riesenblamage wird."

Margareth lachte wieder.

„Hast du die Nachrichten gehört?", fragte Hugo mit einem leichten verschwörerischen Unterton in seiner Stimme.

„Was meinst du? Bei dem vielen Mist, den man in diesen Nachrichten hört, habe ich mich entschieden, das nicht mehr anzuhören." Margareth wusste nie, was aktuell war, und das wusste Hugo sehr gut.

„Nun, du weißt, dass es im aktuellen Buch von Eros um einen Mord geht. Na ja, zwei Morde, um genauer zu sein."

„Ja, aber das ist eher ein esoterischer Krimi, oder?"

„Nein." Hugo überlegte etwas kurz und fügte hinzu: „Etwas esoterisch ja, aber eher eine Rachetat."

„Hast du die Ideen, die wir besprochen haben, geliefert?"

„Zum Teil, weil du sonst ja weißt, was du zu lesen bekommst."

Margareth lachte schallend, bestimmt in Erinnerung an den Romanvorgänger, nahm Hugo an.

„Mehr von seinen wie Sahne bebenden Brüsten oder wallendem Liebeszepter und ich hätte meine Kündigung eingereicht. Diesmal schrieb er Intimität als Synonym für ihre Vagina, aber es klingt weiterhin billig."

Beide lachten vergnügt.

„Was war denn in den Nachrichten? Du weißt, dass ich mir den Mist erspare, aber manchmal ist was Gutes dort zu hören", fragte Margareth neugierig.

„Nun, ich hoffe, du sitzt bequem."

„Hör auf. Du zögerst es nur heraus, damit es noch spannender wirkt. Ich kenne deine Strategie. Raus mit der Sprache!"

Hugo schaute zum Boden und suchte nach dem Glas Cognac, das er fallen gelassen hatte.

„Es gibt ein Detail in dem Roman von Eros, das nur der Verlag, ich und Eros selbst kennen." Hugo machte doch wieder eine Pause.

„Weiter", forderte Margareth.

„Das Opfer im Roman von Eros hielt einen Spiegel in der Hand."

Hugo wartete auf die Reaktion.

„Was hat das denn mit den Nachrichten zu tun?" Margareth war etwas begriffsstutzig und verstand nicht den Zusammenhang.

„Nun der Mörder, der im Park sein Unwesen treibt, hat sein drittes Opfer ermordet und alle drei scheinen einen Spiegel in der Hand gehalten zu haben."

„Huhmmm. Woher wissen die Reporter das?"

„Ich hörte, wie die Reporterin das sagte. Es sind alle aufgeregt und erzählen bereits, es sei eine Mordserie. Die Polizei bestreitet das, aber bah! Du weißt, Polizei halt."

„Ich möchte nicht deinen Ballon platzen lassen, aber falls die Morde im Park eine so enge Parallele zu deinem Roman haben, solltest du der Polizei einen Hinweis geben. Man weiß nie, womit man in solchen Fällen zu tun hat."

Hugo rollte die Sofadecke um seine Hüfte und band sie wie einen Rock um sich. Er ging in Richtung Küche und hielt den Apparat mit der angehobenen Schulter am Ohr fest.

„Was machst du da? Ich kann den Lärm sogar hier hören", beklagte sich Margareth.

„Befummelst du dich, wenn du mit mir telefonierst?" Margareth sagte dies keck und lachte über den eigenen anzüglichen Scherz.

„Du bist ein sehr leichtes und böses Mädchen. Nein, ich will einen Tee aufgießen, weil ich hier wie eine Sau friere."

„Du kennst den Spruch ‚Gute Mädchen kommen in den Himmel und böse überall hin'." Hugo genoss den weiteren Lachanfall von Margareth, bis er in der Küche ankam.

„Eventuell hast du Recht. Ich sollte mindestens einen Hinweis an die Polizei geben, obwohl, wenn ich an Francis und Eros denke, kann ich mir keine Beziehung zwischen den Taten und diesen Personen als Täter vorstellen."

„Hugo, in solchen Fällen muss es nicht einen Bezug zwischen Autor und Täter geben, es kann auch sein, dass jemand seinen Müll durchwühlt, ein verrückter Fan seinen Computer hackt oder sogar, dass alles nur von seinem Verlag inszeniert wird." Sie machte eine sehr bedeutungsvolle Pause vor der Verdächtigung des Verlags.

„Margareth, bitte", mahnte Hugo ziemlich entsetzt. „Die Frauen sahen in den Nachrichten ziemlich tot aus und zugegeben, die Verlage tun fast alles, um Bücher zu verkaufen, aber soweit ist bisher keiner gegangen. Obwohl, wenn ich mir Lucius und seine Frau so vorstelle …" Hugo kicherte nach der Stichelei gegen seinen Verlagschef.

Das Wasser kochte bereits und Hugo wurde von seiner herabfallenden Sofadecke am Gehen gehindert.

„Schatz, ich rufe dich in zwei Minuten zurück. Ich muss meinen Tee aufgießen und wenn ich im Wohnzimmer bin, rufe ich dich wieder an." Während er den Hörer mit Mühe am Ohr hielt, stampften seine Füße über die am Boden zerknüllte Decke.

„Mach das. Bis später", verabschiedete sich die fröhliche Margareth singend.

Der Aufguss dampfte in der Luft und der Geruch von Ingwer und Zimt wurde von einem Hauch von Zitronen abgerundet. Hugo atmet vergnügt ein und entspannte sich in dieser Aromatherapie, die er selbst konzipiert hatte.

„Honig, wo bist du?", rief er in den Raum.

Eine stille braune Flasche in Form eines Bären lag im unteren Regal über der Spüle. Seine Füße schmerzten etwas. Hugo warf die Sofadecke um seine Schulter und nahm das Servierbrett mit dem Teeservice zum Wohnzimmer mit. Der Honig schmeckte zwar etwas streng in den letzten zwei Jahren, aber das war der einzige biologisch angebaute in der Region, dem er vertraute.

Hugo schaute sich das Chaos in seinem Wohnzimmer an und überlegte, wann er sich aufraffen sollte und das aufräumen könnte, aber er verbannte den Gedanken in eine unbestimmte Zukunft. Im Moment schmerzten seine Füße und er wollte seine Arbeit mit Eros noch bis zum Ende der Woche abschließen.

Er saß kurz am Computer und suchte die Kontaktseite der Polizei. Ein schauderhafter Dialog in einem minderwertigen Design war der Beweis, dass die Polizei bestimmt nicht die modernsten Techniker in ihren Reihen besaß.

Hugo musste über sechs verschiedene Masken navigieren, bis er endlich zu einer schlecht gestalteten Kontaktseite gelangte. Zufrieden mit seiner Suche überlegte er, wie er seine Beobachtung beschreiben sollte, da er vor allem sich selbst nicht dadurch belasten wollte.

Hugo folgte der Empfehlung von Margareth und nahm sich vor, der Polizei zu helfen. Er gab kurz an, dass er Lektor sei und die Parallele zwischen dem Reporterbericht und seinem gerade bearbeiteten Roman ihm von Wichtigkeit für die Polizei zu sein schienen, und versuchte nach Möglichkeit in fast jeder zweiten Zeile seiner E-Mail zu erklären, dass er sich nur als verantwortungsbewusster Bürger sehe.

Er las es noch mehrfach durch, bis er zufrieden mit dem Ergebnis auf den Absendeknopf drückte.

„Song to the Moon" von Antonin Dvořák stieg in den Lautsprecher und eine Frau auf einer Luftmatratze in Form einer Muschel sang die wuchtige Melodie. Sein Radio schaltete manchmal automatisch an, je nachdem wie er es programmiert hatte, und er genoss die magische Wirkung der Musik.

Er wollte das Video zur Musik abschalten, damit er nicht weiter abgelenkt würde, aber die Beschwerden stiegen in seiner Nasennebenhöhle so stark an, dass er sich gezwungen fühlte, ein Schmerzmittel einzunehmen und das Video weiter laufen zu lassen.

Er schlenderte mit dem Schmerzmittel vom Badezimmer zurück ins Wohnzimmer, lag wieder auf dem Sofa und nestelte seine Sofadecke über seine Füße und wollte weiterlesen.

Die Melodie fand ihr abruptes Ende und der Moderator des klassischen Radios sprach in einer mittleren Bassstimme etwas über das Leben von Dvořák, wie er annahm, da er kein Norwegisch konnte.

Am Bildschirm boten sich weitere Titel an und er entschied sich für das Cellokonzert in H-Moll, Opus 104. Die Stimmung des Konzerts untermalte seine Lesung und der Bildschirm seines Pads ging an.

... Blut floss über das Geranienmuster des Teppichs und umrandete ihren Körper mit einem rubinfarbenen Schimmer. Lianes Augen blickten ins Leere, während das Leben aus ihr entschwand. Ein Kerzenleuchter, der wirkungslos als Verteidigungswaffe missbraucht worden war, lag blutverschmiert in ihrer leblosen Hand. Das Messer, das Liane von einem Leben voller Schuld befreite, schwang in dem Licht des Sturms mehrmals auf und ab und stach in sie hinein.

Ihr Ächter tauschte den Kerzenleuchter gegen einen Spiegel, den er zuvor auf ihrem Antlitz zerschmettert hatte. Dort sollte sich ihr letzter Blick verewigen: mit dem Gesicht der Schuld, die sie auf sich geladen hatte.

Ihre Nacktheit wurde von ihrem Scharfrichter so exhibitioniert, als wäre sie Teil eines Gemäldes. Ihre langen Beine endeten überkreuzt über ihrer einmal geliebten Venusgrotte, die nun nie wieder ein Verlangen spüren würde.

Gezwungen schauten ihre verletzten Augen das Bild im Spiegel an und langsam entschwand aus ihnen das letzte Licht. Dankbar verabschiedete sie sich vom Leben und die vollzogene Rache entpuppte sich nicht als Linderung für das Monster, das Liane angefallen hatte.

Lianes Leben endete im Griff des Monsters, das sie gerne einmal in sich gespürt hätte, und nahm doch nicht den

Schmerz mit, den sie in einem Herzen voller Liebe verursacht hatte.

Ihr starrer Blick ließ sie einer Wachsfigur ähnlich werden und dem Betrachter war klar, diese Augen erblickten nicht einmal mehr das Leere, das sie hinterlassen hatten.

Die Sonne drängte sich durch die schmalen Öffnungen zwischen den Gardinen und dem Glasfenster und erhellte ihre nackte Alabasterhaut. Ein beißender Geruch erfüllte die feuchte Luft im Raum und ihre Kleider umrandeten ihren leblosen Körper wie ein Passepartout ein Gemälde.

Diese stille Szene blieb zwei Tage lang ohne Betrachter, aber einer würde diese Szene niemals wieder vergessen: das Monster, dem sein Herz gestohlen wurde.

Hugo drückte den Ausschaltknopf und das Cellokonzert erreichte im Hintergrund einen Höhepunkt.

Hugo war mit dem Schluss noch nicht ganz zufrieden, da es schien, als wäre ein Teil der Szene unvollständig, und Eros hatte vergessen, den Kerzenleuchter deutlicher zu erwähnen. Wieder bildeten sich an seiner Stirn Schweißperlen und er überlegte, ob er den Roman in dieser Form freigeben oder ob er noch eine Änderung verlangen sollte und damit eventuell den Zorn seines Verlegers erregen würde.

Er schaltete das Video zu seinem Radio an und schaute, wie ernst aussehende Musiker sich bemühten, dem Kommando zum Allegro zu folgen. Da fiel ihm ein, dass er Margareth versprochen hatte, sie zurückzurufen.

Er holte den Apparat und drückte Margareths Kurzwahl und hörte, wie das Gedudel der Telefonleitung das Forte des Konzertes störte.

Nach mehrfachem Klackern und Dudeln blieb die Leitung still.

„Nun?", hörte er sich fragen.

Da keiner ans Telefon kam, ging er davon aus, dass die Störung die Leitung bestimmt einige Stunden stilllegen würde, und schaute unter dem Sofa nach dem herabgefallenen Cognacglas, das er immer noch nicht gefunden hatte.

Wollmäuse, zwei Socken und ein Bleistift waren da unten zu sehen, aber kein Glas. Hugo roch in der Luft und bemerkte ebenfalls kein Geruch von vergossenem Cognac.

‚Ich habe wieder im Schlaf aufgeräumt', beschloss er ermüdet.

Genervt von dem misslungenen Anruf und der Suche legte er sich schlafen, begleitet vom süßen Duft des Honigs aus seiner leeren Teetasse.

10

„Dein Lektor ist ja lustig", urteilte Francis, der einen Finger über seine Oberlippe gelegt hatte und in der anderen Hand das Pad hielt, das eine neue E-Mail von Hugo van Hülsen zeigte.

Eros kam in diesem Moment aus dem Bad und trocknete seine lockigen Haare. Seinen etwas zu behaarten Körper hatte er von seinem Vater geerbt und er war sehr stolz, dass sein Vater sogar im Alter von über sechzig Jahren immer noch ein attraktiver Mann war, was ihm selbst eine freundliche Perspektive für seine eigenen späten Jahre gab.

„Du solltest auch ein Tuch um deinen Bauch binden", bemängelte Francis.

„Was denn? Und dir den Anblick von meinem tollen Schwanz ersparen? Das wurde ich dir nicht antun." Eros lachte selbst über den schlechten Witz, da keiner sonst da war, der seinem derben Humor folgte. Innerlich sehnte er sich nach Lob und Zuwendung.

„Nein, Schatz. Es geht nicht um deine Nacktheit, sondern um mein Parkett, das du schon nass gemacht hast. Geh sofort ins Bad und trockne dich dort. Sofort."

Francis war ein zarter Typ, aber wenn er kurz vor dem Ausrasten war, konnte man es ihm gut ansehen, und es war besser, sofort gehorchen. Mit besänftigendem Murmeln ging Eros zum Bad, trocknete seinen Körper ab und pustete mit dem Fön die restlichen Tropfen aus seiner Körperbehaarung. Aus dem Nebenzimmer hörte man, wie ein hektischer Francis den Boden trocknete und unter nicht verständlichen spanischen Flüchen die Nässe des Bodens an all den anderen Stellen in der Wohnung aufnahm, an denen Eros gewesen war.

Eros legte ein unschuldiges Lächeln auf und hoffte im Schlafzimmer auf einen freundlichen Francis zu treffen.

„Jetzt brauchst du kein Tuch um dich herum zu binden. Leg dich hier neben mich, ich lese dir vor, was dein Lektor schreibt." Francis zeigte mit dem Zeigefinger auf den leeren Platz neben ihm auf dem breiten Bett.

Eros riss das Badetuch von sich herunter und sprang athletisch, wenn auch nicht so elegant, neben Francis ins Bett. Er schmiegte sich an ihn und mit einem Kuss in seinem Nacken gab er zu verstehen, dass er aufmerksam zuhören wollte.

„Der Stil gefällt ihm sehr gut und bis auf einige grammatikalische Nachbesserungen ist er mit dem Ende einverstanden."

„Danke, Schatz. Ohne dich hätte ich das nicht geschafft." Eros presste seinen Körper an Francis, der ihn aber kurzab zurückschob.

„Aber …" Francis setzte eine dramatische Pause, als würde er eine wichtige Botschaft verkünden wollen.

„Das Ende ist nicht komplett. Er hat Recht, wir haben nicht erklärt, dass die Mörderin von Liane ihr auferstandenes Opfer im Körper der Liebhaber war et cetera p. p. Ich hasse diese Details, aber er hat Recht."

„Was meint er hier mit ‚billige Erotik'?"

„Überlies das. Er ist sehr verklemmt und für deine Erotik ist er vielleicht zu fromm oder das letzte Mal, dass er Sex hatte, musste man die ‚Frau' mit dem Fahrradflickzeug reparieren." Beide lachten schallend und Eros stand auf und zog sich an.

Francis verschluckte sich am eigenen Speichel, daraufhin folgte eine Hustenorgie und er lief rot an.

„Geht's besser?", erkundigte sich Eros.

„Ja, ja. Herr van Hülsen ist manchmal wirklich lustig. Er hat auch etwas über den Mordfall in Aubing geschrieben." Francis sprach weiter, während er sich in Richtung Wohnzimmer entfernte.

„Ach, ich sehe." Eros las leise für sich. „Ja, es ist ein Zufall, dass uns Werbung bringen könnte. Ich muss mit Lucius, meinem Verleger, sprechen."

„Ich kenne Lucius und wenn du mit ihm sprechen willst, will ich dabei sein, um deine Ehre zu bewahren und deine Treue zu bewachen."

Eros tat so, als ob er die Stichelei wegen eines misslungenen Seitensprungs überhört hatte, und las weiter.

„Ich wollte, dass diese letzte Szene nicht wie andere Horrorfilme klingt. Sterbende Frauen und Horrorszenarien gibt es in fast jedem zweiten Film und ich hoffe, dass das Buch verfilmt wird. Ich bin immerhin der Superstar und Lucius meinte, dass wir mit Sneaky-Eyes-Productions gute Beziehungen haben."

Francis wedelte abwehrend mit seiner Hand.

„Lucius meint, mit jedem, den er in der Sauna befummelt hat, eine gute Beziehung zu haben. Tatsache ist, dass man ihn nur wegen seines Vaters und des Verlags wahrnimmt. Solang wir nicht selbst mit Sneaky-Eyes gesprochen haben, halte ich wenig von dieser Behauptung."

Eros schaltete den Computer an und die Festplatte summte. Während das Betriebssystem nach mehreren Updates seine Routinen ablaufen ließ, drückte Eros auf die Fernbedienung.

Stevie Wonders Stimme kletterte in einer Phase von „For once in my life" in die Höhe und Eros gab mehr Bass.

„Mach lauter. Magst du Eier?", fragte Francis von der Küche.

Schnell sprang er an die Türschwelle, während Eros in einem tiefen Bariton ein Lachen von sich gab, aber er wurde mit einem Handzeichen abrupt zum Schweigen gebracht.

„Gib mir noch eine kindische Antwort und ich schelle dir eine", drohte Francis etwas belustigt über die vorausgeahnte Antwort.

„Eier Benedict. Ich muss etwas mit dem Fett aufpassen", gab Eros angesichts der wachsenden Pölsterchen unter dem Bauchnabel zu.

Er kam in die Küche und während Francis das Essen auf dem Herd zauberte, las er Hugos E-Mail weiter.

„Ich mag diese Änderung der Geschichte nicht zu sehr. Ich fand sie mit den erotischen Nebensätzen etwas interessanter. Ich bin eher für Woody Allen als für Audrey Hepburn."

„Du meinst die Zitate aus dem früheren Vorwort. Sex ist nur schmutzig, wenn er richtig gemacht wird, von Allen, und wie war der von Hepburn?", erkundigte sich Francis.

„Ich denke, Sex wird überbewertet. Sagte sie, nachdem sie bestimmt einen Laufpass bekommen hat. Frauen sagen solche Sprüche nur, wenn sie eine richtige Abfuhr bekommen haben."

„Oder ist das schon wieder eine Weisheit aus dem Lilos?", setzte Francis mit halb geöffneten Augen nach. Seine Verachtung für Eros' Freundinnen aus dieser Bar war schon mehrfach zwischen beiden diskutiert worden und Eros versuchte, Francis mit Argumenten umzustimmen.

„Würdest du meinen Freundinnen im Lilos besser zuhören, würdest du mir zustimmen. Sie sind Frauen und haben eine Menge Kenntnisse auch auf diesem Gebiet. Übrigens, das hat sogar Gloria behauptet."

Gloria war eine gelegentliche Besucherin von Lilos, seit sie ihren Posten im Verlag verlassen hatte.

„Iss!", befahl Francis, nachdem er einen wohldekorierten Teller vor Eros platziert hatte. Tomaten, Gurken und drei Salatblätter dekorierten ein pochiertes Ei Benediktiner Art.

„Aber jetzt im Nachhinein bin ich etwas verunsichert, ob wohl dein Lektor tatsächlich Recht hat, was den Aubinger Mord anbelangt."

„Was denn?", sprach Eros mit halbvollem Mund.

„Der Spiegel in der Hand des Opfers kann kein Zufall sein. Noch kam keine Bestätigung in den Nachrichten, dass diese Gerüchte stimmen, und es kann auch sein, dass Lucius jemanden in der Presse um einen Gefallen gebeten hat. Es wäre sonst ein zu unglaublicher Zufall."

Eros überlegte und schüttelte seinen Kopf.

„Ich kapiere das nicht. Sollen wir von einem Mord im Park profitieren? Das wäre sehr verwerflich." Eros' Entsetzen war unverkennbar und ehrlich.

„Nicht wenn das von Lucius kommt. Er würde seine Mutter für die Organspende verkaufen", sagte Francis, während er die Musik leiser drehte.

„Gloria meinte, dass er nur von seiner Frau Helena dirigiert wird. Sie schätzt Helena kein bisschen", tratschte Eros.

„Das ist purer Neid. Seit sie nicht mehr die Nummer zwei im Verlag ist, stichelt sie immer gegen Helena. Zugegebenermaßen hat Helena keinen Stil, aber sie ist mindestens geschäftstüchtig, was bei einem Mann wie Lucius wirklich notwendig ist", beschwichtigte Francis.

Die Sonne war an diesem Morgen etwas schüchtern und ließ sich kaum durch die dunklen Wolken hindurch erblicken.

„Brrrr." Eros fror und aß dabei das letzte Bisschen von seinem Teller. „Ich hole mir einen Pulli."

„Dein Lektor bekommt die besten Einfälle, wenn er geschlafen hat. Hast du gelesen, dass er sogar von der

Geschichte geträumt hat", schrie Francis in Richtung Schlafzimmer.

„Ja", brachte Eros unter seinem Pullikragen hervor, durch den er seinen Kopf zwängte.

„Aber wir können auch nicht abwarten, dass er nur arbeitet, wenn er schläft und träumt. Er ist nicht Patricia Arquette." Eros spielte auf eine Figur aus einer Fernsehserie an.

„Gewiss nicht, aber lustig ist es schon. Aber ich bin der Ansicht, dass wir uns über diesen Vorfall in Aubing informieren sollten. Ich will keine negative Presse riskieren."

Eros schaute überrascht zu Francis hinüber.

„Wieso denn? Wir haben damit nichts zu tun!?"

„Das weißt du und das weiß ich, aber was ein aufmerksamkeitsgeiler Reporter sich dabei ausdenken kann, ist eine ganz andere Sache."

„Ich hoffe, dass du nicht Recht hast." Eros wurde bewusst, dass für den Fall, dass sein Roman mit der Mordserie in den westlichen Wäldern von München in Verbindung stand, sich das etwas negativ auf ihn auswirken könnte.

„Trotzdem sollten wir das mit Lucius klären. Wir können gerade jetzt keine Überraschung gebrauchen."

„Ich habe die Nachrichten von gestern aufgenommen. Soll ich sie abspielen?"

Francis räumte Geschirr und Besteck in die Spülmaschine und winkte zustimmend.

Hier die Nachrichten des Tages mit Angelika Baumer und Torsten Hilbert …

Eros betätigte den schnellen Vorlauf und suchte nach Hinweisen zum Vorfall in Aubing.

Torsten Hilbert schaute auf sein Moderationsblatt und sprach mit finsterer Miene:

Das Mordopfer von Aubing scheint Teil einer Serie zu sein.

An ihrer Hand wurde ein Handspiegel gefunden, der scheinbar auch in den früheren Mordfällen aufgetaucht war. Ich spreche mit dem Polizeisprecher Klaus Ackermann …

Es folgten Vorstellungen und Nebensätze, die Eros übersprang.

Noch sehen wir keinen Zusammenhang zwischen den verschiedenen Vorfällen und von einem Beweis zu sprechen, dass das Objekt etwas mit dem Opfer zu tun hat, wäre verfrüht …

Eros schaltete den Ton etwas leiser und äußerte seine Meinung zu den Aussagen.

„Sie können nie etwas Klares sagen, oder? Mir kommt es so vor, als würden sie erst etwas klar sagen, wenn der Mörder eine beeidete Erklärung vor laufenden Kameras vorträgt." Eros sprach mit etwas mehr Emotion als sonst.

„Nun ja, sie müssen vorsichtig sein. Aber wir auch, darum mache ich einen Termin bei Lucius und dann schreiben wir diese letzte Szene, wie Hugo van Hülsen es will. Ich liebe es, seinen Namen auszusprechen. Es klingt so edel.

Ich bin sicher, edle Männern würden meine Vorzüge besser würdigen können."

„Aber du liebst mich etwas mehr, oder?" Für einen Moment eifersüchtig, umarmte Eros Francis liebevoll, um sich von seiner besten Seite zu zeigen.

11

Der zweite Morgen nach Lianes Abschied aus diesem Leben machte sich auf und das leere Haus auf dem Oberammergauer Berg wurde lediglich noch von der Erinnerung an Liane bewohnt. Der fahle Körper wurde nur vom spärlichen Licht der Sonne gestreichelt, die ihm aber seine Wärme nicht zurückgeben konnte.

Der Hausmeister, der sich um den Garten und die Anlage kümmerte, inspizierte das Anwesen und hoffte, die Dame des Hauses zu treffen.

„Liane", rief er mit seiner rauen Stimme, an der Tür stehend.

Doch die erwartete Antwort blieb aus. Er sah ihr am Eingang des Anwesens geparktes Auto und vermutete, dass sie nicht weit sein konnte. Der vom Sturm strapazierte Wald zeigte vom Wind gebrochene Äste.

„Liane!", rief er nach einem Räuspern noch einmal.

Da er nichts hörte, meinte er, sie müsste im Bad oder auf der Toilette sein und es wäre ihr ein wenig peinlich, von diesem Ort aus zu antworten.

Es wäre auch möglich, dass sie wieder nackt in der Badewanne lag und ihn anzulocken versuchte. Keine angenehme Vorstellung für ihn. Sie bedrängte ihn nur indirekt, dafür aber ständig. Deshalb mied er vorerst den Gang zum Badezimmer.

So entschied er sich, den künstlichen Teich zu überprüfen und ging den Hang bis zum Teichrand hinunter. Fußspuren liefen vom Teich in Richtung des Hauses und er dachte, ein

Freund Lianes hätte eventuell gefischt oder sich am Rand des Teichs bewegt. Die Fußabdrücke waren zu groß für eine Frau und offensichtlich war einer der Füße, scheinbar der linke, etwas nachgezogen worden, so als wäre er verletzt gewesen. Mit diesem Eindruck ging der Hausmeister wieder den Hang hinauf und war sich sicher, dass Zeit genug vergangen war, damit eine Dame ihr Boudoir erledigt haben konnte.

„Liane, bist du da?"

Die Naivität der Frage lag darin, dass, sollte sie dort nicht sein, sie auch nicht in der Lage wäre, die Frage mit Nein zu beantworten. Als ihm dies klar wurde, ging er auf die hintere Tür der Hütte zu. Einige Meter vor ihr bemerkte er, dass sie offen stand, und eilte darauf zu.

„Liane?", fragte er, diesmal leicht verunsichert.

Er drückte die unverschlossene Tür auf, bemerkte als Erstes die Schlammspuren auf dem Linoleum und schimpfte innerlich, weil er bestimmt dieses Ergebnis einer Unachtsamkeit selbst würde reinigen müssen. Die quietschenden Scharniere der Fliegengitter überraschten ihn nicht, da sie zu dieser Jahreszeit längst hätten geölt werden müssen. Er wagte sich vorsichtig in das Haus hinein und überlegte, dass die alte Anna, die Vorbesitzerin des Hauses, auch nach einem Schlaganfall nicht antworten konnte und stundenlang bewusstlos auf dem Boden gelegen hatte. Er selbst musste sich damals um sie kümmern und seitdem begleitete der Schock ihn sein ganzes Leben lang.

Als er dann rote Spuren neben dem Schlamm auf dem Boden bemerkte, dachte er an die rosafarbenen Seerosen vom Teich, aber es war doch zu viel Rot zu sehen, als dass es davon hätte stammen können. Ein unbeschreibliches Unbehagen stieg in seiner Brust auf und brachte mehr Adrenalin in seinen Kreislauf.

Der süßliche Geruch im Haus mischte sich mit weniger anmutigen Gerüchen, die mutmaßlich aus einer verstopften Toilette stammten könnten, urteilte er ungeachtet der realen Lage oder weil er die mögliche Wahrheit nicht wahrhaben wollte.

Die Stille wurde nur von zwei leichten Windböen unterbrochen und draußen zwitscherten einige versteckte Vögel, die das Szenario ignorierten und weiter trällerten.

„Liane?", erkundigte er sich zum letzten Mal, da er sicher war, dass sie nicht antworten würde.

Unvorbereitet traf ihn das Bild der auf dem Boden liegenden toten Liane. Getrocknetes Blut war um ihren Körper herum zu sehen und Fetzen ihrer Kleider lagen wie ein Kranz um sie herum, als hätte eine Bestie sie angefallen und seine Trophäe zur Schau ausgestellt.

Eine Mischung aus Ekel und Bedauern zwang ihn, sich zu übergeben, so dass er fast an dem Erbrochenen erstickte.

Die Würgegeräusche wurden nur von Kuhglocken auf einer fernen Weide begleitet und von gleißenden Sonnenstrahlen, die sich durch einige Spalten zwischen den Gardinen in den Raum drängten.

Die leblosen Finger ihrer linken Hand umfassten einen Handspiegel. Das Glas war zerbrochen und einige Splitter klebten auf ihrer Stirn. Ihre beiden Augenlider waren von einem der Splitter oben nach unten aufgeritzt.

Trotz des widerlichen Gestanks und der Totenaura, die den Raum erfüllten, konnte der Hausmeister nicht umhin, sich Lianes entblößte Vagina anzuschauen. Ob aus männlicher Neugier oder aus Mitleid mit ihrem Zustand, wusste er nicht zu entscheiden.

„Um Gottes willen!", schrie er und die Angst verwandelte den letzten Teil seiner Worte in ein unverständliches Gluckern. Er warf ein Tuch, das er auf dem Sessel fand, über die leblose Nacktheit, und drehte sich um.

„Hilfe!", wollte er schreien, aber in der Panik rutschte sein rechter Fuß auf dem trockenen Schlamm aus und er fiel zu Boden. Er kämpfte sich aus der Hütte, um frische Luft einzuatmen.

Als er endlich den Hang hinter der Hütte erreichte, drehte sich die Welt vor seinen Augen. Er wollte vermeiden, in Ohnmacht zu fallen. Seine Füße wollten versagen, aber er schaffte es, sich mit letzter Kraft am hölzernen Zaun abzustützen.

Sein Handy wählte fast von allein den Notruf und prompt meldete sich eine sachliche Stimme.

„Notruf", war zu hören.

Er erklärte die Lage und konnte seine Tränen nicht mehr zurückhalten. Zum dritten Mal in seinen Leben wurde er mit dem Tod konfrontiert. Die alte Anna war keine Überraschung und er hatte mit ihr keine enge Verbindung gehabt. Dann jedoch seine Geliebte und jetzt Liane.

Verständnisvoll versuchte der Beamte am Telefon, ihn zu beruhigen und wartete, bis er das Schluchzen unter Kontrolle bekam.

Jedes Mal, wenn er von vorne zu erzählen anfing, was er gesehen hatte, versagte seine Stimme und zum dritten Mal brach er an der gleichen Stelle der Erzählung in Tränen aus.

Zwei Stunden später erreichten zwei Wagen der örtlichen Polizei die Hütte in den Bergen von Oberammergau.

Die Stille war in den Bergen alltäglich und allgegenwärtig und an diesem Tag wurde sie von einer Aura der Ohnmacht und Trauer begleitet.

Unten verlief die Hauptstraße und man konnte hören, wenn Autos vorbeifuhren. Jedoch geschah dies so selten in dieser Gegend, dass man die Anzahl der vorbeifahrenden Autos fast an den Fingern einer Hand abzählen konnte.

Der Hausmeister zitterte am ganzen Körper und aus einem Krankenwagen, der kurz nach den Polizisten eintraf, sprangen zwei Personen mit voll professionellem Einsatz heraus. Ein Junge und ein Mädchen, beide in Weiß gekleidet. Sie waren kaum über zwanzig Jahre alt, was den verzweifelten Hausmeister dazu brachte, noch zu protestieren.

„Bleibt da. Ihr seid zu jung, um so eine schreckliche Szene zu sehen."

Die Stille der Berge wurde durch sein Heulen unterbrochen und alle schauten ihn verständnisvoll an. Der Sanitäterjunge tröstete ihn, während das Mädchen akkurat eine Beruhigungsspritze vorbereitete.

Drei Tage lang betrat er diese Hütte nicht wieder und von da an begleitete ihn der Fluch dieser Stunde jedes Mal, wenn er den Fuß in sie setzte.

In seinem Inneren, überdeckt von Trauer und Schreck, loderte das blutrünstige Feuer eines gebrochenen Herzens.

„Prima. Das gefällt mir", schloss Eros seine Rezitation ab.

„Ich denke, Hugo wird wieder die Kotzorgie monieren."

„Er kann mich mal. Das bleibt so und auf der entblößten Vagina bestehe ich. Die von Kirchen und Patriarchen vererbte Scham muss endlich ein Ende finden!"

„Eine Feministin ist geboren." Francis warf seine Armen nach oben, um seiner Verkündigung Ausdruck zu verleihen. „Aber bitte lass das Adjektiv ‚unrasierte' vor Vagina sein. Das klingt wirklich billig", mahnte Francis, aber Eros ignorierte die Belehrung.

„Damit er nicht mit weiteren Belehrungen anfängt, schreib am Ende, dass wir wegen der Aubinger Morde einen Termin mit Lucius haben."

„Aber wir haben noch keinen Termin."

„Egal. Drück auf Absenden!"

12

Peter Assmann schaute sich den Bericht der Tatortermittler an und fand viele Hinweise auf schlampiges Schreiben, was er lieber nicht in einer E-Mail an den Ermittler kommentieren wollte. Offensichtlich war der deutsch-griechische Ermittler kein Freund der elaborierten Grammatik und seine Akribie in der Auflistung an Details schien wenig ausgeprägt zu sein.

„Lukas", rief Peter in keine bestimmte Richtung des Raumes.

„Deine scheiß Pflanzen kannst du mal selber gießen", gab der Junge schroff zurück. In die Zusammenarbeit beider war etwas Humor gekommen und Lukas genoss seine wachsende Erfahrung und das damit verbundene Ansehen in der Truppe.

Peter schonte seine Nerven, indem er innerlich von zehn rückwärts zählte, und als er bei drei angelangt war, setzte er seine Aufforderung fort. Die gleiche Technik hatte er bei der Erziehung seiner beiden Töchter angewandt, die mittlerweile selbst Mütter waren und diese Methode sogar verbessert hatten.

„Beweg dich hierher. Wir haben was zu tun."

Der junge Lukas vergaß seine freche Art und verwandelte sich fast in einen gelehrigen Erstklässler.

„Eh, Chef. Das ist Musik in meine Ohren."

„Hast du den Bericht von Karamanlis gelesen?" Die leicht gehobenen Augenbrauen gaben ein deutliches Zeichen seiner Geringschätzung der Arbeit Karamanlis'.

Lukas holte sich Peters Mappe und schaute sie kurz an.

„Ja." Lukas verlieh seiner Antwort einen Unterton, der indirekt andeutete, dass es noch mehr darüber zu sprechen gab.

„Was heißt ja?"

„Etwas dürftig, würde ich sagen. Er hat das Aussehen der Erde am Körper nicht beschrieben, obwohl das ein Indiz wäre, ob die Frau vor Ort oder woanders getötet worden ist."

„Bravo, Junge. Du bist mein ganzer Stolz."

Rosemarie, die unweit davon den beiden zuhörte, kämpfte mit etwas Eifersucht, anerkannte aber auch, dass Lukas sich sehr um Ansehen bemühte.

Lukas' Brust schwoll leicht an und sein Kopf errötete etwas vor Verlegenheit.

„Wir dürfen nicht übersehen, dass wir hier irgendwo auch eine undichte Stelle haben. Die Reporterin durfte das nicht berichten, oder?", fragte Rosemarie.

„Ja. Ich will wissen, wer die Tatortdetails der Presse verpetzt hat. Die Sache mit dem Spiegel kam zu früh heraus. Das durfte bisher keiner wissen." Peter sorgte sich wegen der Nachahmer oder sogar wegen Personen, die dies lustig fanden und sich selbst in ähnlich konstruierten Videos im Internet präsentierten. Das könnte die Ermittlungen sehr hindern.

„Aus unserm Team hat sich bestimmt keiner mit der Presse unterhalten." Rosemarie nahm das an, war sich aber nicht ganz sicher. Bastian ging manchmal etwas sorglos mit seinen Aussagen um und Lukas litt schwer an seinem Mundwerk, so hatte es Klaus mehrmals behauptet.

Peter schaute etwas in die Luft und Lukas wurde etwas unsicher, ob dies eine Frage war.

„Klaus hat mich ausdrücklich gebeten, keinen Kontakt mit der Presse zu haben. Daran habe ich mich auch gehalten."

„Das hat er uns allen gesagt und es wäre sowieso irgendwann rausgekommen. Diese Reporterin sucht immer nach Skandalen und das hier ist für sie ein gefundenes Fressen. Sie war bereits zweimal ungebeten bei Klaus. Ich hörte sogar noch hier seine Schreie", missbilligte Rosemarie Angelika Baumers Vorgehen.

Etwas überrascht kehrte Peter aus seinen Gedanken in die Unterhaltung zurück.

„Sorry, ich war mit einem Detail in meinem Kopf kurz weg."

„Vorsicht. So fängt Alzheimer an", warf Lukas ein.

„Willst du wieder in die Gärtnerabteilung versetzt werden?"

„Nein, bitte, bitte", beschwor Lukas mit gefalteten Händen.

„Der Typ, der sich per E-Mail gemeldet hat, der Redakteur, wo hast du seine E-Mail abgelegt?"

Lukas übernahm die Führung an der Tastatur von Peters Computer und zeigte, dass er bald zu einem Vollprofi aufblühen würde.

Verschiedene Dialoge erschienen auf dem breiten Desktop des Computers und verschwanden wieder und Lukas drehte am Rad der Maus und prompt war da die E-Mail des besorgten Bürgers.

„Wann ist das gekommen?"

Lukas zeigte mit seinem Finger auf das Datum auf der E-Mail.

„Lass deine schmutzigen Finger von meinem Monitor", monierte Peter.

„Sorry. Hier."

„Ja. Habe ich gesehen. Gut, wenn jemand sich so freiwillig meldet, dann war das Petzen dieses Details doch nicht so verkehrt. Rosemarie, kontaktiere die Zeitung und frag, wer sie informiert hat. Wie ich sie kenne, werden sie sich auf die Anonymität der Anrufer berufen und uns nicht helfen wollen."

„Wie ich der E-Mail entnommen habe, schreibt der schwule Sänger wieder einen Roman."

„Lukas!" Peter drückte seine Finger auf seine Augen und rang um Geduld mit seinem jungen und motivierten Sprössling, der sich offensichtlich auch noch homophob äußerte.

„Tschuldigung. Der Homosänger", verbesserte sich Lukas, mit offensichtlich weniger Erfolg als erwartet.

Peters Augen weiteten sich auf Tellergröße und er starrte Lukas erbost an. Rosemarie vermied es, die Kritik noch zu verstärken, aber Lukas' Benehmen ließ wie immer zu wünschen übrig.

„Er ist doch schwul, oder? Er hat seinen Partner im Fernsehen vorgestellt und sie haben sich geküsst, mit der Hand auf dem Hintern und so." Lukas schaute zuerst hilfesuchend zu Rosemarie, die ihren Blick abwendete, und dann zu Peter, als er merkte, dass eventuell etwas an seiner Wortwahl deplatziert war.

„Lukas, sei nicht so primitiv. Er ist ein Sänger und seine private Orientierung ist in dem Fall nicht von Belang."

Diesmal schaute Lukas etwas unklar Peter an.

„Doch sicher hat das was zu sagen. Schwule tun Frauen sowas nicht an." Er zeigte mit der Hand auf das Foto der ermordeten Martina, das auf dem Monitor oben links in einem Dialog aufgeklappt war.

„Warum nicht? Auch Frauen können dies tun. Ich sehe keinen Grund für den Ausschluss einer Person aufgrund ihrer sexuellen Orientierung. Wer weiß, wie krank einer wirklich ist. Die Orientierung ist für die Täterermittlung meiner Ansicht nach nicht relevant." Rosemarie überlegte und zwängte sich zwischen beide Herren und blickte zum Monitor, genauer gesagt auf das Bild der Opfer.

Peter revidierte seine Meinung über Lukas' Verhalten. Offenbar hatte er den jungen Ermittler falsch beurteilt.

„Nun? Er kann auch Bisexueller sein und in seiner Freizeit Frauen hassen", räumte Peter unsicher ein.

„Nein, Peter, das glaube ich nicht. Mein Bruder ist ein Muster von Homo und er würde einer Frau, oder wem auch immer, sowas nicht antun. Gewalt dieser Art muss etwas mehr als Hintergrund haben. Das hier hat etwas mehr zu bedeuten. Affekt würde ich ausschließen, weil die Aufmachungen sehr theatralisch präsentiert sind. Wir übersehen etwas. Mir fehlt noch der richtige Blickwinkel."

Peter bemerkte Lukas' leicht glänzende Augen. Offensichtlich wusste er zu wenig über dessen Hintergründe und noch weniger über seine noch etwas pubertären Gefühle. Rosemarie verkraftete die Begegnung mit der Gewaltszene und blieb sachlich, aber sie hatte auch eine Mauer um ihre Gefühle gezogen, so dass man sie nicht einschätzen konnte.

„Möchtest du eine Pause machen?", schlug Rosemarie Lukas vor.

„Oh, nein danke. Ich will nicht, dass ihr denkt, ich wäre ein Homophober, nur weil ich so rede, aber wenn man einen kräftigen Bruder hat, der so ist, lernt man, etwas offener damit umzugehen. Glaub mir, ich kenne eine Menge schwule Typen und keiner von denen wäre je in der Lage, sowas zu tun. Das hier hat einen niederen Beweggrund. Ich tippe auf Geld, aber ich werde noch an dem Motiv arbeiten müssen."

„Ah. Ein offener Umgang mit Schwulen gehört nicht zu meiner Generation, muss ich leider zugeben, aber wir haben gelernt, dass wir mit manchen Ausdrücken lieber vorsichtiger sein sollten. Geld scheint mir ausgeschlossen zu sein. Der Tod dieser Frauen scheint niemanden zu interessieren und keinem einen Vorteil zu bringen."

„Ich bin mit dem Täterprofil unsicher, da wir im Unklaren darüber sind, wer der oder die Täter sind. Wir dürfen nicht vergessen, dass der erste Mord noch wie ein Unfall aussieht", erinnerte Rosemarie ihre Kollegen.

„Ich finde es scheußlich, was dieser Frau angetan wurde. Die Kriminalpsychologin, die uns berät, meinte auch, dass es sich hier um einen heterosexuellen Täter handeln muss." Peter staunte, dass seine jüngeren Kollegen ihn scheinbar langsam in der Ermittlung überholten und sicher sogar in mancher Hinsicht besser informiert zeigten, als er es selbst war.

„Trotzdem, man kann sich nur einsetzen, wenn man die gesunde Distanz wahrt. Niemals die Gefühle oder persönliche Sichtweisen über den Sachverstand regieren lassen." Peter versuchte, wenigstens mit einem guten Rat im Wettbewerb zu bleiben, aber trotzdem fühlte er sich mit dem Ergebnis der Ausbildung seiner Nachfolger sehr zufrieden.

„Wo ist Bastian?", fragte Peter, als er merkte, dass es im Raum so ruhig war.

„Er macht mit Arnaud Pause. Sie kommen bestimmt bald. Arnaud versucht wieder, eine Prüfung als Spürhund abzulegen, aber leider sehe ich nicht, wie ihm das gelingen sollte. Er ist zu verspielt." Rosemarie schaute durch das Fenster nach unten zum Park und sah, wie Arnaud um Bastian herumsprang.

„Was ist dir eingefallen, als du so gedankenverloren warst?", erkundigte sie sich bei Peter.

„Diese Tschechin. Das Opfer", sprach Peter langsam und dabei bemühte er seine Erinnerung. „Sie war vor kurzem mal in einen anderen Fall involviert, aber ich finde keinen Ordner mit ihrem Namen."

„Das wäre interessant", stimmte Rosemarie zu.

Peter versuchte sich an der Tastatur, aber dann gab er auf und schob seinen Bürostuhl zur Seite.

„Gib mal ihren Vornamen ein und die Nationalität. Es kann sein, dass sie anders hieß, es ist ungefähr … lass mal sehen …"

Peter schaute sich seine Pflanzen an und zählte sie mit den Fingern.

„Sechsunddreißig, siebenunddreißig. Ja, vor sechs Monaten."

„Was haben die Pflanzen mit den Jahren zu tun?", fragte Rosemarie, von dieser Logik etwas überrascht.

„Ich merke mir pro abgeschlossenem großen Fall eine Pflanze oder Arbeit, die ich verrichtet habe, und sie sind nach den Fällen geordnet. Eine Marotte von mir, aber wenn man kurz vor der Rente ist, ist man voller Erinnerungen und die Pflanzen waren immer meine besten Partner."

Lukas nahm diese Informationen in seinen geistigen Notizen auf, und zwar in die Kategorie der Dinge, die er niemals im Leben tun wollte.

Wieder flackerten einige Dialoge über den Bildschirm. Lukas' Finger schwebten über die billige Tastatur und Peter bemerkte, dass einige Tasten bereits abgenutzt und die Buchstabenprägungen fast verschwunden waren.

„Wir haben sechs Treffer hier."

Lukas präsentierte eine Liste mit Tatort-Thumbnails, woran man Wichtiges von dem betreffenden Fall erkennen konnte.

Peter zeigte mit dem Finger auf der dritten Mappe von oben nach unten.

„Deine Wurstfinger sind auch nicht sauberer als meine."

Offensichtlich lernte der junge Lukas nicht nur sehr schnell, sondern übernahm scheinbar gerne einige schlechte Eigenschaften seiner Meister, urteilte Peter für sich.

„Klar, sorry."

Die Mappe wurde animiert, als würde sie aufgehen, und die Dokumente wurden wie in einem Strategieplan auf dem Bildschirm aufgestellt.

„Ja. Das ist sie."

„War unser Opfer bereits einmal woanders Opfer?", fragte Rosemarie, die etwas mehr Neugier als sonst zeigte.

Peter schüttelte heftig seinen Kopf und seine Aufregung war zu spüren.

„Nein, diese Frau hieß Martina Pietrova. Sie war in einem Fall einer anderen Abteilung als Täterin involviert."

Peter zog seinen Bürostuhl näher und tippte mit seinem Finger auf einen der Berichte.

„Warte, ich vergrößere das."

Lukas brachte das Dokument in eine größere Bildschirmansicht.

„Schau da. Das ist doch sie, oder?"

„Schwer zu sagen. Kann sein. Wie können wir das prüfen?"

„Wir haben bestimmt DNA-Daten, weil das zu den aktuellen Ermittlungen gehört."

„Uhau. Wie kamst du drauf?"

Lukas war beeindruckt, dass die Erinnerung von erfahrenen Kollegen scheinbar mehr leisteten als die Computer.

„Es war wie ein Déjà-vu. Es hat etwas mit dem Spiegel zu tun und dieser Frau. Ich erinnere mich nicht mehr genau und der zuständige Ermittler dieses Falls ist im Urlaub. Aber wir finden bestimmt Hinweise in seinen Berichten. Er ist ein sehr pedantischer Kollege, der hier auch schon sehr lange arbeitet."

„Ich habe einen Link zu dieser Mappe in unsere Ermittlungsakte aufgenommen und werde mir das durchlesen."

„Tut das. Ich glaube, dass wir da etwas haben."

„Soll ich mich mit dem Sänger unterhalten?"

Lukas wählte seine Worte überlegt.

„Mach das und sei nett und absolut korrekt, ich will hier keine Beschwerde sehen. Am besten nimmst du Rosemarie mit."

„Neh. Ich gehe zur Reporterin. Ich bin gleich weg. Das muss Lukas allein hinbekommen", entschuldigte sich Rosemarie.

Peter holte die Maus und versuchte in der Ermittlungsakte zu blättern.

„Ich gieße deine Trophäen, bevor ich zu Eros Petrocelli fahre."

„Danke."

13

„Ja, Margareth. Genau das ist es, was ich meine", bestätigte Hugo und nickte mehrmals zur Bestätigung. Eine Tasse Tee dampfte nicht mehr, da die Wärme sie bereits vor einer Stunde endgültig verlassen hatte.

„Findest du nicht, dass du etwas zu spontan warst, der Polizei vom Roman zu berichten?" Hugo registrierte Margareths Vorsicht in ihrem Vorwurf mit Wohlwollen.

„Nein. Das habe ich getan, weil man sonst im Fernsehen bald über das nächste Opfer berichtet hätte und die Polizei keinen Fortschritt in den Ermittlungen hätten erzielen können. Ich sehe fast täglich, wie sie in den Nachrichten über diese Mordserie berichten, und bin überzeugt, dass wenn wir uns als Bürger nicht da einsetzen, wo wir es können, dann passiert nichts." Hugo sprach mit besonderer Hingabe, als würde er vor einem Pult auf einem offenen Platz reden.

Margareth wartete kurz, bevor sie ihren Einwand aussprach.

„Sag was", forderte Hugo sie leicht ungeduldig auf.

„Ich weiß nicht, Hugo. Indirekt hast du deinen Klienten ungebeten in eine Sache involviert, mit der er wahrscheinlich nichts zu tun hat. Das kann auch als Vertrauensbruch gewertet werden und dann bist du den Kunden los."

Hugo ging im Raum auf und ab und regelte dabei die Lautstärke seines Klassik-Radios herunter und warf die Fernbedienung auf das Sofa.

Das dumpfe Aufprallgeräusch des Geräts wurde von einem Quaken im Radio abgelöst, da offenbar die Sendertaste betätigt worden war.

„Ich habe dich nicht richtig gehört. Du meinst wirklich, ich sollte einen so klaren Hinweis auf diese brutalen Morde verschweigen? Und das, obwohl du selbst mich dazu gebracht hast, diese Meldung zu machen?", fragte Hugo ungläubig.

„Nun ... du hättest es auch diskreter ...", rang sie nach Worten.

„Niemals. Als ich vom Handspiegel am Tatort hörte, wusste ich sofort, dass Eros darüber geschrieben hat, und wir hatten uns bereits zehn Tage mit dieser Szene beschäftigt."

Hugo war sich seiner Schuld offenbar bewusst und die begründeten Proteste von Margareth schienen ihn nun noch mehr mit seiner Schuld zu konfrontieren.

„Ich denke, das ist noch länger ein Thema zwischen dir und Eros, dieses Zauberspiegeldings, oder? Du musst dich mal konzentrieren, weil du über dem Termin liegst."

Hugo überlegte kurz und schaute sein Pad auf dem Arbeitstisch an.

„Warte mal."

Hugo schaltete es an und rief das Protokoll des Romans auf. Anschließend scrollte er bis zum Anfang der Lesungsarbeiten.

„Ach du lieber Himmel. Wir arbeiten an dem Roman schon mehr als sechs Monate über dem Liefertermin.

Dass dir sowas auffällt und ich es beinah vergessen hätte!" Hugo sprach fast in einem Verteidigungston, da er wusste, dass er dies besser als Margareth hätte wissen müssen.

„Über ein Jahr, Hugo. Über ein Jahr. Vielleicht bist du gestresst."

„Nein, nein."

„Vielleicht brauchst du einen Urlaub."

„Nicht jetzt."

„Einen Urlaub mit mir", lockte Margareth etwas lasziver und versuchte dabei etwas von ihrer in den Jahren verlorenen Weiblichkeit hervorzuzaubern.

„Margareth", mahnte Hugo, „du weißt, dass das momentan für mich kein Thema ist. Ich muss meine Arbeiten zuerst beenden und so wie sich alles entwickelt, wird es noch eine ganze Weile dauern, bis ich fertig bin."

„Hugo, du musst auch Eros Klarheit verschaffen, weil dieses Projekt schon zu lange dauert, und es ist dir sicher auch bewusst, dass je länger das dauert, desto unerwarteter kann das Ergebnis ausfallen."

„Da hast du Recht. Wir sind auch fast am Ende des Romans, so dass ich eine Pause einlegen kann. Du hast ja Recht, ich muss Urlaub machen. Ich weiß auch nicht, ob meine Kopfschmerzen nicht von der vielen Arbeit herrühren."

„Ich habe immer Recht", gab Margareth selbstsicher zurück und ein greller Lacher beendete ihren Satz.

Hugo holte die Fernbedienung wieder vom Sofa und verlor dabei kurz den Gesprächsfaden.

„Sorry, Margareth. Was hast du gesagt?", erkundigte er sich.

Kein Ton war mehr zu hören.

,Blöde Kuh, hat aufgelegt, ohne sich zu verabschieden', dachte er bei sich.

Nicht selten verabschiedete sich Margareth auf solch theatralische Weise aus einem Gespräch. Hugo empfand zwar dabei Unbehagen, aber es war ohne Zweifel Margareths Markenzeichen.

Ihre Anzüglichkeiten waren für Hugo nach wie vor etwas unangenehm. Er kam sich vor wie eine Maus vor einer Katze und scheinbar wusste sie das und nutzte es zu sehr aus.

Hugo fuhr die Lautstärke seiner Anlage hoch und unzufrieden mit dem Spiel von King Arthur von Purcell wechselt er zu Jazz und Swing von Radio London. Ungewöhnlich, aber diesmal spielten sie Glen Miller und die Trompete tanzte förmlich im Rhythmus von „In the Mood". Er erinnerte sich an einen Film, den er vor Jahren gesehen hatte und in dem dieses Lied gespielt wurde. Was ihm ungewöhnlich vorkam, war die Tatsache, dass amerikanische Musiker auf diesem Sender so gut wie nie zu hören waren.

Während das Orchester vor einem neuen Satz eine dramatische Pause einlegte, saß er vor seinem Computer und wollte das neue Kapitel von Eros' Roman auf dem Pad durchlesen und seine Kommentare in eine E-Mail fassen.

„Moonlight Serenade" schien nicht das passende Ambiente für die Lektüre zu bieten, aber er ging die Sätze in dem neuen Kapitel durch, zufrieden zu lesen, wie Eros sich weiterentwickelt hatte. Ja, der passende Szenenaufbau und etwas gute Dramatik waren auch zu erkennen.

Er atmete etwas heftiger als sonst und seine Stimmung verwandelte sich nicht wie gedacht in Erwartung, sondern in ein Angewidertsein, was bei einem Erfolgsroman nicht sein durfte.

„Kotzorgie, verdammt nochmal!", schrie er und warf seinen Pad in Richtung der Radioanlage. Sofort verstummte Glenn Miller im Radio und Hugo wurde klar, dass er den Abschaltknopf der Anlage getroffen hatte. Um das Unglück voll zu machen, rutschte das Radio auf dem Regal nach hinten und durch das Gewicht der Kabel stürzte es hinunter. Ein Kabelsalat mit einem hängenden Radio und ein am Boden liegendes, sein letztes Licht abgebendes Pad waren das Ergebnis.

‚Bzzzz' war zu hören. Augenscheinlich verabschiedete sich eins der Geräte für immer.

„Verdammter Holzkopf! Er versteht nicht und wir werden niemals fertig. Keine Kotzorgie in diesem Buch!" Seine Stimme war unnötig laut, da ihn in der Wohnung niemand hören konnte. Er schlug mit seinen Fäusten auf den Wohnzimmertisch und ein Schmerz stieg von der Handkante direkt hoch in seinen Kopf. Offensichtlich hatte er unbeabsichtigt einen Nerv getroffen.

Das Pad überlebte den Wutausbruch nicht und der zerschlagene Monitor zeigte einen deutlichen Riss an der

Kante. Er drückte auf den Einschaltknopf und musste einsehen, dass das Gerät ebenso tot war wie die arme Liane in der Hütte in Oberammergau.

Mit wütenden Handbewegungen hob er das am Kabel hängende Radio hoch und schob den Kabelsalat einigermaßen zurecht.

Hugo saß am Computer und sah im Sozialnetz, wie sich in der Presse alles um Eros drehte. Solange Eros in den Schlagzeilen blieb, war der Erfolg des Romans fast gesichert. Sein Atem wurde schwerer und er rang um Fassung. Der Blutdruck schien auf unangenehmer Höhe angekommen zu sein und er versuchte noch einmal, sich zu beruhigen.

Eros' Erfolg als Schriftsteller wurde von seinem Verleger Lucius gut vermarktet. Hier und da lancierte Lucius Pressemitteilungen, dass sich die Qualität der Romane und die schriftstellerischen Eigenschaften des jungen Talents täglich verbesserten und er vom Saulus zum Paulus der Literatur geworden sei. Damit wollte Lucius andeuten, dass aus der sexbesessenen Dumpfbacke und dem singenden Idioten Eros ein Literat vom Niveau eines Homer aus dem antiken Griechenland geworden sei – was für Unbeteiligte fast glaubwürdig klang. Dies sollte vor allem die jüngeren Leser dazu motivieren, mehr Büchern zu kaufen. Das war nämlich das Geschäft des Verlags.

Seine Brust hob und senkte sich langsamer und sein Atem wurde ruhiger.

Einige Meldungen zeigten, wie Eros seinen Francis umarmte, und wie Mädchen heulten, als ihr Traum, Eros zu ehelichen, zerplatzte.

Als Hugo sich seinerzeit Eros als Projekt ausgesucht hatte, musste er viel Überzeugungsarbeit beim Verlag, besonders bei Lucius leisten. Der war zwar nicht so klug wie sein Vater, aber ein guter Investor.

Er fand seine Fassung wieder und betrachtete kurz die Folgen seines Ausbruchs.

Hugo war sich bewusst, dass er für den Löwenanteil von Eros' Erfolg verantwortlich war, und wäre nicht Francis, hätte Hugo bestimmt ein oder mehrere Jahren investieren müssen, bevor Eros etwas Besseres hätte schreiben können.

,Hallo Eros,

ich muss das letzte Kapitel nochmals überprüfen. Leider ist mein Pad kaputtgegangen und alle meine Notizen sind dort gespeichert. Ich gehe schnell in die Stadt, kaufe mir ein neues Gerät und spiele das Backup zurück. Dann sende ich dir meinen Bericht.

Ich melde mich bestimmt noch heute.

Grüße Lucius von mir

Hugo van Hülsen'

Hugo hatte verschiedene Unterschriftsformen. Jede verriet mehr über seine Verfassung, als man es sich vorstellen konnte, und wenn er mit Nachnamen unterschrieb, war das so zu verstehen, dass er unzufrieden war. Setzte er den Namenzusatz ,van' vor seinen Nachnamen, dann war er nicht nur unzufrieden, sondern auch extrem sauer und wollte persönliche Kontakte vermeiden.

Diese Eigenschaften kannte Eros in der Zwischenzeit sehr gut, das wusste Hugo genau, und so wäre auch kein Anruf von Eros zu erwarten, nachdem er diese E-Mail gelesen haben würde.

Hugo drückte den Sendebutton und ein fliegender Toaster gab den Hinweis, dass die E-Mail erfolgreich gesendet worden war.

Hugo hatte sich beim Lesen sehr angestrengt und die Aufregung über Eros' Aufsässigkeit verursachte einen unangenehmen Druck in seinem Kopf. Er beschloss, sich etwas hinzulegen, bevor er zum Einkaufen fuhr.

Er drückte die Sendersuchtaste des Radios, aber sein Apparat verweigerte ihm den Gehorsam.

„Scheiße", fluchte er.

‚Ich muss wohl auch ein neues Radio auf die Einkaufsliste setzen', dachte Hugo, bevor er unter seine Sofadecke kroch und einschlief.

14

Früher einmal bildeten überwiegend alte Papiere den Bestand des Verlags. Viele der alten Regale aus massivem Holz im Retrostil der fünfziger Jahre beherbergten vor einigen Jahren Riesenstapel von Manuskripten und alten Buchausgaben in kaum nachvollziehbarer Ordnung. Doch diese Zeit war irgendwann vorbei. Mit dem Anbruch der neuen Ära der Lesegeräte und E-Books sind Papierausgaben überwiegend nur in eingerahmten graphischen Abbildungen an den Wänden von sauberen Großraumbüros zu sehen. Auch mit dem Wechsel in der Geschäftsleitung des Verlags vom Vater zum Sohn wurde vieles im Geschäftsablauf modernisiert und umgestaltet. So sind die Papierrelikte digitalisiert oder einfach entsorgt worden.

Eine Klimaanlage summte leise im Hintergrund und sorgte für staubfreie Luft und für eine künstliche Kühle, die einige der Mitarbeiter in Jacken und Pullis zwang.

Lucius, der Geschäftsführer, war nach einer alten familiären Tradition nach seinem Opa benannt worden. Wie es schien, würde mit dem Tod von Lucius auch diese Tradition ein Ende finden, da er weder ein Kind hatte, noch eins zu zeugen beabsichtigte. Seine Lebensgefährtin Helena war für schauderhafte Trinkgelage bekannt und leistete sich dabei einige peinliche Auftritte, die von der Presse geschickt verschwiegen wurden. Nicht selten musste Lucius anderen Reportern deswegen einen Gefallen tun, damit die entsprechende Diskretion, sein Familienleben betreffend, eingehalten wurde. Einige böse Zungen behaupteten, dass Helena aufgrund der zahlreichen Entzugsbehandlungen, zu denen sie gezwungen wurde, nicht in der Lage sei, schwanger zu werden. Doch keiner wusste genau, ob das stimmte.

„Lucius!", rief Helena, die ihren Kopf durch die Türöffnung zu einem helleren Büro in Richtung Westen streckte. Trotz des geschickten Make-Ups konnte man an ihrem Teint Spuren der Alkoholschäden bemerken.

„Was ist, Helena? Ich muss mich für das Meeting vorbereiten", monierte Lucius, während er vor einem Spiegel seine rote Krawatte korrigierte.

„Eros ist da im Besprechungsraum. Schatz, mit dieser Krawatte siehst du wie ein Thermometer aus. Binde bitte die lila mit Streifen um."

Lucius war von seiner Mutter stets verwöhnt worden und dadurch ergab sich eine Mischung aus schlechtem Kleidergeschmack und Trotz, die viele Witze in der Branche nährte.

Draußen war ein Kopierer zu hören, der allmählich die Arbeit verweigerte und die Proteste der Assistentin ignorierte.

„Gut. In welchem Raum sind Sie denn? Wir haben vier." Lucius musste sie immer wieder daran erinnern, sich genauer auszudrücken. Er hatte etwas Schwierigkeiten mit der lila Krawatte und mit einem schiefen Knoten bereitete er sich auf sein Meeting vor.

Er liebte Helena in gewisser Weise und sie ihn auch, obwohl es ihr bewusst war, dass sie als Frau keine Reize mehr auf ihn ausübte. Sie lebten in perfekter Symbiose, in der er das Geld gab und sie die Geschäftsinteressen mit Zähnen und Klauen verteidigte.

„Neptun", antwortete sie kurz. Die vier Räume hatten Götternamen und entsprechend waren sie eingerichtet.

„Ist jemand bei ihm?"

„Ja. Francis ist dabei. Soll ich an der Sitzung teilnehmen?"

„Ich denke nicht, aber du kannst gerne dazukommen. Was ist das für ein Krach im Büro?" Die Walzen des Kopierers wieherten wie ein altes Ross und eine Mitarbeiterin schaute sich unsicher um.

„Nein, mein Kopf macht mich heute fertig und der Kopierer scheint wieder kaputt zu sein." Sie legte ihre Hand an die Stirn, um ihr Leiden zu unterstreichen. Doch Lucius betrachtete sich weiter im Spiegel und übersah diese dramaturgische Leistung. Er ignorierte die Tragödie des Kopierers genauso geschickt wie die hilfesuchenden Augen der Assistentin.

Helena kehrte von der Türschwelle zurück zu ihrem Arbeitstisch und kümmerte sich um ein Event, bei dem sie wieder mit anderen Autoren und Verlegern auflaufen und sich amüsieren konnte. Ihre Füße schlurften über eine unsichtbare schiefe Linie und als sie ihren Stuhl erreichte, ließ sie sich darauf fallen. Sie stellte fest, dass diese Einladungen unmöglich ausgedruckt werden konnten, da das Kopiergerät offensichtlich nicht mehr lange leben würde. Ein quietschendes Geräusch und eine weinende Assistentin bestätigten diese Annahme.

Lucius ging zum Raum Neptun und beobachtete durch die Glaswand, wie sich Francis und Eros aufgeregt unterhielten.

Als er merkte, dass beide noch nicht bewirtet worden waren, schnaubte er kurz und drehte sich zu seiner müden Gattin um, die am Telefon plauschte.

„Lisa!", rief er die Assistentin, die vom Drucker zurückkam und neben Helena saß. „Schau, dass unsere besten Klienten etwas Kaffee bekommen, bitte. Sie sind momentan unsere allerbesten Klienten, verstanden?"

Das Mädchen war neu im Büro, da diese Assistentinnen meistens alle drei Monate von Helena ausgetauscht wurden oder von selbst weggingen. Nicht selten gaben sie an, dass kein Geld die Leiden und die Erniedrigungen aufwiegen könnte, die sie unter Helena ertragen mussten.

Die Tür zum Raum Neptun ging auf und Lucius kam mit streng gekämmten Haaren und in einem hellen Anzug und einer stechend lila Krawatte herein.

„Eros, Eros, Eros", strahlte Lucius fröhlich und schwebte mit geöffneten Armen in den Raum, um Eros zu umarmen. Lucius war sich seiner männlichen Wirkung auf Eros bewusst, seit der ihn einmal zu verführen versucht hatte. Helena, die beide an jenem Tag in einer eindeutigen Situation erwischte hatte, machte daraus eine erinnerungswerte Szene mit entsprechendem anschließendem Alkoholkonsum und seitdem herrschte eine gewisse Kühle zwischen Eros und Helena, was sich auch auf seine Beziehung zu Lucius übertrug.

„Hallo Lucius", antwortete Eros mit ausgestreckter Hand.

„Setzt euch bitte." Lucius war nie verlegen und wusste mit jeder Situation umzugehen, auch mit einer abgewehrten Umarmung.

„Oder besser gesagt, setzt euch wieder." Lucius lachte kurz über den eigenen Witz und wartete auf etwas Entspannung in der Runde, die an diesem Tag scheinbar nicht leicht zu erreichen war.

Das grelle Licht der Sonne am wolkenlosen Himmel schien den Föhnwind in München anzukündigen und Lucius betätigte die Rollläden, um sie zu herunterfahren.

Als keiner der Gäste antwortete, fügte er hinzu.

„Wie geht es unserem Projekt?"

Francis und Eros schauten sich gegenseitig an und offensichtlich sollte Francis das Reden übernehmen.

Mit einem würgenden Geräusch kamen die Rollläden in die gewünschte Position.

„Es geht unserer Ansicht nach, sagen wir ...", Francis machte eine Deutungspause, „schleppend."

Lucius war von dem Kommentar nicht überrascht, weil sie den Veröffentlichungstermin bereits zweimal verschoben hatten und der nächste Termin in vier Wochen schien auch kaum einzuhalten zu sein.

„Das ist aber eine Überraschung", versuchte Lucius seine Bestürzung in mieser dramatischer Qualität auszudrücken.

„Ich hatte dir am Telefon gesagt, dass Hugo seine literarischen Ansprüche reduzieren muss. Eros ist kein

Hemingway und meiner Ansicht nach, trotz all unserer Bemühungen, kommen wir langsam in eine Zwangslage." Francis tippte mit seinen Fingern auf den Tisch, während er sprach.

Die neue Assistentin kam etwas ungeschickt ins Zimmer hinein, was Lucius etwas Zeit zum Überlegen gab, während sie die Getränke auftischte. Klirrende Flaschen und Gläser tanzten unsicher auf dem Aluminiumbrett.

„Ich hatte geahnt, dass Hugo vielleicht zu viel von euch verlangen würde, aber er war Eros' Entdecker, daher wollte ich mich nicht einmischen."

„Mein Stil ist völlig anders geworden." Eros wandelte sich immer mehr zu einer Diva und so entdeckte er Begriffe wie Stil oder Markenzeichen und machte Lucius gegenüber verschiedene Ansprüche geltend, die der zu erfüllen versuchte.

„Ja, stimmt. Helena liest mehr Manuskripte als ich und sie meinte, dass dein erster Titel *Gay-sprech mit einem Priester* viel lustiger war."

Eros wusste nur zu gut, dass sein erstes Buch eher eine veränderte Version eines anderen Romans war, aber aufgrund seiner Stellung als berühmter Sänger und Soap-Star war er in der Presse gut angekommen und das Buch hatte sich sehr gut verkauft und die Plagiatgerüchte waren so schnell verschwunden, wie sie gekommen waren.

„Tja, was wir momentan schreiben, ist nicht lustig. Es ist eher morbid und düster." Francis warf diese Bemerkung fast beiläufig ins Gespräch und schaute durch die

Lamellen der Rollläden hindurch zum Münchener Himmel.

„Na, na. So schlimm kann das nicht sein. Hugo ist sehr gut und er hat es immerhin geschafft, aus einem literarischen Versuch mit Eros einen Kassenschlager zu gestalten. Wo liegt das Problem? Sollen wir zu dritt oder zu viert sprechen?", schlug Lucius vor. Sein Kopf bewegte sich auf dem Hals wie der eines pickenden Huhns und sein Lächeln war zwischen lustig und bedrohlich und wirkte weniger einladend, als es gewollt war.

Eros holte seine Notizen und versuchte, professionell zu wirken, jedoch in Geschäftsgesprächen fehlte ihm die Übung. Da er die Reihenfolge nicht mehr im Griff hatte, sprach er ohne Anleitung.

„Alle meine Kotzszenen sind gestrichen. Die anzüglichen Beschreibungen von Frauenbeinen und Busen sind weg und es ist keine Sexszene mehr drin." Eros lief um seinen Stuhl herum, um das zu sagen, und wirkte wie in seinen früheren Bühnenauftritten sehr beeindruckend.

„Uups. Ist Hugo fromm geworden?" Lucius lachte kurz über seine eigene misslungene Pointe, während er sich ein wenig von seinem Krawattenknoten befreite und wieder mit Unbehagen feststellte, dass er nicht witzig war.

„Wir haben das Ende des Buches dreimal neu geschrieben und er will ein Zusatzkapitel haben, wo alles aufgeklärt wird. Wir werden auch in zwei Wochen noch nicht fertig sein, wenn es so weitergeht." Francis zeigte dabei mit dem Finger auf einen Kalender an der Wand und machte damit deutlich, dass die voranstehenden vier Wochen auch bald vorbei sein würden.

Eros warf sich währenddessen wieder in den Stuhl und versuchte, müde zu wirken.

„Das ist aber unangenehm. Helena hat bereits einen Veröffentlichungstermin mit Bewirtung, Unterhaltung und Presse angekündigt und wir sind auch knapp dran. Die Produktion braucht mindestens sechs Tage." Unbewusst hatte Lucius das Wort Bewirtung etwas leiser ausgesprochen, da er befürchtete, dass eine betrunkene Helena und erotische Szenen von Eros eine explosive Mischung für die Boulevardpresse sein könnten.

„Was sollen wir denn machen?" Francis schaute etwas eingeschnappt und drückte damit seine Unzufriedenheit aus, aber das war für Lucius weniger von Interesse. Er sah nur die Gefährdung des Termins und seine Umsätze waren ihm wichtiger.

„Sind auch die Sexszenen weg? Aber das ist das, was die Mädels immer gern von Eros lesen wollen." Lucius war recht ratlos, welche Absicht Hugo damit verfolgte.

„Hugo ist manchmal etwas exzentrisch. Eventuell sollten wir das Ende des Buches pragmatischer mit Gloria abschließen, einige platzende Silikonbrüste und einige rasierte Vaginen einfügen und damit einen deutlichen Hinweis auf den Autor Eros geben, bevor wir in einem nächsten Buch die literarische Qualität erhöhen, aber im Moment halte ich Hugos Maßstäbe für zu anspruchsvoll. Das kann die Verkaufszahlen negativ beeinflussen." Francis war sehr scharfsinnig und er wusste um die Wirkung seiner Wortwahl. Lucius hatte mittlerweile gelernt, seinen Rat zu respektieren. Vor allem der Hinweis auf die Verkaufszahlen erregte Lucius' Aufmerksamkeit und der Hinweis auf Gloria war gut.

„Gut, ich rede mit Hugo. Er war, als er hier intern gearbeitet hat, auch zuweilen etwas eigen, aber er ist ein Künstler und ich weiß, Künstler sind manchmal etwas anders als Wirtschaftsmenschen wie ich. Eventuell müssen wir uns wirklich Glorias Hilfe bedienen." Lucius setzte sich absichtlich in der Wichtigkeitsskala nach unten und versuchte damit auch, auf ihn im Gespräch etwas positiver zu wirken. Lucius kämmte seine Haare mit den Fingern. Man konnte fast vermuten, dass er schon oft viele Frauen mit dieser Geste und mit seinen starken Armen beeindruckt hatte.

„Ein anderes Thema wollten wir mit dir angehen: die Mordserie in Aubing." Eros schaute zu Francis und suchte nach Bestätigung. „Das, was in den Nachrichten läuft", fügte er erklärend hinzu.

„Jaaa." Das besonders lange A ließ Francis erahnen, dass Lucius mit der Presse zusammengearbeitet hatte.

„Was hast du mit der Presse angestellt?", fragte Francis, eine genaue Auskunft einfordernd.

„Nun, als Hugo mich wegen dieses Zufallszusammenhangs zwischen den Taten und den Beschreibungen im Buch ansprach, bat ich ihn sofort, an die Polizei zu schreiben, und ich habe gedacht, es wäre eine gute …"

„Das darf nicht wahr sein, Lucius. Du hast nicht den Mörder von Aubing engagiert?" Francis meinte das ironisch, aber Lucius schien tatsächlich zu überlegen, ob dies eine Option für sein Marketing wäre.

„Nein, oh nein", verteidigte Lucius sich schnell, als er die moralische Stellung des Vorschlag bedachte.

„Bitte wirf mir nicht vor, eine gute Presse zu suchen. Es ist leider so. Mir tut es wirklich leid, was mit dieser Frau passiert ist, aber wir, die wir noch leben, müssen weiter essen und trinken."

Francis sinnierte über das Wort Trinken und schaute durch die Glaswand zu Helena und überlegte, wie viel sie derzeit wohl trank. Ihre Beine bewegten sich immer unsicherer und es schien sogar schlechter geworden zu sein als vor einem Jahr, als sie sich kennenlernten.

„Frauen, Lucius. Es ist bereits die dritte Leiche, die im Aubing gefunden wurde", erinnerte Francis.

„Aber wir dürfen vor der Presse nicht wie Geier dastehen, das ist klar." Eros war sich der eventuellen negativen Wirkung auf sein Image bewusst.

„Klar, klar. Ich regele das mit der Polizei und Presse und Hugo wird bestimmt kooperativer sein, ich rede mit ihm."

Eros schaute Francis zu. Als Francis ihm zunickte, fuhr er fort.

„Gut, dann sind wir für heute fertig. Wir machen uns auf den Weg und du gibst uns Bescheid." Eros stand auf, um sich zu verabschieden.

„Wir bekommen noch heute eine Rückmeldung von Hugo, er hat uns angeschrieben. Sein Pad scheint kaputt zu sein oder so."

Als auch Francis aufstand und sich von Lucius verabschieden wollte, kam auch Helena hinzu, die die Sitzung durch die Glaswand verfolgt hatte.

Sie stand auf und gab ihrer neuen Assistentin ein Zeichen, das die nicht verstand.

Helena öffnete die Tür des Besprechungsraums.

„Tut mir leid, ich wollte unbedingt bei der Sitzung dabei sein", log sie. „Aber ich muss mich momentan um so vieles kümmern, damit unser Veröffentlichungstermin zu einem Erfolg wird."

„Helena, mein Schatz", begrüßte Eros sie mit gezwungenem Charme und tauschte drei Luftküsse mit ihr.

„Ich hoffe, Francis hat sich um alles gekümmert?", erkundigte sich Helena mit einem Augenzwinkern zu Francis rüber.

„Sie haben sich nicht mal mit den Füßen unter dem Tisch angefasst." Francis lachte und Helena auch. Die beiden anderen Herren fühlten sich bei dem Witz eher unbehaglich und so lächelten sie verlegen.

„Dir vertraue ich von Herzen. Du weißt eine Frau wie mich zu würdigen. Wir müssen unbedingt mal miteinander ausgehen." Helena, die noch etwas benommen von dem Gelage vom Vortag war, gab zwei Luftküsse in unbestimmte Richtungen um Francis herum, der diese oberflächlich zu erwidern versuchte.

„Es gibt eine Bar Lilos …", wollte Eros erwähnen.

„Schusch", unterbrach ihn Francis.

„Wir gehen zum Wladiwostok in Schwabing. Das ist eher unser Niveau. Nicht wahr, meine Liebe?" Francis wusste, dass Helena den Namen bereits kannte.

„Ach, du bist mir einer. Klar. Ich habe etwas für euch." Helena winkte ihrer Assistentin heftig zu und zeigte dabei auf einen Karton auf einem Schrank.

Als diese immer noch nicht zu verstehen schien, drehte sich Helena zu den Herren.

„Warte!", befahl Helena in Richtung der Assistentin, die darüber erschrak. Dann wendete sie sich ihren Gästen zu und fügte hinzu: „Sie ist neu und sie hat den Kopierer kaputt gemacht."

Helena bewegte sich leicht schlängelnd zum Schrank und holte den Karton mit absichtsvoller Wucht heraus, damit die Assistentin kapierte, wo sie sich in der Abschussliste befand.

„Hier sind die Musterexemplare. Ich habe zwei verschiedene Versionen."

„Ach du lieber Himmel! Das Deckblatt ist fantastisch", schleimte Eros, sich bewusst, dass nicht er, sondern Francis der Hauptdarsteller im Gespräch war.

„Ich habe mir wirklich Mühe gegeben." Insgeheim wusste jeder, dass Helena lediglich die Designer stundenlang angekeift und terrorisiert hatte, bis sie um Gnade baten, aber dies war kein Thema und alle nickten zustimmend, als glaubten sie, dass Helena in der Lage sei, diese Leistung selbst zu erbringen.

Alle gingen gemeinsam zum Flur, wo nach dem Betätigen des Knopfes der Aufzug bald eintreffen sollte.

„Einer der Ermittler wird sich bei euch melden, aber ich habe bereits alles abgeklärt, er will nur Kopien des Manuskripts prüfen und mit den Tatorten vergleichen, nichts Wildes." Lucius winkte und hoffte, das Gespräch wäre nun erfolgreich zum Ende gekommen.

Francis überlegte und fragte schnippisch:

„Welche Version denn? Bisher haben wir jeden zweiten Tag eine neue Version. Ich schlage vor, die neueste zu liefern."

„Ach ja, die Polizei. Hatte ich beinah vergessen. Lukas Antreter oder so, warte, ich bringe seine Telefonnummer. Er will sich mit Eros unterhalten." Helena schien nicht mitbekommen zu haben, dass Lucius sich um das Problem kümmern wollte.

Während Helena ihre vergessenen Notizen abholte, kam der Aufzug.

„Sie kann mir eine SMS schicken. Ich zähle auf dein Gespräch mit Hugo", schloss Eros.

Der Aufzug verabschiedete sich mit einem klingenden Glöcklein und mit Francis und Eros darin. Mit dem Summen der Klimaanlage blieb ein nachdenklicher Lucius zurück, der mögliche Zusammenhänge zwischen den Aubinger Morden und dem Roman ventilierte.

15

„Die Orangentorte mit Schokodekor", sprach Peter ins Telefon. „Ja, und kleine Schokowaffen. Das sieht lustig aus", bejahte er weiterhin.

„Nein, keine Kalligrafie auf der Torte. Nur die Figuren und das Dekor, das ich mir ausgesucht habe. Ich will meinen Namen nicht auf der Torte sehen." Peter nickte zustimmend.

„Die Getränke müssen am Vormittag kommen, weil sonst alles warm ist." Nach einer kurzen Pause beendete er das Gespräch mit einem Ja.

„Stress, Alter?", erkundigte sich der freche Lukas, der jetzt schon die gemeinsame Zeit mit Peter im Büro vermisste. Mit Peter würde ein zentraler Teil der Abteilung verschwinden und der neue Chefermittler war nicht so zugänglich oder gar für Spaß zu haben.

„Ich habe nur mit dem Bäcker die Details meiner Abschiedstorte abgeklärt."

„Ich werde dich hier vermissen." Lukas versuchte trotz seiner ungeschickten Art sympathisch zu wirken.

„Wie war dein Gespräch mit dem Sänger?"

„Gut, aber leider auch etwas unbehaglich."

„Inwiefern?"

„Für alle drei Tatzeiten hat er kein Alibi. Nur sein Partner Francis konnte für einen der Termine für Eros bürgen, aber Eros konnte selbst das Alibi von Francis nicht bestätigen."

„Welcher Francis?"

„Sein Partner." Peter schien vergessen zu haben, dass Eros mit einem Mann liiert war, urteilte Lukas.

„Wie Ehepartner", fügte Lukas zu und dabei deutete er mit um sich geschlungenen Armen an, dass es sich um ein Liebespaar handelte.

„Ich weiß, was ein Partner ist", schnauzte Peter den Jungen an.

„Schau mal die Mappen am Monitor an. Ich habe sie mit den Daten der beiden Männer aktualisiert und habe nun noch mehr Fragen als zuvor." Lukas wedelte mit seiner Hand in Richtung Peters Monitor.

„In einer Ermittlung sollte das auch der Fall sein, sonst würde man sofort den Täter abführen können, oder?" Peter war zufrieden mit der Tatsache, dass seine Expertise gefragt war.

Peter überprüfte die von Lukas penibel mit Zeitangaben erstellte Graphik. Auf der oberen Zeitschiene waren Eros und sein Ehepartner und auf der unteren die eventuellen Tatzeiten. Da Peter dort keinen Zusammenhang zu sehen glaubte und auch keinen Grund, einen solchen Zusammenhang zu suchen, beurteilte er das Ganze als Zeitverschwendung.

„Tolle Arbeit, Junge, aber meinst du wirklich, dass das so wichtig ist, dass man es so gut aufbereiten muss? Wir sind weit von der Lösung des Fall entfernt und das hier kostet eine Menge Arbeit, nicht wahr?"

Lukas wollte loslachen, aber abrupt entschied er sich, nicht respektlos zu wirken.

„Das kommt automatisch von meinem Kalender. Ich habe einfach die Daten aus dem Interview mit den beiden Herren eingegeben und das kommt fertig raus. Das ist keine Arbeit. Das ist eine App." Die Tatsache, dass Peter augenscheinlich die technische Entwicklung nicht mehr verfolgte, versuchte er nicht zu thematisieren oder gar einen Vorwurf daraus zu formulieren.

Peter fühlte sich wegen seiner Informationsdefizite, moderne Anwendungen von Handys betreffend, etwas unterlegen. Er schaffte gut, damit zu telefonieren, aber diese Anwendungen, oder Apps, hielt er bis dahin für Spielereien, aber er musste zugeben, dass solche Graphiken in seiner Vergangenheit einen halben Tag Arbeit gekostet hatten.

„Ich las die neueste Version von Eros' Roman." Lukas zog ein anderes Thema vor und machte damit die graphische Aufbereitung vergessen.

Peter wurde von seiner Bewunderung der graphischen Details fortgerissen.

„Was meinst du?"

„Eros hat mir die neueste Version seines neuen Romans gegeben."

„Ich habe nie was von ihm gelesen. Ich glaube, in den letzten zehn Jahren habe ich gar keinen Roman mehr gelesen", gab Peter zu.

„Sein erstes Buch hat mein Bruder gelesen. *Gay-sprech mit einem Priester*. Es handelt von einem perversen nackten Priester, der junge Männer in den Keller der Kirche sperrt und sie zum widerlichen Sex zwingt. Der Priester trägt dabei nur den Kragen und zwingt Jungs zu Erniedrigungen, bevor er sie brutal tötet."

Peter zog ein angewidertes Gesicht bei der morbiden Vorstellung, dass eine solche Literatur Spaß machen könnte.

„Mein Bruder meinte, dass das Buch sehr lustig geschrieben war, schon zum Teil sehr blutig, aber eben in einer lustigen Form."

Peter überlegte kurz, ob er aufgrund dieser Zusammenfassung ein solches Buch je kaufen würde. Als ihm kurz danach klar wurde, dass das niemals seinem Geschmack entsprechen würde, erkundigte er sich weiter.

„Verstehe ich. Blutig und lustig zugleich. Ich denke, unsere Generationen haben sich im Laufe der Zeit sehr unterschiedlich entwickelt, was Geschmack anbelangt." Peter sprach etwas nachdenklich. „Eros Petrocelli schreibt lustige Texte. Was hat das mit unserem Fall zu tun?", fuhr er fort.

„Der neue Roman schreibt vom gleichen Spiegel in der Hand der Opfer und zugegeben, auch der Kleiderkranz um den nackten Körper und das Bild des Eros im Spiegel sind Bestandteile des neuen Romans. Weitere Details folgen."

„Nun, so viel Übereinstimmung sollten wir wirklich nachgehen. Warum hast du den alten Roman erwähnt? Waren da auch solche Frauenmorde beschrieben?"

Lukas schob Peter sanft zur Seite und während der Bürostuhl mit Peter darauf wegrollte, zog er die Tastatur an sich.

„Es sind einige beunruhigende Übereinstimmungen." Lukas tippte geschickt auf der Tastatur, bis sich einige Dialoge am Monitor zeigten. Eine Textseite machte sich auf und dort waren einige Textpassagen gelb markiert.

„Sein Alibi ist dünn und zum Teil, wie gesagt, kaum vorhanden, aber die Beschreibungen der Körperdarstellungen und das Detail des Spiegels sind verblüffend."

Peter konnte den am Bildschirm aufgehenden Dialogen nur mit Mühe folgen. Er hatte sich trotz der langen Erfahrung mit diesen Computersystemen nicht ganz an die flackernden Masken gewöhnen können.

„Die von mir angefragten Akten des Opfers sind noch nicht da", stellte Peter fest und merkte, dass er nicht so schnell in der Ermittlung arbeitete wie der junge Lukas.

„Lies das, Peter." Lukas kleine Hand zeigte auf einen etwas längeren Absatz.

Peter schob seine Lesebrille auf die Nase und kam dem Monitor etwas näher.

„Nee, wirklich. Das ist nicht nur eine Übereinstimmung."

„Wir müssen dem genauer nachgehen, weil das genau die Beschreibung des letzten Tatorts ist. Ich bat Eros um ein Interview, hier in unserem Vernehmungszimmer."

Peter las den Abschnitt bis zum Ende.

„Verdammt noch mal! Dazu hättest du mich vorher fragen sollen", schimpfte Peter, dem etwas unwohl war, so übergangen worden zu sein.

„Was hättest du sonst anders gemacht?"

„Ist gut. Verschwinde hier. Ich muss lesen."

16

Ein schlecht gekleideter Pianist saß vor einer mangelhaft eingestellten Kamera und spielte unbekümmert das Opus 599 No. 85 Allegro in D von Carl Czerny. Hugo fühlte sich irritiert von dem Szenario und zugleich überfordert. Seine Erkältung, die sich zu einer Grippe auswuchs, machte ihm zu schaffen und die Fernbedienung konnte er nicht finden, um sich von dieser Darstellung zu befreien. Czerny als Übung für Klavier war akzeptabel, aber als musikalischer Beitrag war das sowohl langweilig als auch zu wirr für seine aktuelle Verfassung.

Wieder sprach der Moderator des norwegischen Senders einige weise Worte, die er nicht verstand, bis auf die Tatsache, dass ein weiteres Konzert von Czerny für vier Hände C-Dur, Opus 153 folgen sollte.

Hugo kroch aufs Sofa und zog seine Bettdecke hoch. Seinen Tee mit Honig hatte er ausgetrunken und er fühlte sich zu schwach, um in die Küche zu gehen und einen neuen aufzugießen.

Für einen Moment schaute er auf das Telefon und hoffte, Margareth würde anrufen. Eventuell könnte sie ihm etwas Tee kochen und aufmuntern. Es fiel ihm auch ein, dass Margareth ihn seit fast achtzehn Monate nicht mehr besucht hatte. Das Telefonieren half zwar, in Kontakt zu bleiben, aber half Menschen auch, sich aus dem Weg zu gehen.

Die schlechte Arbeit des Kameramanns war abscheulich. Die Kamera bewegte sich ungünstig hinter dem Gesäß einer Pianistin und warf ihren Blick auf den aufgehenden

Hintern, als wäre dies ein Dokumentarfilm über die Wirkung von Hefe im Kuchenteig.

Hugo war von diesem Anblick angewidert und so rollte er seinen Kopf zur Wand und hörte nur auf die Musik.

Als er sich umdrehte, fand er per Zufall die Fernbedienung unter dem Kopfkissen. Bevor er das Radio zum Schweigen beordern konnte, klingelte das Telefon. Er ließ die Fernbedienung wieder fallen und holte das Telefon.

„Van Hülsen."

„Ich habe mich nach deiner Stimme gesehnt", quiekte Margareth in der Leitung.

„Ach Margareth. Gut, dass du anrufst."

„Was ist das für ein Gebimmel im Hintergrund?", erkundigte sich Margareth.

„Czerny. Scheußlich. Warte."

Hugo holte die Fernbedienung wieder und drückte eine der Kurzwahltasten.

Eine Wiederholung eines Konzertes von Gershwin ersetzte den ungeliebten Czerny.

„Ahh", gab Margareth von sich, „Rhapsody in Blue. Das ist Balsam für meine Ohren."

„Und für meine auch", sagte Hugo, der seine Entspannung wiederfand.

„Hast du das Manuskript gelesen?" Margareth machte Druck, da sie seine Arbeiten gerne begleitete.

„Ich bat um einige letzte Korrekturen und wenn alles gut geht, sende ich dir eine Kopie, sobald ich die letzte Fassung von Eros bekommen habe."

„Was gibt es Neues von den Ermittlungen?"

„Nun …"

„Sprich. Du machst es immer so spannend."

„Ich telefonierte mit einem Lukas Dings oder so. Er ist der Ermittler. Ziemlich jung. Ich glaube, er wird es auch nicht schaffen, den Fall zu lösen, aber es war ein interessantes Gespräch."

Auf der anderen Seite der Leitung war gar nichts zu hören. Margareth lauerte offensichtlich auf neue Informationen. So fuhr Hugo im Bewusstsein der Publikumsaufmerksamkeit fort.

„Hugo, mach das leiser. Ich höre dich nicht richtig."

Die Unterbrechung brachte ihn aus der Stimmung. Er stellte die Musik leiser.

„Nun, scheinbar war der Ermittler sehr an dem Werdegang von Eros interessiert."

„Das ist doch normal. Wenn sein Roman so viele Übereinstimmungen mit dem Tatort zeigt, fragt man sich, wo er das herhat."

Mittlerweile war Hugo klar, dass die Informationen der Reporter und das, was er aus einem Telefonat mit der Polizei erfahren hatte, eine zu große Übereinstimmung mit den Beschreibungen des Romans ergaben.

„Das fragte ich mir auch. Ich bin zwar nur der Lektor, aber ich beobachte auch, dass Eros etwas an Größenwahn leidet. Findest du nicht?"

„Ach, Hugo. Du hast den Jungen ausgesucht und ihn zum Star in der Literatur gemacht. Wenn er Größenwahn zeigt, dann bist du auch nicht unschuldig."

„Blödsinn. Ich verdiene an seinen Büchern und ich stehe nach wie vor hinter der Idee, ihn zum Superstar zu machen. Wir wollen auch ins Filmgeschäft, aber wenn er in diese Todesfälle involviert ist, kann ich meiner Provision bye-bye sagen."

„Ich hoffe, du hast dich vertraglich abgesichert."

„Leider nicht gut genug. Ich war nicht auf alle Eventualitäten vorbereitet, muss ich zugeben. Aber nun kann ich mir vorstellen, eine Reportage zu verfassen und diese an die Zeitungen zu geben. Ich sehe schon die Schlagzeilen vor mir: ‚Ich arbeitete für einen Mörder'."

„Träume weiter. Er ist schwul und nicht der brutale Typ. Das klappt nie."

„Was heißt das schon? Wenn er die Gelegenheit dazu hat und einen Knacks hat, dann sind alle Voraussetzungen da. Sicher, er ist ja nicht wegen Brutalität bekannt, aber das sind Mörder auch nicht." Hugo bereiteten seine Fantasien zunehmend Vergnügen und Margareth hatte ihn doch etwas in Stimmung gebracht. Er richtete sich im Sofa auf und hielt den Apparat so, dass er besser sprechen konnte.

„Was hat der Ermittler alles gefragt?", wollte Margareth wissen.

„Er wollte wissen, wie gut ich Eros kenne, und eins war klar, der Verlag und der Fernsehsender sind in vielen Projekten zusammen, das war auch für einen einfacheren Polizisten einsichtig, dass in dieser Branche jeder jeden kennt."

Margareth ließ nichts von sich hören und so wechselte Hugo kurz das Thema.

„Ich habe eine Grippe, glaube ich."

„Du glaubst immer, dass du irgendetwas hast. Das ist wirklich nichts Neues. Jammere nicht und erzähl weiter."

Hugo schnaubte aufgrund der mangelnden Aufmerksamkeit und des fehlenden Mitgefühls.

„Es war nicht viel mehr, was er fragte, aber ich habe über die Verbesserungen berichtet, die ich in seinem Schreibstil bewirkt habe, aber das schien ihn nicht besonders zu interessieren. Ich nehme an, dass der Junge auch nicht wusste, was ein Schreibstil ist."

Julie London sang Misty im Hintergrund und die sanfte Stimme stieg in einem Bogen an, der Hugo fast in Träume versinken ließ. Er fing sich jedoch und kam wieder ins Gespräch zurück.

„Ich liebe dieses Lied, das da gerade zu hören ist", bemerkte Hugo.

„Ja, sie ist so romantisch."

„Versaue nicht meine Stimmung, Margareth."

„Männer! Männer, sage ich. Du bist so was von unroman-tisch und verklemmt. Hast du dem Ermittler gesagt, dass der Spiegel in dem Roman so beschrieben wurde, wie die Reporterin berichtet hat?"

„Klar. Du denkst, ich würde sowas vergessen?"

Black Coffee wurde von Julie London ins Mikrofon gehaucht und das Orchester folgte der Stimmung.

„Ich bin gespannt, ob wir irgendwann vor Kameras erscheinen und selbst einen Roman über unser Abenteuer mit einem Mörder vorstellen." Margareth kicherte über sich.

„Ich muss sagen, dass ich nicht von diesem Zufall begeistert bin, aber es ist fast unübersehbar, dass ein Zusammenhang da ist."

„Ich habe die vorigen Versionen vom Zauberspiegel gelesen und du hast Recht, die neueste Version ist besser, aber das ist nicht mehr Eros. Sein billiger Porno-Touch ist weg."

„Das hat der Polizist auch bemerkt. Er rief später am Nachmittag an und fragte nach, ob diese Texte wirklich von Eros stammen."

„Juhuhhhh." Margareth jubelte wegen dieser geheimnisvollen Frage des Ermittlers.

„Darum bin ich sehr ... na ja ... du weißt ... man will nichts Falsches sagen."

„Hüte dich davor."

Während Julie London Baby light my fire sang, schien es, als würde das Orchester um sie herumtanzen. Die herrlichen Sechziger brachten etwas mehr Entspannung in Hugos schmerzende Gelenke, der sich dankbar etwas weiter im Sofa zurücklehnte.

„Ich muss etwas schlafen. Ich bin total kaputt."

„Ach, du Zuckerkräuselchen."

„Du mich auch."

„Du jammerst zu viel."

„Willst du nicht hierherkommen? Ich brauche jemanden, der mir hilft."

„Soso. Ist die Putze im Urlaub, oder was?"

„Nein. Du bist mir die Liebste, das weißt du."

„Lügner. Aber trotzdem liebe ich dich", sagte Margareth herablassend.

„Kommst du dann? Ich brauche etwas Tee und Pflege. Ich glaube, diesmal hat mich die Grippe richtig erwischt."

Eine fast unangenehme lange Pause folgte und Hugo war bereits am Überlegen, ob Margareth wieder den Hörer aufgelegt hatte, um sich von der Arbeit zu drücken.

„Ich muss dich mit Julie London leider alleine lassen. Ich wäre gerne bei dir, aber du weißt, es geht nicht immer alles, was wir wollen, oder?"

„Drückebergerin."

„Nein. Du weißt, dass andere Gründe mir nicht erlauben, alles liegen zu lassen."

„Ach ja. Du sagst immer, dass ich zu dir kommen soll, und wenn ich was brauche ..."

Ein Klick gab zu verstehen, dass Margareth nichts mehr hören wollte. Hugo dachte kurz nach, konnte aber nicht nachvollziehen, wie Margareth die früheren Versionen von Eros' Roman lesen konnte. Er vermutete, dass sie nur mit nicht vorhandenem Wissen angeben wollte. Das war nun mal ihre Art.

As time goes by folgte in der Julie-London-Serie und Hugo fühlte sich sehr einsam und verlassen unter seiner Bettdecke und mit dem süßen Duft des ausgetrunkenen Tees.

17

Bastian war der jüngere von Peters neuen Kollegen. Er kam in die Polizeiinspektion, begleitet von Arnaud, seinem etwas ungeschickten Schäferhund, den er adoptiert hatte. Peter zeigte sich manchmal nicht als Tierfreund, aber er wusste, dass die Zukunft von den jüngeren Kollegen bestimmt werden würde, und seine Belehrungen und Argumente gegen Arnauds Erziehung wurden stets überhört.

„Was guckst denn so? Arnaud wurde gestern gebadet und er ist gebürstet und er riecht besser aus dem Maul als manche ältere Männer aus dem Mund."

Der Wink mit dem Zaunpfahl war kaum zu überhören und Peter senkte seinen Kopf bewusst und nahm seinen Blick von Arnaud. Seit er einmal witzig von sich gegeben hatte, dass der Hund seine Pflanzen im Büro anpinkeln könnte, gab es keinen Tag mehr, an dem Bastian sich ihm gegenüber freundlich zeigte.

„Eros Petrocelli ist in der 4a", informierte ihn eine Kollegin und ging so schnell, wie sie gekommen war.

„Wo ist Lukas?"

Keiner außer Arnaud antwortete. Er blickte zu Peter und senkte dann seinen Kopf auf die übereinander geschlagenen Pfoten.

„Basti. Wo ist Lukas?"

„Keine Ahnung. Such selber."

Bastian war merklich uneinsichtig und nachdem er einige Daten vom Monitor auf sein Pad übertragen hatte, stand er auf.

„Komm, Arnaud."

Der über Peter siegreiche Arnaud stand auf und folgte mit einem fröhlichen Blick zu Peter hechelnd seinem Herrchen Bastian nach.

Als Bastian auf dem Flur ankam, war die Aufzugsglocke zu hören und Lukas stieg gerade aus dem Aufzug.

„Der Alte sucht dich", verabschiedeten sich Bastian und Arnaud von Lukas.

Lukas blätterte in einer Mappe, während er sich in Richtung Peter bewegte.

„Hi Lukas, der Petrocelli ist in der 4a", sagte Peter etwas verhalten, als wäre er noch von den Pöbeleien Bastians verletzt.

„Ich bin vorbereitet. Ich habe eine elektronische Kopie der Akte auf deinen Computer gespielt."

„Danke." Peter war sichtlich verletzt, aber Lukas zog es vor, das nicht anzusprechen.

„Komm, gehen wir hin."

Zum ersten Mal war Peter nicht in der vordersten Front und gab nicht die Anweisungen. Anlässlich seiner anstehenden Abschiedsfeier übertrug der Hauptkommissar alle Verantwortlichkeiten auf den Nachfolger und wollte nur eine beratende Rolle spielen. Er fühlte sich sowohl nutzlos als auch deplatziert, aber er versuchte sich zu trösten, indem er daran dachte, dass er in nur noch wenigen Tagen und der Qual der Übergabe weg wäre.

„Guten Tag, Herr Petrocelli", begrüßte Lukas den wartenden Eros und stellte sich und seinen Kollegen vor.

„Ich muss sagen, dass ich mich etwas unbehaglich fühle", entschuldigte sich Eros, der zum ersten Mal in seinem Leben ein Polizeigebäude besuchte.

„Es ist nichts zu befürchten. Wir haben nur einige Fragen, weil, Sie werden das zugeben, unerklärliche Parallelen zwischen Ihrem Roman und unserem aktuellen Fall existieren, den Aubinger Morden", erklärte Lukas und wandte die erlernten Techniken an, um den Zeugen zu entspannen. Er spielte auch mit dem Wort unerklärlich, damit Eros sich wohler fühlte. Er sprach langsam und achtete auf einen direkten Blickkontakt.

„Parallelen?", fragte Eros und dann schaute er beide Ermittler an.

„Bitte sehen Sie uns nach, dass wir Ihnen einige unschöne Fotos zeigen müssen, damit sie unser Problem verstehen und uns vielleicht weiterhelfen können."

Eros nickte und versuchte dabei seine Nervosität zu verbergen. Ein wenig motivierte es ihn, als er die Aufforderung zum Helfen hörte.

Lukas zeigte zum Monitor an der Wand. Der Strom ging mit einem Glucksen an und ein Computer-Desktop war dort zu sehen, wo eben noch ein dunkles Bild war.

„Das ist mein Computer-Desktop, den ich von hier aufrufe."

Peter hielt die Spielerei für überflüssig, aber er dachte, die beiden jüngeren Herren würden damit eine bessere Beziehung zueinander bekommen, was die Befragung erleichtern könnte.

„Ich zeige alles langsam und falls Ihnen unwohl wird, können wir sofort abschalten. Ist das in Ordnung für Sie?" Lukas' Frage klang zwischen kindisch und schulmeisterlich. Zum Teil lag das an seiner geringen Erfahrung im Umgang mit Zeugen, aber auch daran, nichts falsch machen zu wollen.

„Geht in Ordnung", stimmte Eros mit einem heftigen Nicken zu.

Mit einem Doppelklick auf einen Ordner erschienen verschiedene Dokumente auf dem Display. Lukas klickte anschließend auf das erste Foto.

Darauf war eine Frau um die fünfzig zu sehen, die wie schlafend auf dem Boden einer Lichtung lag.

„Ist sie tot?", fragte Eros, hob seine rechte Hand und legte sie über den Mund.

„Leider ja", nickte ihm Lukas zu.

„Wo sehen Sie die Parallele zu meinem Roman?"

Lukas bewegte geschickt die Maus und rief eine zweite Einstellung des Tatorts im Monitor auf. Dort war der Kopf des Opfers zu sehen. Glassplitter eines zerbrochenen Spiegels waren auf ihrer Stirn eingekerbt und mit zwei Spiegelscherben waren ihre Augenlider verletzt worden.

Eros zog instinktiv beide Hände vor seine Augen. Peter wollte ihm zur Seite springen und ihn tröstend an der Schulter fassen, doch er zögerte. Er schien eine subtile Homophobie zu haben, doch wollte er sich im Moment darüber keine Gedanken machen.

Als Lukas diese Unentschlossenheit bemerkte, nahm er selbst das Heft in die Hand und fasste Eros mit einer Hand an die Schulter.

„War das für Sie zu viel? Soll ich jemanden holen?" Lukas wusste nicht, wen er überhaupt holen könnte, aber er wollte sicher sein, die Situation unter Kontrolle zu behalten.

„Oh mein Gott!", rief Eros merklich schockiert.

„Oh mein Gott!" Der zweite Ruf klang fast melancholisch und fast so, als würde Eros heulen wollen.

„Ich glaube, dass das zu viel war, Kollege", mahnte Peter.

„Oh bitte. Verstehen Sie mich nicht falsch. Darüber zu schreiben, ist eine Sache, aber das im realen Leben zu sehen, ist …" Eros setzte beide Hände auf seinen Mund und versuchte zu unterdrücken, was er sagen wollte.

„Außergewöhnlich?", warf Lukas ein.

„Ja", sagte Eros fast voller Bewunderung für den Täter und seine penible Sorgfalt im Umgang mit den von ihm selbst beschriebenen Details. Der Sieg von Lukas in der Einschätzung überraschte Peter und er versuchte, dies zu dissimulieren, indem er zum Boden blickte.

„Er hat sogar den Winkel von oben links nach rechts unten eingehalten." Eros' Augen glänzten leicht.

Peter war etwas schockiert, da er annahm, Eros wäre vom Schock der Fotos ergriffen, aber im Gegenteil, er schien davon beeindruckt zu sein. Diese Bewunderung für das Ereignis konnte fast als Entlastung des Zeugen verstanden werden.

„War das Foto zu schockierend für sie?", erkundigte sich Peter.

„Neh. Ich habe Schlimmeres in meinen Computerspielen gesehen. Glauben Sie mir. Die Computerspiele sind weit grausamer als das. Das ist fast Kunst."

„Wieso meinen Sie, dass es ein Er sein muss?" Peter musste das fragen, da noch nicht feststand, ob der Täter ein Mann oder eine Frau war.

„Ich meine nur den Täter, als Neutrum. Im Roman ist es ein Mann, der vom Geist seiner toten Liebhaberin gesteuert wird. Es könnte auch eine Frau sein oder ... was auch immer", schloss Eros mit sichtbarer Neugier.

Peter war mit seinen Nerven fast am Ende und konnte Eros' Reaktion auf das vorgestellte Foto des Tatorts und seine Leichtigkeit kaum fassen.

„Ich dachte, dass es Sie beeindrucken würde. Ich habe noch zwei solcher Aufnahmen." Lukas war besser vorbereitet, als Peter dachte. Zwei weitere Aufnahmen nahmen die Monitorfläche ein. Auf der zweiten Aufnahme war das jüngste Opfer zu sehen.

„Was sagen Sie dazu?", fragte Lukas neugierig.

„Moment", warf Peter ein.

„Was bitte?" Lukas war von dieser unerwarteten Unterbrechung irritiert.

„Sie meinten, dass der Winkel der Wunde von oben links nach rechts unten gezogen wurde." Peter gab die Aussage Eros' wieder.

„Ja. Darf ich das erste Foto noch einmal haben?"

Eros stand auf und bewegte sich zum Monitor.

„Hier. Hier seht ihr, wo die Glasscherbe das Opfer zuerst traf", erklärte Eros im Bewusstsein, dass er wieder im Zentrum der Aufmerksamkeit des Publikums war.

„Stimmt. Auch der Leichenbeschauer schrieb das." Peter zeigte Lukas eine Seite der Mappe.

„Ich möchte nicht viel sagen, aber es ist meiner Ansicht nach kein Zufall, und das ist eine Linkshänderbewegung. Ich war in meinen Recherchen beim Kriminalinstitut und die haben mir das erklärt." Eros schien tatsächlich von diesem Mörder angezogen zu sein. Die Bewunderung klang fast morbide und Peter fühlte sich eher unwohl.

Von Verdächtigen wuchs Eros in diesem Fall zum Berater und schien sich dieser Rolle sehr bewusst geworden zu sein.

„Wenn diese Wunden post mortem zugefügt wurden, dann bin ich mir sicher, dass wir hier keinen Zufall haben", schloss Eros seinen Vortrag ab.

Peter war von dieser Verwandlung verblüfft, aber gleichzeitig machte er sich Gedanken, inwiefern die Bewunderung den jungen Eros hätte eventuell dazu verleiten können, diese Tat selbst zu begehen.

„Haben Sie eine Freundin?" fragte Peter, als wüsste er nichts von seiner Homosexualität.

„Wie meinen Sie das?" Eros, der sich seiner Popularität bewusst war, konnte nicht verstehen, worauf die Frage anspielte.

„Ich bin mit einem Mann verheiratet. Wussten Sie das nicht?"

„Ach ja, doch, doch. Aber sind Sie homosexuell oder bisexuell?"

„Was spielt das für eine Rolle?"

„Uns geht es darum zu erfahren, wer mit Ihnen Umgang hat und wie diese Frauen, die Opfer, in Verbindung zu ihrem Roman stehen", erklärte Lukas und versuchte dabei, Peters Frage zu ignorieren.

Eros überlegte und schaute sich die Fotos am Monitor an.

„Keine Ahnung. Es ist so unglaublich, dass jemand sich meinen Roman für solche Taten aussucht, dass ich es selbst kaum fassen kann. Ich kenne diese Frauen nicht. Daher ist mir nicht nachvollziehbar, wie sie mit meinem Roman in Zusammenhang stehen."

Die Portraits der drei Opfer waren rechts oben am Monitor platziert und Eros vermutete richtig, dass dies die Opfer seien.

„Aber Sie geben zu, dass es einen Zusammenhang geben muss, oder?" Lukas forderte eine Bestätigung seiner Annahmen.

„Ja, ohne Zweifel. Es sind so viele Details, als hätte ich die Szene diktiert."

„Diktieren sie Ihre Romane oder schreiben Sie selbst?" Peter wollte die Situation genauer verstehen.

„Ich diktiere. Mein Mann Francis schreibt es auf und dann geht alles an meinen Lektor. Seine Grammatik ist besser als meine."

„Ich habe bereits zweimal mit Herrn van Hülsen telefoniert. Er scheint krank zu sein", warf Lukas ein.

„Er ist sehr wetterempfindlich", erklärte Eros.

Wieder war ihm Unbehagen anzusehen, was aber an der Enge des Raumes liegen könnte, dachte sich Lukas.

„Wir sollten auf jeden Fall ihre Alibis prüfen, ich hoffe, Sie verstehen das", setzte Peter das Gespräch fort.

„Klar." Eros wollte kooperieren, doch er war sich nicht bewusst, wie dies geschehen sollte.

„Wann geschahen die Morde?", fragte Eros.

„Ich sprach bereits mit Ihrem Mann – und schauen Sie diese Graphik an." Lukas klickte wieder auf ein Dokument und dort zeigte ein Zeitplan die Todeszeitpunkte der drei Opfer und die Angaben aus dem Interview mit Francis.

Darunter war zu lesen: „Eros ist nicht zu Hause."

18

Francis las die neuen Anmerkungen Hugos am Monitor und schrieb dabei einige Notizen in eine Anwendung, die parallel zu seinem E-Mail-Programm geöffnet war.

„Fick doch mal die Hähne, du blöder Arsch", fluchte Francis in seiner besten karibischen Art. Seit er nach Deutschland gezogen war, sprach er selten Französisch und Deutsch hatte er zwar gut gelernt, aber manche Ausdrucksweise aus seiner Heimat hatte er nach eigener *Façon* übersetzt.

Er holte sein Handy und suchte nach Eros' Kontakt. Er drückte den Anrufknopf, doch trotz der prompten Verbindung schien keiner an seinem Anruf interessiert zu sein.

Francis blätterte weiter nervös in den angekommenen E-Mails und hätte am liebsten den Computer und sämtliche Apparate vom Arbeitstisch auf den Boden geworfen.

Er schaute wieder auf seine Kontaktliste im Handy und entschied sich für den nächsten: Lucius. Sofort dudelte der Apparat, den er auf Lautsprecher stellte, damit er weiter an der Tastatur arbeiten konnte.

„Grünmantel", sprach eine dunkle Baritonstimme.

„Hi Lucius. Hier ist Francis."

„Francis, mein Lieber. Ist Eros zur Polizei gefahren?"

„Er ist bestimmt noch dort und kommt nicht ans Telefon."

„Ich hoffe, er ist nicht nervös."

„Eros? Nervös? Er wäre nur nervös, wenn er kein Sex oder Futter hätte."

Offensichtlich war diese Aussage für Lucius zu viel an Information und Francis bemerkte dies leider zu spät.

Als Francis sich korrigieren wollte, kam Lucius ihm zuvor.

„Ich bin sicher, du hast ihn nicht mit leerem Magen hinfahren lassen."

„Ja. Nicht, dass er unterwegs aus der Bäckerei was holt. Er wird langsam etwas gesetzter", lenkte Francis das Gespräch geschickt auf ein anderes Thema.

„Was kann ich für dich tun?"

„Wann rufst du bei Hugo an?"

„Wegen dem, was wir gestern besprochen haben?"

„Ja."

„Wir haben uns diesbezüglich heute Vormittag weiter unterhalten." Lucius schien von der Frage etwas irritiert zu sein.

„Er scheint nicht begriffen zu haben, dass wir in so kurzer Zeit nicht so viele Anpassungen vornehmen können. Es sind schon wieder mehr als hundert Anmerkungen im Text und Verbformen, die er gern anders hätte, und noch einiges mehr, für das ich wirklich kaum noch Verständnis habe. Übrigens, die Polizei hat die gestrige Version bekommen und ich will sie nicht mehr ändern." Francis versuchte die Polizeikarte auszuspielen, aber Hugos Ansehen im Verlag war sehr hoch und seine

Verkaufsergebnisse sehr geschätzt, daher wollte er auch seinen Widerstand vorsichtiger ausdrücken.

„Verstehe ich." Lucius überlegte etwas und so blieb das Gespräch etwas in der Luft.

Lucius tippte mit seinen Fingern in einem monotonen Takt eine kaum nachvollziehbare Melodie. Dieses Klopfen interpretierte Francis als ein Zeichen, dass Lucius überlegen musste, was als Nächstes zu tun war.

„Schickst du mir bitte die aktuelle Fassung. Ich will die Qualität der Korrekturen selbst beurteilen." Etwas Unangenehmes lag in der Luft und Francis war sich sicher, dass Lucius bei Hugo ein Machtwort für ihn sprechen würde.

Lucius wartete nicht, bis Francis sich verabschiedete, was auch andeutete, dass ihm diese Meldung nicht besonders gefallen hatte.

Francis schob die E-Mail in die Weiterleitung und sie verabschiedete sich wie ein fliegender Briefkuvert mit einem ‚Wusch'-Ton.

Kaum war die E-Mail weg, hörte Francis, wie die Tür vom Wohnzimmer aufging.

„Hi Francis."

„Hi Baby. Wie war's? Haben sie dich in den Kerker eingesperrt und widerliche Sexsachen mit dir getrieben oder blieb es nur bei dem Vorgespräch?"

Eros warf sich ins Sofa und pustete den Rest Luft aus seinen Lungen heraus.

„Mann, wie diese alten Büros stinken. Ich denke, dass manche Arbeiter frischer im Schritt riechen als diese alten Büros."

Francis' Augen schlugen Purzelbaum ob der Ausdrucksweise seines Mannes.

„Ich hoffe, du hast dir bei der Befragung ein besseres Vokabular zugelegt hast, sonst sehe ich mich die nächsten Jahren als Knastbraut verbringen."

Francis setzte sich neben Eros und knöpfte sein Hemd etwas auf. Seine Finger fuhren durch die Öffnung des Hemds und als seine Finger seinen Hals erreichten, gab Francis ihm einen Kuss.

„Ich muss zugeben, dass ich etwas Angst habe", jammerte Francis.

„Vor was denn? Ich unterstütze die Ermittlung, so gut ich kann, aber mehr geht auch nicht."

„Wir haben kein Alibi und noch schlimmer ist, dass dein Lektor sich auch als Ermittler aufspielt. Er machte mich darauf aufmerksam, dass die Todeszeitpunkte, die in der Presse veröffentlicht wurden, deinen Fahrradtouren gleichen. Die Vorfälle ereigneten sich alle drei am Donnerstagvormittag zwischen sechs und neun Uhr. Bis auf einen, den zweiten Vorfall, wo ich bestimmt weiß, dass wir Sex hatten."

Eros dachte darüber nach und stellte fest, dass er sich bisher über die Uhrzeiten seiner Fahrradtouren keine Gedanken gemacht hatte.

„Echt? Wie kam er darauf?"

„Die Tatzeiten stehen in der Zeitung und er weiß auch, dass du montags und donnerstags Fahrrad fährst."

„Shit. Das ist wahr. Was die Menschen sich alles merken."

„Aubing ist auch nur vier Kilometer von hier entfernt, daher ist sein Hinweis nicht unbegründet. Die Polizei wird dich auch dazu befragen."

„Shit, shit, shit!"

Francis setzte sich gerade und schaute Eros besorgt an.

„Was ist?"

„Wie kommt dieser Idiot auf sowas. Ich selbst dachte kaum an diesen Zusammenhang und jetzt habe ich eine falsche Aussage bei der Polizei gemacht. Ich habe behauptet, nicht zu wissen, wo ich war, und es stimmt, ich war beim Fahrradfahren. Woher weißt du, dass wir zu der zweiten Tatzeit Sex hatten?"

„Wir hatten am Mittwochabend einen Streit über deine Lilos-Besuche gehabt und am Donnerstag hast du auf deine Fahrradtour verzichtet mit der Begründung, dass wir mehr Zeit miteinander verbringen sollten."

Eros konnte sich daran nicht erinnern, aber er musste sich eingestehen, dass er sich kaum an das Essen vom Vortag erinnern konnte.

„Ich bin sicher, ich war dabei unvergesslich", versuchte sich Eros mit einer witzigen Bemerkung zu entspannen.

„Ich habe die erneuten Nachbesserungen von Hugo an Lucius weitergeleitet. Wir ändern das nicht mehr. Das ist affig." Francis setzte ein ernstes Gesicht auf, um seiner Aussage Nachdruck zu verleihen.

„Das darf nicht wahr sein. Mehr Korrekturen? Warum schreibt er den Mist nicht selbst?"

Eros war aufgebracht, da er nach allen Diskussionen annahm, der Lektor würde sich etwas zurückhalten, was offensichtlich nicht der Fall war.

Eros berichtete über die Unterhaltung mit der Polizei. Es wurde nicht an Details gespart und die Unterhaltung wurde nur durch einige Liebkosungen unterbrochen, die zum Teil aus Liebe und zum Teil zum Trost ausgetauscht wurden.

„Ich wäre gerne dabei und würde mir die Fotos anschauen. Ist es wirklich so, wie im Roman beschrieben?"

Eros holte sein Handy raus und rief eine App auf, womit er offensichtlich unerlaubterweise die Tafel der Polizei abfotografiert hatte.

„Darfst du das abfotografieren?"

„Keine Ahnung. Ich habe nicht gefragt, aber ich wusste, dass du daran Interesse hast."

„Übertrage es zum Computer. In deinem Handy kann ich nichts sehen."

Eros tippte geschickt auf mehrere Buttons seiner Handy-oberfläche und prompt quittierte der Computer klingelnd den Dateiempfang.

Francis rief sofort die Dateien auf und präsentierte sie auf dem großen Computermonitor.

„Oh mein Gott!" Francis hob die Hände vor seinen Mund.

„Oh mein Gott", wiederholte er, diesmal schriller.

„Genau das Gleiche habe ich bei der Polizei gesagt."

„Wir müssen Lucius dringend davon berichten. Das ist absolut klar, dass dein Roman als Vorlage gedient hat." Francis war erschrocken und aufgeregt zugleich.

„Nur die Frage ist, wer außer uns, Hugo und Lucius kennt das Manuskript?" Eros sprach noch vom Sofa aus und spielte dabei mit seinen Hemdknöpfen.

Francis' Gesicht lief leicht rot an und er drehte sich zu Eros hin.

„Eventuell dieselbe Person, die nicht wusste, dass wir an einem bestimmten Donnerstag Sex hatten."

Eros stand plötzlich auf.

„Denkst du, dass mich jemand damit belasten will?"

„Keine Ahnung, aber es sieht sehr danach aus. Deine Sexpraktiken kennt keiner, aber deine Romane berichten über Grausamkeiten aller Arten und Spinner gibt es überall. Denkbar wäre es schon."

„Was für einen Beweis haben wir, dass ich an jenem Donnerstag hier mit dir zusammen war?"

Francis warf Eros einen Blick zu.

„Ich hoffe, du willst nicht, dass ich unsere Intimstunde vor Kameras ausplaudere. Ich mache auch keine Inventur von Kondomen, daher gibt es außer meiner Aussage gar keinen Beweis. Komm mal her."

Nachdenklich stand Eros neben Francis und schaute sich den Monitor an.

„Diese Frauen müssen einen gemeinsamen Nenner haben. Egal wie der Täter vorgeht, deine Krimis haben immer ein gemeinsames Merkmal zwischen den Opfern. Ich kann mir nicht vorstellen, dass alles nur zufällig passierte."

„Soweit habe ich auch schon gedacht. Aber diese Frauen kenne ich nicht und bei Lilos waren sie bestimmt kein Gast. Du siehst die Klamotten. Absolutes billiges Zeug aus dem Supermarkt."

„Stimmt. Die Haare sind auch nicht von guten Friseuren gepflegt worden. Selbst wenn man den Vorfall berück- sichtigt, haben die Haare bereits zuvor keine richtige Farbe gehabt."

„Nee. Und nur eine hat eine intime Rasur gehabt."

„Pfui, schäme dich. Hast du alle diese Details angeschaut?" Francis war von Eros' Indiskretion nicht angetan.

„Ja. Ich suchte nach einem Muster, aber ich muss zugeben, dass das Einzige, was für alle drei gleichermaßen galt, war, dass allen der Tod besser stand als das Leben, das sie geführt haben."

„Wie meinst du das?"

„Alle drei Frauen schienen nur günstige Mode zu tragen, alle waren nicht mehr in den besten Jahren und alle drei, soweit ich es mitbekommen habe, waren allein. Kein Mann, keine Liebhaber."

„Das ist für mich bereits ein Anfang. Aber trotzdem müssen wir uns mit Hugo und Lucius besprechen und ich will selbst bei den Damen nachforschen, bevor wir in Verdacht geraten."

19

Als Andrea aufwachte, fühlte sie eine tiefe Sehnsucht nach etwas, was in ihrem Leben nicht mehr zu beschreiben war. Sie stand auf und zog ihren Schlafanzug aus. Trotz des Morgens lag die Dunkelheit noch im Raum und schwere Gardinen wehrten tapfer jegliches Licht ab. Die kühle Luft der Nacht hatte sich einen Weg durch die Wände gebahnt und brachte Andreas Haut ein unangenehmes Gefühl der Feuchte, das sie mit einem Bad abduschen wollte. Eine Mischung aus Body-Lotion und Fettcremes bedeckte etwas von ihrer Haut und sie überlegte sich, ob ihr Schlafanzug in den Wäschekorb oder unter das Kopfkissen gehörte. Unentschlossen ließ sie alles auf dem Bett liegen und wanderte nackt durch das Schlafzimmer und zog die Gardinen auf.

Ungeachtet möglicher Beobachter präsentierte sie ihre runden, wohlgeformten Brüste am Fenster. Es war ein Moment der Freiheit für sie. Kein Büstenhalter, kein Hemd und keine Scham, eine freie und aufgeklärte Frau zu sein.

Als das Licht in den Raum drang, sah Andrea die leere Hälfte des Bettes, das sie in der vorigen Nacht mit einem Fremden geteilt hatte. Der Geruch von Schweiß und Spuren von männlicher Liebe schwängerten noch die Luft. Auf ihrer Haut spürte sie noch den Abdruck seiner schweren Finger und in ihrer Pelvis war eine Mischung aus Schmerz und Lust zu spüren. Der Mann, dessen Namen sie nicht kannte, hatte sie zu einem kaum zu vergessenden Höhepunkt gebracht und sie wollte mehr von ihm haben. Als er nach fast zwei Stunden körperlichen Genusses sie im Bett allein ließ, nahm er beim Hinausgehen das blaue

Kuvert mit dem für seine körperlichen Bemühungen vereinbarten Obolus mit.

Sie betrachtete ihren nackten Körper im Spiegel und das Licht, das von rechts kam, zeichnete die schöne Silhouette einer Frau, die einmal bessere Jahren erlebt hatte.

Viele Jahre hatte sie sich keusch und fromm benommen, wie es von ihrer Familie verlangt wurde. Sie reservierte ihre Liebe für einen Mann, den sie niemals traf und wenn doch, hat er sie nicht wahrgenommen. Mit ihrem Verzicht auf die körperliche Liebe schien es, als hätte sie auch auf alle übrige Liebe verzichtet, und so blieb sie unnötig für viele Jahren eine arbeitsame Jungfrau im Dienst eines undankbaren Gottes, den sie niemals gesehen hatte. Als sie ihre Jungfräulichkeit mit über dreißig Jahren verlor, kehrte sie ebenfalls jenem Glauben den Rücken, der sie in einer erfundenen Welt von Dogmen und Verboten versklavt hatte, nur weil sie als Frau geboren worden war.

Der einzige Sex, den sie genoss, geschah im Urlaub in Oberammergau mit einem Hausmeister, der sie so grob behandelte, dass sie fast zwei Monate die blauen Flecken auf ihrem Körper trug. Seitdem suchte er nach einem Vorwand, sie wieder zu besuchen und sich ihr zu nähern. Sie tat ihr Möglichstes, ihn zu ignorieren, da sie wusste, dass er ihr das Vergnügen, das sie nun in der gerade vergangenen Nacht erstmals erlebt hatte, nicht bieten konnte.

Das Wasser der Dusche rann warm über ihren Körper und sie genoss, wie die Olivenseife über ihre noch von der letzten Nacht erregte Haut schwamm. Ihre Finger erreichten Stellen, zu denen sie sich vorher selten gewagt hatten, und gemischt mit der Erinnerung an die kräftigen

Fingerspuren, die der käufliche Liebhaber in der letzten Nacht auf ihrer zarter Haut hinterlassen hatte, kam es zu mehr als einem Reinigungsritual unter dem Segen des sanften Wasserstrahls.

Sie schämte sie ein wenig, als sie, noch unter dem Eindruck ihrer körperlichen Begierde, ihre Haut mit dem Frotteetuch abtrocknete.

Sie parfümierte sich und dachte, eventuell an jenem Tag beim Joggen dem Mann zu begegnen, auf den sie viele Jahre gewartet hatte.

Sie zog ihre Leggings über die strammen Muskeln ihrer Beine und als sie ihre Hüfte erreichte, streiften sie über eine ungünstige Stelle, die viele Frauen zum Verfluchen der Natur bringt.

Orangenhaut! Der von so vielen romantischen Dichtern als Poesie der Natur verehrte Frauenkörper dürfte solche falschen Reime gar nicht haben, dachte Andrea und zog einen langen Pulli an, der über die ungeliebte Stelle hinaus ihre Hüfte bedeckte.

Es war noch früh am Morgen und Andrea war energiegeladen und munter. Nach dieser Dusche und einer ereignisvollen Nacht fühlte sie sich noch motivierter als sonst, ihren Körper zu ertüchtigen, verbunden mit der Hoffnung, diese ungeliebten Polster würden sie eines Tages doch noch verlassen.

Als sie auf die Straße kam, folgten ihr dieselben Augen, die zuvor am Fenster ihre nackten Brüste betrachtet hatten. In einem gegenüberliegenden Buswartehäuschen, *geschützt vor ihren unvorbereiteten Augen, versteckte sich die unheilvolle Figur.*

Leichtfüßig wie ein Reh machte Andrea sich auf den Weg zum naheliegenden Wald. Die Frische des Morgens streifte ihren noch vom Bad nassen Körper und der Wind drängte sich durch die leichten Fasern ihrer Kleidung hindurch. Es war ein schöner Morgen und noch war niemand auf der Straße zu sehen. Die Vögel trällerten die Ankündigung eines wieder erfolgreichen Tages. Zwei Raben saßen auf einem Mast und rieten, ob die schnelle und graziöse Frau ihnen eventuell etwas zum Essen überlassen würde. Leicht enttäuscht schrien sie ihren Protest hinaus und ließen sie sich entfernen. Andrea erreichte die erste Biegung um den See und der alte Kastanienbaum begrüßte sie mit seinen Blättern, die ihr vom Morgenwind getragen zuwinkten.

Andrea nahm die Natur, die ihr beim Joggen entgegenkam, in sich auf und ließ mit jedem Schritt, den sie auf den Waldweg setzte, ihre Sorgen hinter sich. Sie fühlte sich naturverbunden und frei zugleich.

Als sie am japanischen Garten der Grünanlage ankam, bemerkte sie, dass ihr einige Mandarinenten zuvorgekommen waren und bereits den Boden inspizierten. Voller Freude über diesen Moment der Naturbetrachtung erhöhte sie ihr Tempo und bog an dem Zierkirschenbaum ab, der jenseits der Holzbrücke angepflanzt worden war. Sie rutschte beinahe auf am Teichrand liegenden feuchten Blättern aus, aber geschickt wie ein Reh sprang sie über diese Blätter, als wäre sie vom Geist der Göttin Artemis geleitet.

Diese zauberhafte Symbiose von Mensch und Natur wurde von vielen Augen verfolgt. Vögel, die ihre Nester schützten, Raben, die nach Futter gierten, oder andere Augen, die verborgen hinter den vielen grünen Blättern unsichtbar blieben.

Der Zauber des Bades zerrann mit einer Schicht Schweiß und Andrea überlegte, dass sie sich noch vor der Arbeit auffrischen sollte.

Sie sah bereits den Kiesweg in der Ferne und freute sich, wieder festen Boden unter ihre Füße zu bekommen. Die morgendliche Fitness war sogar für eine so gut trainierte Frau, wie sie es war, nach dreißig Minuten etwas anstrengend.

Ein Schatten bewegte sich vom Kiesweg weg und drängte sich in den Waldweg hinein. Eine weitere Joggerin versuchte augenscheinlich ihr Glück, so dachte Andrea. Sie war nach dem Training müde und kraftlos.

Der Kopf war unter einer Kapuze versteckt und die schmalen Schultern boten dem wallenden Stoff des Sweaters keinen Halt. ‚Unelegant‘, urteilte Andrea für sich und sprintete mit ihren leichten Füßen umso selbstbewusster ihrer Mitstreiterin entgegen.

„Guten Morgen“, grüßte sie beiläufig die entgegenkommende Joggerin. Da diese nicht antwortete, ärgerte sich Andrea über ihr asoziales Benehmen.

Als sie ihren Kopf nach hinten umdrehte, um die Frau zu sehen, wurde ihr Kopf mit großer Wucht von etwas getroffen und das Letzte, was Andrea von dieser Welt mitbekam, war, wie ihr Blut den Waldweg färbte.

„Scheiße nochmal", sagte Peter leise vor sich hin.

Er legte das ausgedruckte Manuskript beiseite und entschied sich, etwas Tee zur Beruhigung aufzugießen. Diese Texte hatten ihn so sehr angespannt, dass er beinah den Muskelkater der Protagonistin spürte.

Er schaute auf die alte Digitaluhr in seinem Fernseh-empfänger in seinem Wohnzimmer und stellte fest, dass es fast ein Uhr war. Schritte vom Schlafzimmer kamen ihm entgegen.

„Kommst du nicht ins Bett?", fragte Lucy, seine Frau.

„Ich lese nur einen Roman von diesem Sänger Eros", erklärte Peter.

„Es ist fast ein Uhr und du willst morgen die Pflanzen vom Büro abtransportieren. Willst du die Nacht ohne Schlaf verbringen? Ich darf dich daran erinnern, dass du keine siebzehn mehr bist."

Lucy war auch keine siebzehn mehr, und das wusste sie leider nur zu gut. Seine Rückenschmerzen vom schlechten Sitzen spürend, stand Peter auf.

„Ich mache mir einen Baldriantee und komme gleich ins Bett."

Seine Frau hob die Augen zur Decke und pustete genervt aus.

„Mit deiner Prostata wirst du dann eine halbe Stunde nach dem Schlafengehen wieder aufstehen müssen. Lass den Tee sein. Was hast du denn so Wichtiges gelesen? Arschwackelnde Sänger, die Bücher schreiben, das klingt nach nichts Gutem. Die Frau vom Diakon hat mir erzählt, dass sie ihren Töchtern verboten hat, seine pornografischen Bücher zu lesen."

Peter kannte die Frau des Diakons und konnte zu ihrer Person nur wenig Positives sagen.

„Das Urteil dieser alten Schabracke will auch kaum einer hören. Ich bin sicher, die Töchter lesen das sowieso in den Handys, die sie nie von der Nase wegbekommen."

Lucy war etwas verblüfft über sein Urteil über die Frau des Diakons, aber angesichts der wenig erbaulichen Aussicht, demnächst mit einem solchen Mann den ganzen Tag verbringen und sich mit ihm unterhalten zu müssen, der solche Urteile über ihre Bekannten fällte, wurde es ihr leicht unbehaglich.

„Kann man pornografische Büchern im Handy lesen?", fragte Lucy, von dieser Vorstellung verblüfft.

„Wir beide mit Sicherheit nicht, und wenn doch, brauchen wir sehr dicke Brillen." Peter lachte kurz.

„Die Frau vom Diakon ist nicht so verbissen, wie man von ihr behauptet. Sie ist nur nicht die Art von Frau, die sich gerne exponiert", erklärte Lucy belehrend.

„Ich glaube, in manchen Kreisen nennt man diese Art von Frauen einfach Beißzange. Egal. Dann gehen wir ins Bett."

„Warum liest du so was? Du hast dich nie für Pornografie interessiert. Oder hast du mir was verheimlicht?"

„Ach was. Ich ermittle noch in dem Fall der ermordeten Joggerinnen und scheinbar hat Eros Petrocelli diesen Morden in seinem Roman die Vorlage geliefert. Zumindest wenn man das liest, ist alles so beschrieben, wie der tatsächliche Ablauf war. Fast zu viele Übereinstimmungen, um nur ein Zufall zu sein. Ich hätte diesen Fall gerne als Krönung meiner Karriere abgeschlossen."

„Ach was? Siehst du dann doch ein, dass er mit seinen Büchern nichts Gutes liefert."

„Wieso? So pornografisch ist er nicht und eigentlich habe ich in den achtziger Jahren Schlimmeres gelesen. Schlüpfrig ist es schon. Lass mich nur das Ende dieses Kapitels lesen und dann komme ich garantiert ins Bett."

„Wehe, wenn ich wieder aufstehen muss, dann bekommst du was von mir zu hören."

Lucy ging murrend ins Schlafzimmer und durchaus gespannt ging Peter das Romanmanuskript weiter durch.

Andrea konnte nicht mehr ihre gefesselten Hände hinter sich spüren, da der Stoß, der sie am Kopf getroffen hatte, sie dem Tod weihte. Ihre Schulter wurde vom Aufprall abgeschürft und das Blut, das aus ihrem Kopf floss, trocknete über ihrem linken Auge.

„Bist du wieder wach?", fragte eine Stimme mit einem kindlichen Unterton.

Andrea war nicht in der Lage zu antworten. In dem düsteren Keller lief Liane auf und ab und überlegte, wie sie ihr Ritual durchführen konnte, wenn diese Frau nicht mehr aufwachen würde.

Liane schrie vor Wut und schlug Andrea mit der Hand. Noch einmal und noch einmal. Jedes Mal ohne Ergebnis.

Sie legte ihr Ohr auf Andreas Brust und horchte, ob sie noch lebte.

„Nein", protestierte Liane.

„Du bist noch nicht vorbereitet gewesen." Liane weinte und raufte sich die Haare. Sie war wütend über die tote Andrea. Der Tod war viel zu früh und zu unerwartet für sie gekommen.

Liane holte einen Aphrodite-Spiegel aus dem Schrank und ließ die tote Andrea sich dort betrachten. Doch ihre Augen wollten sich einfach nicht öffnen.

„Du musst dich im Spiegel anschauen. Du hast meine Liebe gestohlen. Du musst dein Gesicht im Spiegel anschauen und deine Schuld eingestehen", flehte Liane.

Aufgebracht über diesen Ungehorsam zerschlug Liane den Spiegel auf Andreas Stirn.

Der Spiegel zerbrach und zwei große Splitter fielen auf den Boden.

Der Zorn, der in Liane hochstieg, zog sich durch ihren Körper wie eine giftige Schlange, die sich einen Weg bahnte, und als sie ihren Kopf erreichte, griff sie einen der Splitter mit ihrer linken Hand und mit einer geschickten Bewegung schnitt sie in das Gesicht von Andrea. Dabei dachte sie an Athene, die das Gesicht der hochmütigen Arachne mit einem Webschiffchen durchschnitten hatte.

Kein Blut floss mehr aus den Wunden, kein Schrei kam mehr aus Andreas Kehle.

Liane entschied sich, das Opfer an die Göttin Athene zurück an den Teich zu bringen und dort ihren Körper als Opfergabe vorzubereiten.

Damit sollte sich der Zorn der Göttin von ihr abwenden und sie endlich den Mann, den sie für sich beanspruchte, wieder für sich gewinnen können.

Sie sehnte sich nach seinen rauen Händen, seinem Duft nach Holz und seinem lila Liebesdorn. Doch wegen dieser Frau hatte er keine Augen mehr für sie gehabt – aber nur bis zu diesem Moment, dachte Liane.

Am nächsten Tag, noch bevor die Sonne aufging, transportierte Liane den toten Körper ihrer Nebenbuhlerin zum Teich und versenkte ihn im Wasser, beschwert mit einem Findling aus dem Garten.

Damit Athena das Opfer nicht verwechselte, legte sie der Toten den Spiegel der Aphrodite in ihre Hand und band ihn mit einer Schnur fest.

„Das Symbol des Eros wird sie leiten", sprach Liane, als sie sich zum letzten Mal von Andrea verabschiedete.

Peter gähnte lang und tief und seine Brust füllte sich mit der Luft der Nacht. Er schloss das Fenster und sah ein, dass er nun wirklich ins Bett gehen musste.

Er überlegte mehrmals, was er gelesen hatte und wie das mit der Tat im Zusammenhang stehen könnte, wenn es überhaupt einen gab.

‚Liebesdorn? Wer kann das verstehen', überlegte er halblaut und kurz kam ihm der Gedanke, dass ihm Text gut gefiel. Er konnte sich sogar vorstellen, selbst etwas zu schreiben. Vielleicht nicht so anrüchig, aber mit Unterstützung wäre er bestimmt in der Lage, über seine Karriere zu schreiben.

Er schaltete das Licht aus und als er sich zu Bett begab, gingen ihm viele neue Gedanken über seine Zukunft durch den Kopf.

20

Applaus und zustimmende Pfiffe kündigten den jungen Orchesterdirigenten an. Eine Mischung aus Arroganz und unreifer Überschätzung meinte Hugo an dem jungen und motivierten Antlitz des russischstämmigen Mannes zu bemerken. Ob diese Einschätzung des Dirigenten an Hugos eigener gesundheitlichen Verfassung lag oder ob dies wirklich den Gesichtszügen des Mannes zu entnehmen war, konnte Hugo nicht sicher sagen.

Ein Oboenton wuchs, wenn auch etwas schüchtern, aus der Gruppe der Bläser hervor. Als er fast seinen Weg gemacht hatte, gaben Flöten ihre Zustimmung zur 6. Sinfonie von Tschaikowsky und setzten dann dem Weg der Oboe ein abruptes, aber sinnvolles Ende und schenkten den Zuhörern einen weiteren Moment der Begeisterung.

Hugo war immer noch sauer auf Lucius, der seine Korrekturen wegen des anstehenden Termins und der damit zusammenhängenden erwarteten Einnahmen einfach abgelehnt hatte. Er arbeitete an einer Antwort auf Lucius' Belehrungen und mittlerweile fehlten ihm die Worte, um seine Empörung geschickter auszudrücken.

Er hätte gerne mit Margareth darüber geplauscht und mindestens ihr gegenüber etwas von seinem Unmut in Worte gefasst. Das hätte ihn etwas beruhigt. Doch Margareth schien ebenso eigen wie älter geworden zu sein. Sie kam seit einigen Monaten nicht mehr ans Telefon, wenn man sie anrief. Sie rief lieber selbst an, wenn sie denn Lust hatte, ungeachtet, dass man ihr manchmal ungern zuhörte. Dies schien ihren Redeschwall nicht zu stören.

Eine Blondine mit der Querflöte zeigte sich besonders fesch vor der Kamera und ihrem Glanzblick nach zu urteilen war sie entweder mit dem Dirigenten oder einem hohen Tier des Ensembles liiert oder hatte zumindest eine Affäre. Eine andere, weniger anmutige Frau saß neben ihr und bot zur Schönheit einen entsprechenden Kontrast, damit die empfohlene Grazie sich vor der Kamera umso mehr abhob. Wenn Frauen, die weniger vorteilhafter aussehen, wüssten, wie sie von Kameras in solchen Sets missbraucht werden, würden sie solche Blondinnen mit dem Kopf zuerst in die Tuba hinein-katapultieren. Hugo lächelte bei der Vorstellung einer solchen Szene.

Ein tiefer Ton stieg an sein Ohr und endete in einem dumpfen Schmerz. Er verlor beinah die Besinnung.

Das Telefon meldete sich. Hugo war sicher, dass es Margareth war.

„Margareth, meine Liebe. Ich brauchte dringend jemand, bei dem ich mich auskotzen kann."

Eine etwas längere Pause verunsicherte Hugo.

„Sie dürfen sich auch gerne bei mir auskotzen, aber bitte nennen Sie mich nicht Margareth. Das tun nur meine intimsten Freunde." Mit einem derben Lachen endete der Satz des jungen Ermittlers Lukas in seiner kokettierenden und unreifen Art.

„Oh Gott, ist das mir peinlich. Sie sind der Herr von der Polizei, oder?", entschuldigte sich Hugo, der gerade von den Fuß- bis zu den Haarspitzen rot anlief.

„Tut mir leid, aber den Witz kenne ich von meinem Bruder und die Situation war gerade so günstig." Wieder lachte der Junge und vergaß dabei, seine professionelle Haltung zu wahren.

„Ich bin sicher, Ihr Bruder hat einen gesunden Sinn für Humor", versetzte Hugo mit einer unterschwelligen Ermahnung ob des frechen Verhaltens des Ermittlers. „Ich dachte, es wäre meine Freundin gewesen."

„Kein Problem. Der Grund meines Anrufs ist, dass ich mich in Sachen Mythologie nicht auskenne, und nachdem ich das Manuskript gelesen habe, dachte ich, bei Ihnen anzurufen und mich über einige Passagen genauer zu erkundigen."

Hugo, der immer noch mit einer Hitzewallung zu kämpfen hatte, setzte sich gerade auf und nahm den Hörer so in die Hand, dass er besser sprechen konnte. Er regelte die Lautstärke der Musik mit der Fernbedienung nur etwas herunter, denn er wollte nicht mittendrin pausieren und den magischen Effekt des Spiels verlieren.

„Um was geht es denn?"

„Ich hoffe, Sie halten mich nicht für einen absoluten Banausen, aber was war genau der Grund, warum diese Liane das Gesicht des Opfers mit der Glasscherbe zer-schnitt?"

Hugo war angenehm überrascht, dass der junge Mann sich für ein so wichtiges Detail seiner hohen Kunst und überhaupt für seinen Beitrag zu Eros' Werk interessierte. Hugo geringschätzte die allgemeine Bildung der jüngeren Generation und traute ihr nicht zu, seine Arbeit gänzlich zu verstehen.

„Kennen Sie die Legende der Arachne?"

„Nein, ich dachte, dass das nur eine andere Bezeichnung für Spinnen sei. Meine Kenntnisse dazu kommen alle aus Comics." Hugo schloss daraus, dass die literarischen Kenntnisse des jungen Herrn offenbar nicht auf den Büchern beruhten, die ihm seine Mutter vergeblich vorgelesen hatte.

Hugo legte seine Hand vor die Sprachmuschel des Telefons und atmete tief und suchte nach Fassung angesichts dieser Beichte mangelnder Bildung. Er rollte seine Augen zur Decke, bevor er sagte:

„Athene hörte, dass eine Frau namens Arachne die begabteste Weberin im Reich sei. Als die Göttin sie wegen ihres Übermuts und der Respektlosigkeit ihr gegenüber ansprach, lachte Arachne und beide Damen sollten dann für die Götter weben, die dann entscheiden sollten, wer die beste Weberin war. Athene webte ihre Siege über Poseidon. Arachne webte die Liebschaften von Zeus, die nicht wenige waren. Erzürnt über die deutliche Niederlage zerschnitt Athene das Gesicht der Arachne mit einem Webschiff und verwandelte sie in eine Spinne."

Hugo sprach langsam und setzte geschickt Pausen, damit der jüngere Herr von der Polizei ihm folgen konnte.

Als eine prompte Antwort ausblieb, erkundigte sich Hugo:

„Haben Sie das verstanden?"

„Ah, klar. Ich fasse das so zusammen, dass der Grund des Wettstreits der Hochmut des Opfers war, und wo ist dann der Zusammenhang mit dem Spiegel des Eros, den wir an allen Tatorten fanden?"

„Ich bin kein Polizist. Darüber kann ich mir kein Bild machen. Jedoch das Symbolische daran, in den Spiegel zu blicken und dort die Wahrheit zu sehen, ist ein uralter Glaube der Menschheit", erklärte Hugo, der sich gerne von unbegründeten Thesen distanzierte.

„Ich bin auch kein Polizist. Ich bin ein Ermittler, aber es kommt auf fast das Gleiche heraus. Sicher, ich verstehe Ihre Ansicht, aber sie sind momentan meine beste Quelle. Sehen Sie einen mythologischen Zusammenhang?"

Hugo überlegte und während die Trommeln des Orchesters zu einem Höhepunkt des Meisterstücks kamen und die Violinen einen neuen Satz in der Sinfonie setzten, überlegte er, wie er diese Frage beantworten sollte.

„Tut mir leid, wenn ich hier ganz ratlos bin. Mythologie ist eher ein Thema für meine Freundin. Eros ist nach Hesiod der Ursprung der Götter. Er wurde von der Nacht gezeugt. Die Nacht legte ein geflügeltes Ei und Athene ist so gesehen seine Enkelin. Für mich ist alles ziemlich nah verwandt, aber im Roman geht es darum, dass das Opfer einen schönen bezahlbaren Mann aussuchte, und ihr Übermut lag in der Tatsache, dass sie eine Top-Joggerin war und sich für reizvoller hielt und nicht von einem Bauern geliebt werden wollte. Liane war kräftig, liebte den Bauern und war eine den Göttern gehorsame Frau, die leider nicht die Gaben der Götter erhalten hatte und deswegen wurde sie zu einer Mörderin, aus

Rachegefühlen, weil sie nicht wie Andrea begehrt wurde. Können Sie mir in der Interpretation folgen?" Hugo setzte eine Gedankenpause, da er das Schweigen des Ermittlers als Ohnmacht vor den vielen Informationen einschätzte.

„Das wäre ein typisches Frauenleitmotiv. Sicher für eine geistesgestörte Frau, aber in der heutigen Welt sind ebenso viele gestörte Frauen wie Männer zu finden. Macht Sinn. Ich denke, ich kann die Erzählung vom Manuskript jetzt besser einschätzen und kann jetzt meine Gedanken fortsetzen. Vielen Dank."

Hugo war überrascht, dass der junge Ermittler nur so wenig zu fragen hatte und keine weiteren Informationen brauchte, und führte dies auf die mangelnde Erfahrung zurück.

„Brauchen Sie keine weiteren Informationen? Haben Sie bereits das Ende, als die Liane stirbt, gelesen?"

Der Orchesterdirigent war bereits über dreißig Sekunden dabei, eine Pause anzusetzen. Violine und Bläser gaben bereits auf und die erwartete Publikumsruhe schien wie erwartet einzutreten. Das spannte Hugos Nerven fast zum Zerreißen an. Er konnte diese langen unhörbaren Pausen nicht als Kunst bezeichnen und freute sich auf den abschließenden Applaus, der es ermöglicht, ein neues Stück folgen zu lassen.

„Ich bin ein guter Leser. Das habe ich alles durchgelesen und dieses Detail habe ich nicht übersehen. Ich muss noch einige Daten in meinem Diagramm ergänzen. Wo waren Sie zu den Tatzeiten?"

Hugo war von der Frage sehr überrascht, da ja ohne seinen Hinweis die Polizei immer noch im Dunkeln tappen würde.

„Ich hoffe, Sie setzen mich nicht auf die Liste der Verdächtigen", mahnte Hugo.

„Ach was, Herr van Hülsen. Ich brauche das nur, um ein Zeitbild zu beschreiben. Hat nichts mit Ihnen zu tun, sondern damit, ob und welche Personen eventuell Zugriff auf das Manuskript hatten."

„Ich bin hier in meiner Wohnung am Arbeiten, Tag und Nacht. Bis auf die Telefonate mit meiner Redaktion, meiner Freundin und meinen von mir betreuten Schriftstellern gibt es keine Ereignisse am Tag, da ich sogar meinen Einkauf im Supermarkt online erledige. Übrigens, ich denke, ich kenne nicht einmal die Tatzeiten, oder?"

Hugo log, da er genau in dem Moment die E-Mail vor Augen hatte, aber da er noch überlegen musste, wo er zu diesen Zeiten war, nutzte er dieses Argument, um Zeit zu gewinnen.

„Doch. Ich habe sie Ihnen per E-Mail gesendet, zusammen mit der Anfrage. Da sie nicht geantwortet haben, habe ich mich für das Telefonat entschieden."

„Uups. Das habe ich bei dem aktuellen Stress übersehen. Wir sind kurz vor einer Veröffentlichung und da habe ich selten Zeit, etwas anderes als den Tagesablauf im Kopf zu behalten. Ich suche Ihre E-Mail und beantworte diese sobald und genau wie möglich."

Nebenbei konsultierte Hugo seinen Kalender. Dort stand nur der Hinweis, Eros nicht anzurufen, weil dieser seine Fitnessstunde hatte. Da Hugo aber meistens mit Francis sprach, war der Hinweis unwichtig.

„Eine weitere Frage erlauben Sie mir bitte, Herr van Hülsen, wer hat alles Zugang zu diesem Manuskript?"

Hugo musste nicht lange nachdenken, da das Vorgehen im Verlag seit Jahren immer das gleiche war.

„Keiner außer mir, dem Editor und seiner Frau und dem Autor dürfen das Manuskript zu sehen bekommen. Im Fall von Eros bekommt es noch sein Ehemann zu sehen. Und klar, jetzt hat die Polizei auch eine Kopie bekommen."

„Aber Ihre Freundin, die Sie erwähnt haben, hat sicher auch Zugang zu Ihrem Computer, oder?" Lukas nahm irrtümlich an, Hugo würde mit Margareth zusammenleben.

„Oh nein! Meine Freundin ist nicht diese Art von Freundin", schloss Hugo vehement aus. „Ich lebe ganz für mich und freue mich, wenn ich nicht gestört werde. Hier in meine Wohnung kommt auch keiner."

„Klar, ich verstehe. Ich wollte auch nicht indiskret sein." Doch das wollte er. Lukas lernte seine Befragung geschickt zu formulieren und dabei gewann er viele Informationen, was den Nachteil mit sich brachte, dass auch zahlreiche überflüssige Informationen dabei waren.

„Sie ist Ihre Mythologie-Expertin", hakte Lukas etwas nach.

„Ja, aber nur zum Teil, da ich mich auch sehr gut auskenne. Auch sie bekommt keinen Zugang zu den Manuskripten, bevor diese vom Verlag veröffentlicht werden. Das steht auch in meinem Vertrag. Es versteht sich."

Hugo war fast empört, dass man denken könnte, er würde Margareth oder wem auch immer erlauben, ein unveröffentlichtes Manuskript zu lesen. Margareth war zwar eine gute Freundin und manchmal zu penetrant, aber soweit würde auch sie nicht gehen und seine Manuskripte lesen wollen.

„Schreibt Eros alles allein, oder schreiben Sie für ihn? Ich kenne mich nicht in der Bücherwelt aus." Hugo bewertete die letzte Aussage als unnötig, da er den kulturellen Hintergrund des Ermittlers von Beginn des Gesprächs an geringschätzte.

„Ich gebe zu gewissen Teilen die Struktur vor, muss ich zugeben. Aber die Schreibarbeit ist Eros Petrocellis Sache."

„Nur Sie und ist da sonst noch jemand?", insistierte Lukas.

„Gut. Hin und wieder kann es vorkommen, dass meine Freundin einen gewissen Einfluss ausübt, aber sie ist nicht in meine Arbeiten involviert und ich setze großen Wert auf Originalität." Hugo war bereits von dem Gespräch ermüdet und wollte sich lieber hinlegen. So gähnte er ungeniert in die Telefonmuschel. Lukas schien den wenig diskreten Hinweis zu verstehen.

„Gut, dann haben wir auch das geklärt. Der Partner von Herrn Petrocelli, haben Sie gemeint, bekommt den Text auch zum Lesen?"

„Lesen?", fragte Hugo etwas erstaunt, „Francis ist die rechte und die linken Hand von Eros. Er schreibt das meiste. Ohne seinen Mann wäre Eros nicht in der Lage, das zu schreiben. Übrigens, Francis ist auch ein Experte, was Literatur und Mythologie anbelangt."

Lukas nahm aufmerksam Notiz davon, da ihm dies von Bedeutung zu sein schien.

„Er ist Franzose, oder?"

„Er kommt aus Martinique. Ungefähr ein Franzose, aber um einiges netter, wenn auch ein klein wenig nervig." Hugo fand doch jemand, dem gegenüber er seinem Unmut etwas Luft machen konnte.

„Wieso nervig?"

„Er ist kritikunfähig und er ist schlampig. Ich arbeite mich hier zum Krüppel und er weigert sich, Korrekturen vorzunehmen, aber das ist zu viel Tratsch, das wollen Sie bestimmt nicht hören."

„Ach was. Etwas plaudern kann ich auch. War er bereits beim ersten Roman mit Eros zusammen?"

Hugo überlegte, wann die beiden Männer zusammen-gekommen waren.

„Ich denke nicht. Francis und Eros sind vor zwei Jahren zusammengezogen und getroffen haben sie sich etwa vor vier Jahren und sein erster Roman kam vor fünf Jahren heraus. Nee, Francis war nicht dabei."

Hugo hörte, wie der junge Lukas von allem Notiz nahm und seine Finger die alte Tastatur klappern ließen, was man sogar über das Telefon hören konnte.

„Stimmt. Mein Bruder kennt die Romane von Eros besser als ich und meinte, dass die Stilrichtung sich sehr verändert hat."

Hugo fühlte sich irgendwie angesprochen, da das meiste an Stilverbesserung von seiner Hand stammte.

„Nun, ich tat mein Bestes, um seinen Stil zu verbessern und ich denke, Francis hat zusätzlich eine positive Wirkung auf Eros gehabt."

Eine Kaffeetasse oder etwas ebenso Schweres schien auf Lukas' Seite auf den Boden gefallen zu sein und Hugo hörte, wie jemand im Hintergrund laut protestierte.

„Tut mir leid, Herr van Hülsen. Ich muss kurz einem Kollegen helfen. Unser Bürohund hat Unfug getrieben und jemand wird sich wegen eines alten Pantoffels bestimmt sehr aufregen. Darf ich etwas später anrufen?"

„Klar, aber viel später, bitte." Kaum hatte Hugo das gesagt, war das Gespräch beendet und er schaute überrascht zum Telefon.

‚Unprofessionell', schnaubte Hugo in Gedanken.

Die Sinfonie Nr. 5 von Tschaikowsky lief unter einer besseren und erfahreneren Regie. Hugo genoss die Akkorde und die Cellogruppe zog ihn in einen süßen Bann. Er drückte die Fernbedienung und langsam wurde der Ton lauter. Die Musik füllte nun den ganzen Raum.

Hugo dachte über die mit dem Ermittler besprochenen Fragen nach und war eigentlich sehr enttäuscht, dass trotz der vielen anderen Hinweise und Details des Manuskripts der Ermittler sich für einen weniger bedeutenden Hinweis interessiert hatte.

Während Scheherazade vom London Orchestra angeleitet wurde, schaltete Hugo sein Telefon aus. Er wollte nach dem aufregenden Gespräch mit dem Ermittler eine Pause einlegen und lieber nicht mehr gestört werden. Schlafengehen am Nachmittag war ein Luxus der Homeworker, den Hugo gerne genoss. Bevor der Satz zu Aladin und der Wunderlampe anfing, legte der Dirigent eine morbide Pause ein, die Hugo auch als unnötig beurteilte, aber für eine symphonische Dichtung dieser Art akzeptabel war. Er deckte sich mit seiner fluffigen Sofadecke zu und wollte, von der Melodie begleitet, etwas schlafen, als sich herausstellte, dass das Telefon doch nicht richtig ausgeschaltet war, da der Ufo-Klang die symphonische Melodie störte.

Hugo nahm den Apparat ab und diesmal sagte er vorsichtig seinen Namen.

„Van Hülsen."

„Hahaha. Van Hülsen", äffte ihn Margareth nach.

„Margareth?", sagte Hugo mit fröhlicher Überraschung. „Gut, dass du anrufst. Ich wollte gerade einnicken, aber lieber kotze ich mich bei dir aus."

Es ging ihm kurz durch den Kopf, dass er Margareths Stimme mit etwas anderem in Zusammenhang brachte,

aber mitten in seinen Gedanken unterbrach sie ihn
fröhlich.

„Ich bin ganz Ohr."

21

Peter blickte auf seine zerkauten Büropantoffeln und dann zu Arnaud mit seiner schuldbewussten Miene und wieder zurück. Ob seiner Schuld wirklich bewusst oder nicht, wendete Arnaud seinen Blick ab und tat so, als wäre er mit der wichtigen Suche nach irgendetwas beschäftigt, das aber bestimmt nicht da war.

„Du bist ein ganz böser Hund."

Arnaud bewegte sich auf seiner Bürodecke und tat so, als würde er wegen der gekauten Pantoffel Reue empfinden.

„Sie waren sowieso alt und vergammelt. Hier, fang!" Peter warf den Pantoffel in die Luft und Arnaud ging etwas unsicher auf das Spiel ein.

Als Arnaud den fliegenden Pantoffel in der Luft schnappte, kam Lukas in den Raum hinein. Überrascht von dem Spiel zwischen beiden verharrte er kurz am Eingang und wartete auf die Reaktionen der beiden Spieler.

„Bring das her!", befahl Peter und Arnaud, der im Spiel mit Peter nicht viel Erfahrung hatte, schaute ihn nur ratlos an.

„Ihm fehlt eine gute Führung", bemerkte Peter und Arnaud verstand diese Aussage als eine Einladung zum Kuscheln.

„Ich dachte, dass du keine Hunde magst", sagte Lukas überrascht.

„Ich weiß nicht, wie man auf diesen Gedanken kam, aber ich habe mich nur, seit ich meinen Hund im Dienst verloren habe, nie mehr von dem Schock erholt. Ich denke, Basti ist nur zu empfindlich, wenn man Arnaud kritisiert." Peter kraulte dabei den neuen Freund.

„Du hattest einen Hund? Das wusste ich nicht."

„Wir kennen uns gar nicht. Wir arbeiten nur seit über einem Jahr zusammen, aber keiner von euch kennt mich wirklich, oder? Ich kenne euch auch nur vom Büro. Ihr seid jung und habt vieles vor euch und ich beende hier meine Karriere." Seine Augen schienen bei der Erinnerung an Hero, seine frühere Begleiterin, einen leichten Glanz zu bekommen.

Peter wühlte in einem Karton, in dem seine Bürosachen für den Abtransport gesammelt wurden. Er holte daraus einen kleinen Fotorahmen aus Holz hervor. Er gab Lukas das eingerahmte Foto, der es sich interessiert ansah.

„Der hier hieß Hero", erklärte Peter.

„Warum hatte er einen japanischen Namen?"

„Das ist eigentlich Griechisch und bezeichnet eine Sie. Sie hieß Hero, nicht Hiro."

„Sorry, ich kenne mich mit sowas nicht aus. Was ist passiert?"

„Sie war meine Begleiterin, sieben Jahre lang. Für eine Polizeihündin fast zu lang. Bei einer Demo wurde sie von aggressiven Demonstranten so schwer verletzt, dass der Arzt ihr nur zu einem friedlichen Tod verhelfen konnte. Damals habe ich den Straßendienst quittiert und wurde dann hierher versetzt." Peter machte eine Pause und fuhr fort: „Das ist aber sehr lange her."

Lukas, der das verblasste Foto, auf dem kaum noch Farben zu erkennen waren, ansah, pfiff ungeschickt.

„Tut mir leid."

„Berufsrisiko. Ich war damals sehr jung", schloss Peter das Thema ab.

„Das muss aber sehr, sehr lange her sein." Lukas mochte keine Gefühlsduseleien und zog das Gespräch etwas ins Lächerliche.

„Sei nicht frech!"

„Ich habe eigentlich was zu berichten", kündigte Lukas an.

„Oh ja. Ich auch. Meine Recherchen haben etwas ergeben."

Arnaud ging zurück zu seinem Bürokorb und legte sich wieder schlafen. Peter und Lukas setzten sich vor den großen Bildschirm, während die von Lukas aufgerufene Anwendung hochfuhr.

„Ich muss feststellen, dass die Computeranwendungen immer aufwendiger werden, und jedes Mal dauert das Hochfahren länger als zuvor", bemängelte Peter, der sich eigentlich freute, bald nicht mehr so viel Zeit vor einem Bildschirm verbringen zu müssen.

„Ich telefonierte mit dem Lektor, nachdem ich das Manuskript gelesen hatte", teilte Lukas mit.

„Ich habe das auch gelesen. Ziemlich morbid, oder?"

„Mein Bruder erzählte mir so in etwa, wie Petrocellis erster Roman war. Ich habe momentan keine Zeit, das zu lesen, aber so wie der Lektor erklärte, ist Francis, Petrocellis Partner, eigentlich der Autor. Eros steuert nur mit seiner Berühmtheit bei, aber ich denke, das so verstanden zu haben, dass er kaum den Grips für solch einen Roman hat. Was eigentlich einige Gerüchte in den Medien bestätigen würde." In vielen Zeitungen wurde Eros als ein alter pubertärer Junge bezeichnet. Weil aber negative Presse meist erfolgreicher ist, ist es denkbar, dass hier manche Journalisten und Kommentatoren übertrieben haben.

„Ungefähr das Gleiche habe ich geahnt. Ich habe etwas mehr geforscht, aber du wirst staunen, was ich zu berichten habe. Ich habe das nicht ins System eingespielt, aber das kannst du danach machen." Peter erledigte sich durch eine Delegierung geschickt der ungeliebten Computeraufgabe.

„Kein Problem. Erzähl."

„Die Frau, das Opfer, war tatsächlich in einen anderen Fall involviert, aber sie war nur wegen Randalierens angezeigt worden."

„Von wem denn?"

„Helena Grünmantel. Die rechte Hand von Lucius Grünmantel. Chef des Verlags, in dem Eros das Buch demnächst herausgeben wird."

„Das glaube ich nicht", staunte Lukas.

„Dann setze dich und höre weiter."

Peter erreichte die maximale Aufmerksamkeit von Lukas, der begierig auf die Fortsetzung des Vortrags wartete.

„Das Opfer war über eine Zeitarbeitsfirma in diesem Verlag als Assistentin von Helena Grünmantel engagiert."

„Wie bist du auf diese Information gekommen?"

„Ich erinnerte mich, dass diese Frau, das dritte Opfer, mir wegen irgendetwas bekannt vorkam. Als ich die Mappe bekam, stand dort Vandalismus und Ruhestörung am Arbeitsplatz. Es war nichts Besonderes, bis auf die Tatsache, dass es damals einen Skandal gab. Helena Grünmantel wurde in der Presse ziemlich niedergemacht und der Skandal zirkulierte in manchen Boulevardzeitungen. Ich habe das nur am Rande mitbekommen, aber das Gesicht habe ich mir gemerkt, weil es oft in der Presse war." Peters Gedächtnis war nicht mehr so gut, wie es mal war, aber bestimmt immer noch sehr gut.

„Es wundert mich, dass Karamanlis nicht selbst auf diese Information kam", meinte Lukas kritisch.

„Er ist schlampig und wenn er seinen Urlaub im Kopf hat, denkt er an gar nichts anderes mehr."

„Dadurch wird die Verwicklung von Eros Petrocelli und seinem Roman in diese Mordfälle etwas konkreter. Ich werde unseren Besuch bei dem Grünmantel anmelden", fasste Lukas zusammen.

„Ich führte bereits ein kurzes Gespräch mit Frau Grünmantel. Sie meinte auch, dass ich einmal meine Memoiren bei ihnen publizieren könnte. Ich habe mir erlaubt, euch anzukündigen. Kannst du nicht mit Basti hinfahren? Ich bin ziemlich mit meiner Abschiedsfeier beschäftigt."

„Aha, und Karamanlis denkt nur an seinen Urlaub." Der Seitenhieb war nicht zu überhören.

„Gut. Ich gehe mit, aber ihr seid jederzeit in der Lage, das auch ohne meine Unterstützung zu übernehmen."

Bastian, der sich im Vorzimmer befand, sprach mit dem Kollegen.

„Sag mal Hero." Lukas legte einen Finger an sein Kinn und es schien fast, als würde er mit seinem Kopf jonglieren wollen.

„Griechisch?", fragte Lukas.

„Ja. Habe ich gesagt."

„Kennst du die Geschichte von einer Göttin und der Arachne?" Lukas wollte mit seinem neu erworbenen Wissen Eindruck schinden.

„Du meinst Athene. Ja, klar." Lukas fühlte sich etwas entwaffnet, da er den Namen der Göttin bereits vergessen hatte und Peter offensichtlich besser darüber Bescheid wusste.

„Weil das Teil unserer Ermittlung ist. Der Lektor hat mir erklärt, dass … warte, wo ist mein Pad?" Lukas suchte seine Tasche und nach dem Pad, wo seine Notizen gespeichert waren. Er entschied sich, Peter sein Nichtwissen nicht zu gestehen.

Lukas fand das Gerät und schaltete es sofort mit einer Hand an. Der Monitor leuchtete mit einem leichten Flackern auf.

„Das Opfer im Roman war übermütig, was die Täterin erzürnte und den Mord zur Folge hatte. Denkst du, dass es zu unserem Fall eine Parallele gibt? Wir haben bisher die potentiellen Täter nur unter Männern vermutet, aber im Roman wird eine Frau mit einer Waffe ausgerüstet. Wir sollten auch diese Möglichkeit in Betracht ziehen, oder?"

Peter dachte über diese Theorie nach und schaute sich die am Bildschirm angezeigten Bilder weiter an.

„Das Opfer ist nicht schwer, daher kann auch eine Frau den Körper tragen, denke ich. Wir sollten diese Helena Grünmantel zart befragen. Was hat der Lektor dir erklärt? Du wolltest noch etwas sagen", bohrte Peter weiter.

„Nun, es war diese Geschichte mit Arachne und der anderen Göttin. Wo habe ich das notiert?" Lukas fragte in den Raum, ohne eine Antwort zu erhoffen, und blätterte weiter in seinem Pad.

„Ach ja. Die Geschichte kenne ich. Nun ja, Übermut hat Arachne das Gesicht gekostet. Solche Grausamkeiten gehören zu den Erzählungen aller Religionen und die Griechen waren, was Grausamkeiten anbelangt, sehr erfindungsreich. Aber immerhin, das ist nur eine Vorlage. Wir brauchen Fakten."

„Ich habe welche gefunden. Nun, was mich interessiert, ist, inwiefern alle Opfer an Übermut litten und in welcher

Hinsicht. Im Roman gibt es auch den Hinweis auf eine Liebe zum falschen Mann. Hast du das auch gelesen?"

Peter war begeistert von Lukas' Entwicklung und war sich sicher, dass er eine gute Nachfolge ausgebildet hatte.

„Gewiss. Daher würde ich empfehlen, dass du und Bastian euch um ein Interview mit dieser Frau Grünmantel bemüht. Ich will mich vor allem mit dem Ablauf des Romans befassen. Der Täter … oder Täterin … hat mit Sicherheit Zugang zum Manuskript, daher möchte ich genauer herausfinden, wer das alles schon gelesen hat. Ich statte dem Lektor einen Besuch ab und du und Bastian dem Verlag. Können wir dann morgen früh wieder unsere Ergebnisse abgleichen?"

Bastian, der in diesem Moment seinen Namen im Gespräch mitbekam, trat näher.

„Was gibt's?"

„Wir sollten kurz im Verlag vorbeikommen und mit der Geschäftsführerin sprechen. Ich erzähle dir alles unterwegs", informierte ihn Lukas.

„Ich würde gerne eben mit Arnaud rausgehen. Er muss mal." Bastian war bereits lange nicht im Büro gewesen und dachte, er sollte sich um Arnaud kümmern.

„Überlasse das mir. Arnaud und ich sind gute Kumpels geworden."

Arnaud bestätigte das, indem er aufstand, als er seinen Namen hörte.

„Wenn du nichts dagegen hast, nehme ich ihn zur Befragung des Lektors mit. Danach bringe ich ihn zu dir nach Hause."

Bastian war selten ohne Arnaud zu sehen, aber für den Fall, dass Arnaud eventuell nicht in das Verlagsgebäude gelassen würde, zog er die Obhut von Peter vor.

„Klar, aber nur an der Leine und Vorsicht an der Straße."

„Keine Sorge, Basti. Peter ist bestimmt der beste Aufpasser für Arnaud."

22

Debussys Clair de Lune war wieder im Radio zu hören und Hugo wäre beinahe geneigt, einen Schuh auf das Radio zu werfen, wenn er nicht befürchtet hätte, einen weiteren Apparat im Haus kaputt zu machen. Nach seinem Urteil konnten viele dieser Klassiksender nur Mainstream-Musik spielen und dazu meistens aus denselben Konzerten.

‚Langweilig', schrie er innerlich, während er seine Notizen am Computer organisierte. Die Animationstöne, die sein Computer machte, störten die von Hugo wenig geschätzten Bemühungen von Debussy.

Hugo fühlte sich irritiert, da er trotz seiner Kooperation mit der Polizei jetzt noch mehr Zeit in die Aufklärung mehrerer Mordfälle investieren musste. Jetzt wollte ihn sogar einer der Ermittler besuchen.

‚Ich hätte niemals auf Margareth hören sollen', bereute er in Gedanken sein Vorgehen.

Hätte er sich nur um seine Gesundheit gekümmert, hätte er nicht jetzt noch mehr zu erklären gehabt.

‚Lauter Inkompetenzen!', schimpfte er vor sich hin.

Die sanfte Hintergrundmusik wechselt zu einem Adagio, was ihm trotz seiner Erkältung oder gar Grippe half, sich zu konzentrieren. Er fühlte sich, als wäre er betrunken, aber er war sich sicher, bis auf seinen Tee nichts getrunken zu haben.

Zu Hugos Bedauern war nicht jedes musikalisches Stück, das dieser Sender spielte, ein Hit und gerade dieses lag in seiner Anspruchsskala weit unten. Da auch kein Video damit verbunden war, zeigte der Fernseher auch nur ein Animationsbild, bei dem rhythmisch zur Musik bunte Kreise auf- und zugingen.

Nachdem Lucius ihn dazu gezwungen hatte, keine Korrekturen mehr von Eros zu fordern, las er die aktuelle Version des Romans durch. Eros und Francis hatten aus irgendeinem Grund die Stadt verlassen und sich mit einer kaum glaubwürdigen Begründung per E-Mail verabschiedet. Sie weigerten sich auch, Handyanrufe zu beantworten, was Hugo umso mehr aus der Fassung brachte.

Sein Lesen wurde durch das Klingeln des Telefons unterbrochen.

‚Bitte nicht, Margareth. Ich habe keine Zeit', hoffte er inständig.

„Van Hülsen."

Hugo sprach so förmlich wie möglich, um eventuelles Tratschen von Margareth mit der Behauptung abwenden zu können, er wäre zu beschäftigt, sich einen langen Monolog anhören zu können.

Er wartete kurz, und da niemand sprach, fordert er erneut eine Antwort.

„Wer ist da bitte?"

„Assmann. Peter Assmann, Ermittler in dem Fall der ermordeten Joggerin von Aubing. Entschuldigen Sie bitte, ich war kurz abgelenkt. Dürfte ich vorbeikommen? Ich hätte gerne meine Informationen zu dem Ablauf der

Korrekturen und über alle, die den Roman eventuell lesen können."

„Sicher. Wenn es hilft, aber ich muss Sie vorab informieren, dass ich sehr wenig Zeit habe. Wir befinden uns vor einem Herausgabetermin."

Ein Hecheln und das Bellen eines offenbar großen Hundes auf der anderen Seite ließen den Grund vermuten, warum der Ermittler abgelenkt war.

„Es wird nicht lange dauern. Ich rufe vom Handy aus an und könnte in zehn Minuten bei Ihnen sein. Ist das für Sie in Ordnung?"

Hugo wertete die Möglichkeiten der Ermittler in seinem Kopf aus. Wenn dieser so nah war, dann wurde er wohl beobachtet. Er konnte dies spüren und fühlte sich sehr unbehaglich. Seit geraumer Zeit spürte er, wie man ihn beobachtete, und das machte ihm Angst.

Hugo ging mit dem Apparat am Ohr bis zum Fenster und zog die Gardinen einen Spalt zur Seite und schaute auf die Autos auf der Straße. Hugo nahm an, der Ermittler sitze bereits in irgendeinem dieser Autos. Er suchte nach einem Mann mit einem Hund, aber ein solches Paar schien nicht in Sichtweite zu sein.

„Wie lange sitzen Sie da?"

„Ich spiele Hundesitter und bin noch im Park. Haben Sie was gegen Hunde?"

‚Hunde?', fragte sich Hugo in Gedanken.

„Nein", antwortete er betonungslos und etwas an seinem Gemütszustand war für Peter unangenehm.

Offensichtlich mochte der Lektor keine Störung, aber er selbst wollte seine Informationen zusammenbekommen, und zwar noch vor seinem letzten Tag in der Dienststelle.

„Bitte kommen Sie schnell, dann kann ich mich eher meiner Arbeit widmen."

Hugo legte auf und rannte zur Fernbedienung und schaltete das Radio ab. An diesem Tag schaffte es nicht einmal die Musik, ihn zu inspirieren.

Kaum waren die zehn Minuten vergangen, schellte es an seiner Tür. Sein Tee war noch nicht fertig und er vermutete, dass der Aufguss zu bitter schmecken würde, wenn er erst noch die Tür aufmachte. Das alles passte nicht in seinen Tagesablauf und er bekam das Gefühl, die Kontrolle über seinen Tagesplan zu verlieren.

„Peter Assmann. Wir haben eben telefoniert", kam es Peter nahe der Tür durch einen kaum geöffneten Türspalt über die Lippen.

Hugo machte die Tür auf und schaute einige Zentimeter nach unten und ein hechelnder Arnaud suchte nach Zuneigung.

„Wenn das ein Hund ist, dann bin ich sicher, dass Sie der Ermittler sind. Kommen Sie herein." Hugo zeigte sich nicht als besonders charismatisch, aber auch nicht unfreundlich. Peter bekam nur das Gefühl, unpassend gekommen zu sein.

„Sie wohnen in einer guten Gegend", stellte Peter fest, während er mit Arnaud hereintrat und die Tür hinter sich schloss. Arnaud, bewusst seiner Begleiterrolle, duckte sich zwei Zentmeter und versuchte etwas Unterwürfigkeit vorzutäuschen.

„Es war hier mal ruhiger. Momentan sind zu viele Feiernde im Park unterwegs."

Die Grillpartys ließen eine Menge Müll hinter sich und auch die elendigen Säufer, die diesen Müll mitbrachten, hatten einen unvermeidlichen Anteil am Problem der Anwohner. Peter schaute auf die verschiedenen Medikamente auf dem Nebentisch am Sofa und interpretierte das so, dass Hugo allem Anschein nach ein Hypochonder war.

Hugo nahm Platz in einem etwas abgenutzten Sofa, auf dem eine zerknäulte Decke lag, und zeigte mit seiner Hand auf den leeren Sitz auf einem grünen Stoffsessel vor sich. Benutzte Taschentücher lagen zerknüllt an verschiedenen Stellen des Tisches. Hugo räumte sie schnell beiseite, ohne ein Wort zu sagen.

Es war fast wie ein Gemälde aus dem Mittelalter. Manuskripte, Rollen, Zeichnungen und viele Büchern waren in einer nicht nachvollziehbaren Ordnung in zwei Regalen verteilt. Diese boten einen passenden Hintergrund für Hugo. Auf der anderen Seite waren ein stummer Fernseher und eine Audioanlage zu sehen. Peters prüfender Blick musterte den Raum und er machte sich offensichtlich in Gedanken Notizen.

Die Regale im Raum beherbergten mindestens um die tausend Bücher. Peter überflog einige Titel. Juristische Bücher, zahlreiche medizinische Bücher und insbesondere ein Ratgeber mit den Titel „Leben mit dem Tod" fielen ihm auf.

„Vielen Dank", sagte Peter so freundlich wie möglich, auf der Suche nach einer Verbindung zu seinem etwas abweisenden Ansprechpartner. „Sitz, Arnaud!"

Arnaud, der ohne Erfolg einen Zugang zu Hugo suchte, nahm Platz und legte seinen Kopf auf die übergeschlagenen Pfoten, wie es seine Art war.

„Vielen Dank, dass Sie sich die Zeit für mich nehmen. Ich hoffe, Sie sind mit meiner Direktheit einverstanden. Wer also kann auf Ihre Arbeiten zugreifen?", erkundigte sich Peter.

„Ich informierte bereits Ihren jungen Kollegen am Telefon. Ich lebe allein und hier kommt niemand an meine Sachen heran." Hugo war sichtlich unwohl, wieder die gleiche Frage beantworten zu müssen. Peter war das Adjektiv ‚junge' aufgefallen und er mutmaßte, dass Lukas eventuell zu viel geredet hatte.

„Ich habe das gelesen, aber gemäß den aktuellen Erkenntnissen ist es ziemlich wahrscheinlich, dass jemand, der diesen Roman kennt, ihn als Vorlage für die Übergriffe nutzt. Ich habe auch den Roman gelesen und die Details von Tatort und Opfer sind verblüffend."

Hugo hob seinen Zeigefinger vor den Mund und überlegte sich, was da vor sich ging.

„Das ist aber unbehaglich. Sind Sie sich wirklich sicher?"

„Leider ja. Das letzte Opfer war frisch geduscht und dem Bericht des Leichenbeschauers nach zu urteilen, hatte es in der Nacht zuvor Sex und wurde woanders umgebracht. Im Groben und Ganzen passt das zu einer Szene in ihrem Manuskript, oder?"

Hugo hörte zu und sah etwas unschlüssig aus.

„Klar, der Spiegel in der Hand, aber das haben Sie bereits aus der Boulevardpresse erfahren."

Es folgte eine kurze, aber merkbare Pause, in der Hugo offensichtlich in Gedanken die Parallelen zum Manuskript abglich.

Arnaud stand auf und schniefte im Raum herum. Peter, der ihn aus einem bestimmten Grund mitgenommen hatte, munterte ihn diskret auf.

„Ja, das stimmt leider. Darum habe ich mich bei der Polizei gemeldet. Aber so viele Übereinstimmungen hatte ich nicht erwartet."

„Ihre erste Vermutung war richtig und darum muss ich wissen, wer außer Ihnen selbst Zugang zu dem Roman oder die Redaktion hat."

„Eine Sekunde." Hugo stand plötzlich auf und ging zur Küche. Peter schaute sich um und war geneigt, sich an Hugos Computer ranzumachen, aber er fand, es würde mehr Probleme hervorrufen, als diese Ermittlung mit Informationen bereichern. Kurz darauf kam Hugo mit einer Tasse Tee ins Zimmer herein und während er mit einem extrem lauten Klirren eines metallenen Löffels den Tee rührte, sprach er, ohne Peter anzusehen. Der leichte Glanz in seinen Augen und das unsichere Suchen im Raum gaben Peter das Gefühl, sich merkwürdig fremd zu fühlen, so, als wäre er gar nicht anwesend.

„Honig?", fragte Hugo mit gezwungener Höflichkeit.

„Nur wenig. Danke."

„Nun? Der Verlag, der Autor und Eros' Partner und ich."

Diese Informationen waren alle bekannt, stellte Peter für sich fest.

„Mein Kollege meinte, dass auch eine Freundin von Ihnen beratend dabei wäre."

„Er hat das falsch verstanden. Margareth hat mit meiner Arbeit nichts zu tun. Es ist meine Arbeit. Sicher spreche ich mit vielen Menschen darüber, aber es bleibt meine Arbeit und keiner hat Zugang zu meiner Arbeit."

„Schauen Sie sich bitte dieses Foto an." Peter legte ihm das Foto von dem letzten Opfer vor, das aus einem Portrait aus ihrer Wohnung stammte. Dort saß sie lächelnd mit einer alten Frau neben sich, die offensichtlich ihre Mutter oder Großmutter war.

„Sie kommt mir aber bekannt vor", murmelte Hugo etwas unsicher. Er wollte es nicht ansprechen, aber alle Gesichter schienen ihm gleich geworden zu sein. Er sah kein besonderes Merkmal, um diese Menschen auf den Fotos wiedererkennen zu können.

„Das ist der Grund meines Besuchs."

Hugo betrachtete das Bild noch einmal näher und sein Mund öffnete sich leicht vor Erstaunen.

„Sie ist mir irgendwie bekannt, aber ich komme nicht darauf." Eine der Frauen hatte er sich noch wegen des roten Tuchs auf dem Kopf in der Art der sechziger Jahre merken können.

„Sie war eine Assistentin bei Frau Helena Grünmantel."

Offensichtlich ging Hugo ein Licht auf.

„Stimmt. Sie war nett." Hugo machte eine Pause. „Denke ich. Die Anzahl an Assistentinnen bei Helena ist sehr … sagen wir …" Hugo sucht nach einem diplomatischen Wort.

„Variabel?", schlug Peter vor.

„Ja. So kann man es auch sagen. Ich habe fast jedes Mal, dass ich den Verlag besuche, eine neue Assistentin zu Gesicht bekommen."

„Haben Sie mit dieser Frau Kontakt gehabt oder haben sie die Dame kennengelernt?"

Hugo winkte bei dieser Vorstellung ab und unterbrach Peter in seiner Rede.

„Nein, ich hielt mich immer vom Personal fern. Seit ich mein Büro nicht mehr im Verlag habe, halte ich zu allem und allen Distanz", gab Hugo mit besonderer Betonung auf dem Wort Distanz zu bedenken.

„Hat das irgendeinen besonderen Grund?"

„Nein. Selbsterhaltungstrieb. Die Assistentinnen kommen und gehen und Helena ist, trotz der bekannten Alkoholsucht, sehr dominant und will immer alles unter Kontrolle halten, was nicht selten zu … Eskalationen führt. Eine einzige Freundin von damals ist mir erhalten geblieben, und wir telefonieren manchmal, aber ich halte mich immer vom Personal fern." Die Pause war sehr bedeutsam und Peter nahm davon durchaus Notiz.

„Meinen Sie, dass Helena Grünmantel eine gewalttätige Person sein kann?"

„Niemals. Sie wäre nie in der Lage, eine ihrer leeren Flaschen nach jemand zu werfen, geschweige denn jemanden zu töten." Hugo hielt kurz inne und überlegte, dass Liane, die Frau im Roman, auch klein war und eher schwach wirkte.

„Lieber halte ich mich raus. Ich bin kein Polizist und habe von sowas keine Ahnung. Bis auf das, was ich bei meinen Recherchen bei dem Krimi-Stammtisch mitbekomme."

„Ermittler", korrigierte Peter.

„Wie auch immer."

„Sicher, noch wissen wir nicht, wie die Morde geschahen und ob ein Mann oder eine Frau der Täter ist. Im Grunde tappen wir weiter im Dunkeln."

Peter holte noch zwei weitere Fotos und platzierte sie auf dem Wohnzimmertisch.

„Wer sind sie? Die weiteren Opfer?" Die Gesichter schienen pastös zu sein und er kämpfte damit, seinen Blick zu schärfen.

Peter nickte ihm zu.

„Huhm? Diese hier kann sein, dass sie auch mal im Büro war. Diese kenne ich eigentlich nicht."

„Eigentlich?"

Beide Fotos sahen wie Bewerbungsfotos aus, die schlecht auf Fotopapier vergrößert worden waren.

„Ehrlich, ich merke mir Gesichter sehr schlecht und falls ich sie je getroffen habe, dann ist es lange her. Ich muss dazu sagen, dass auf solchen Fotos alle Frauen gleich aussehen."

„Noch habe ich keine Bestätigung, aber es kann sein, dass sie im Verlag tätig waren. Ich denke, ich werde dies bald erfahren. Sie sind erkältet?"

„Tut mir leid. Ich schniefe den ganzen Tag und ich nehme an, es liegt am Wetter oder am Pollenflug."

„Ich kenne das. Werden Sie auch depressiv? Bei mir kommen beide Symptome immer zusammen", entfuhr es Peter unwillkürlich.

Hugo schien das Thema nicht zu interessieren und vielleicht wollte er keine persönlichen Gespräche führen. Auch ein Generationenmerkmal, das Peter sehr gut kannte.

Arnaud zeigte unbeholfen auf die Teetasse. Daneben lag ein Teller mit Keksen. Peter verstand, dass der Hund seine Aufgabe eventuell missverstanden hatte und nach Keksen für sich suchte. Er war leicht enttäuscht.

Hugo drehte sich zum Telefon und wusste, dass Margareth sich bald voller Neugier melden würde. Sie rief immer im unpassenden Moment an.

„Haben Sie noch Fragen? Ich muss leider wieder arbeiten." Es war klar, Peter war in seiner Gesprächsführung zu persönlich geworden. Das konnte auch Menschen in die Verteidigungsposition bringen, sogar wenn sie es eigentlich gar nicht wollten.

„Tut mir leid, ich wollte Sie nicht so lange aufhalten. Wir sind vorerst fertig. Komm, Arnaud."

Arnaud roch an dem Tisch, auf dem Tee und Kekse standen, und dann an Hugos Bein.

„Lass das und komm hier", befahl Peter in einem sehr autoritären Ton.

„Er ist nicht gut erzogen. Aber wir arbeiten gemeinsam daran, nicht wahr, Arnaud?"

Arnaud wollte zwar weiter schnüffeln, entschied sich aber, den Gehorsamen zu spielen, und folgte Peter in Richtung Tür.

„Van Hülsen", sprach Hugo mit dem Telefonapparat in der Hand.

„Warte, Margareth, ich muss jemanden verabschieden, bleib dran."

Peter, der den Anruf nicht bemerkt hatte, nahm an, dies wäre ein Zeichen dafür, dass sein Besuch nicht mehr willkommen sei. Er kannte ähnliches Verhalten von anderen Personen. Die taten so, als würden sie einen Anruf empfangen oder entschuldigten sich, weil angeblich etwas in der Küche anbrannte. Egal wie, er hatte erfahren, was er brauchte. Das Opfer war tatsächlich beim Verlag angestellt. Peter hörte, wie die Tür sich hinter ihm schloss, und sendete eine SMS an Lukas. Das Wetter draußen war windig und hell und Peter wurde wegen des Temperaturwechsels leicht schwindelig. Arnaud protestierte und Peter mahnte ihn.

„Keine Süßigkeiten für Hunde."

Die Tür schnappte hinter beiden zu. Hugo, der durch das Fenster winkte, sprach weiter am Telefon.

„Und er meinte, dass diese Schlampe vom Büro die Ermordete war?"

„Margareth, bitte. Sie war keine Schlampe. Sie war etwas freizügig, aber als Schlampe würde ich sie nicht bezeichnen."

„Aber sie hat Lucius wohl angemacht, das weißt du doch. Wieso hast du dem Ermittler das nicht gesagt?", forderte Margareth eine Antwort von ihm.

„Ich will nicht Helena verdächtigen und sie wird sowieso Probleme bekommen, weil ich Fabiana auch erkannt habe. Leider fällt mir der Name erst jetzt ein. Ich muss den Ermittler anschreiben und das ergänzen."

Hugo betätigte die Fernbedienung und das Radio ging leise im Hintergrund an. Cassia Byzantines Hymne wurde von weiteren Sopranen in einem weiblichen Chor begleitet und der düstere Takt der mittelalterlichen Musik war eine gute Abwechslung für seine Ohren.

„Was ist das für ein Gedudel bei dir?"

„Dein Musikgeschmack war auch schon mal besser, Margareth. Das ist mittelalterliche Musik."

„Ach du Himmelchen, sind wir heute geistig. Wer war die Dritte? Hat er dir von den anderen Fällen erzählt? Was denn? Sag schon."

Eine Alt-Sängerin gab einen Hintergrundtakt und ein Koloratursopran setzte auf diese sanfte Welle auf. Wie ein Sirenenchor wurden die weiblichen Stimmen von stärkeren Bässen in einem Echo erhoben, das bestimmt aus einem Marmorraum stammte. Ein guter Zuhörer konnte die Schallreflexion an der Steinmauer erkennen.

„Du musst mir alles genau erzählen. Ich giere nach diesem Tratsch." Margareth schien auf seine Arbeitszeit keine Rücksicht nehmen zu wollen und er fühlte sich zu sehr unter Druck.

Als er sprechen wollte, unterbrach ihn Margareth wieder mit einem Redeschwall.

„Hat er alle Details vom Tatort beschrieben?"

„Ich bin müde, Margareth, und jetzt ist er endlich weg. Der Hund wollte nicht ins Auto einsteigen. Ruf mich später an und ich erzähle dir dann alles genauer. Jetzt muss ich wieder arbeiten."

Hugo wartete kurz und hörte nichts mehr.

„Verdammt noch mal, kann sie nicht warten, bis man zu Ende gesprochen hat", schrie Hugo und warf das Telefon auf den gegenüberliegenden Sessel, wo Peter zuvor gesessen hatte.

Hugo schwitzte leicht. Er stand auf und ging zum Flur, wo ein Spiegel an der Wand stand. Der Chor wiederholte eine Phrase und diesmal war der nachfolgende Refrain lauter zu hören.

Hugo schaute sich im Spiegel an und sah die Schweißperlen auf seiner Stirn glänzen. Der Gebetskanon vom heiligen Theotokos und der jungfräulichen Maria wurde lauter und lauter, als hätte die Anlage sich selbständig gemacht.

Alle Stimmen riefen die heilige Mutter mehrmals, als Hugo einen Einfall hatte.

‚Eros und Francis sind auf Reise.' Wieso passte das nicht in seine Vorstellungen. Sie sollten an seinen Korrekturen arbeiten. Es schien ihm nicht logisch zu sein.

Der leere Blick seiner Augen im Spiegel zog ihn in einen Wirbel von Gedanken hinein.

23

Die Sonne schien an jenem Tag besonders hell zu sein und alle, die an der Empfangshalle des Gebäudes in München-Nord ankamen, kniffen die Augen zusammen, um irgendetwas in der plötzlichen Dunkelheit am Eingang erkennen zu können.

„Mann. Ich schwitze bis in die Rillen", gab Bastian an und zog den hinteren Teil seiner Hose zurecht.

„Du bist aber sehr mitteilungsfreudig. Deine Mutter hat deinen Mund bestimmt nie mit Seife gewaschen." Lukas mochte seinen Kollegen, aber manchmal kam er ihm zu derb vor und seine Ausdrucksweise war ohnehin ein Hindernis in der Kommunikation zwischen beiden.

„Ich meine nur. Sei nicht so eine Memme", mokierte sich Bastian, von der Rüge etwas betroffen.

„Benimm dich bitte gegenüber den Befragten besser. Wir wollen nicht, dass man einen falschen Eindruck von uns bekommt, o.k.?" Lukas schien etwas an seiner Rolle zu wachsen und er legte viel Wert auf ein gutes Ansehen sowohl bei seinen Vorgesetzten als auch bei den Personen, mit denen er bei seiner Arbeit Kontakt bekam.

Eine junge Dame kam beiden Ermittler entgegen und schien sie irgendwie erkannt zu haben.

„Sie sind die Polizisten, die zu einer Besprechung angemeldet wurden, oder?"

Etwas überrascht, so schnell und effektiv empfangen worden zu sein, nickte Bastian und erinnerte sich an die

Warnung von Lukas, dass er möglichst nicht sprechen sollte.

Diese Kritik an seinem Benehmen kränkte Bastian etwas, aber er versuchte sich professionell zu verhalten.

„Ja, hier ist meine Karte", entgegnete Lukas mit einer leichten Verbeugung.

Sie folgten der besonders engagierten Assistentin und Lukas machte, wie er es gelernt hatte, eine Inventur von allem, was er sah. Insbesondere fiel ihm auf, was die Frau, die sie empfangen hatte, trug.

Sie trug ein enges Kleid. Zu eng für seinen Geschmack. Der Tanga war bestimmt zwei Nummern zu klein und dadurch waren die Polster um die Gummibänder der Unterwäsche extrem sichtbar. Für ihn bedeutete dies, dass diese Frau eine falsche Vorstellung von Proportionen und zur Professionalität hatte. Seine eigene Freundin prüfte sich mehrfach im Spiegel, um solche Dellen an den Hüften zu vermeiden, und Tangas waren absolut nicht etwas, was für ein Arbeitsumfeld geeignet war.

Sein Urteil konnte er zwar nicht aussprechen, aber seinen prüfenden Blick schien die Frau misszuverstehen und sie lächelte ihn leicht kokett an. Als er dies bemerkte, lief er rot an und lächelte etwas verlegen zurück.

Als sie mit dem Aufzug oben ankamen, wurden sie direkt in einen hauptsächlich rot und schwarz eingerichteten Besprechungsraum namens Erebos geführt. Extrem bequeme Sessel für sechs Personen waren ordentlich um einen runden Tisch verteilt und der Glastisch hatte unter dem Glas ein Foto von einem brodelnden Vulkan.

„Beeindruckend."

„Und endlich etwas Kühle. Ich schwi…"

„Benimm dich."

„Mann, du bist schlimmer als mein Vater geworden. Spiel nicht den Chef, das kann ich nicht leiden." Bastian war sich seines Benehmens bewusst und hätte er seinen Satz ganz ausgesprochen, hätte er sicherlich noch mehr von seinem Ansehen eingebüßt.

Durch die Glaswand war ein besser angezogenes Paar, das sich mit der Empfangsdame unterhielt, zu sehen. Nach mehrfachem Kopfnicken bewegten sie sich auf den Besprechungsraum zu.

„Ich protokolliere und du führst das Gespräch." Bastian gab die bereits selbstverständliche Arbeitsteilung noch einmal laut vor, damit seine Unterlegenheit nicht so eklatant wirkte.

„Danke, danke. Ich protokolliere wirklich ungern und du machst das zehnmal besser als ich", ermunterte ihn Lukas mit falscher Bescheidenheit.

Die Tür ging auf und beide standen zur Begrüßung auf.

Nach der Vorstellung und dem Kartenaustausch kam die Empfangsdame mit Getränken herein. Sie war diese Aufgabe nicht gewohnt und Lukas bemerkte, dass sie recht ungeschickt war. Während sie die Gläser und Flaschen fast wahllos auf dem Tisch verteilte, nahm er den scharfen Blick von Lucius auf den unübersehbaren dunklen Tanga der Dame wahr.

„Wir möchten nicht zu viel von Ihrer Zeit in Anspruch nehmen, aber die Verwicklung des Romans in unserem Fall wurde von Ihrem Mitarbeiter, Herrn van Hülsen, richtig erkannt. Wir möchten uns vor allem für seine Zivilcourage bedanken."

Helena schien an Kopfschmerzen zu leiden und überließ ihrem Mann das Reden.

„Als er mir davon berichtete, habe ich auch sofort zugestimmt, dass wir die Polizei darüber informieren sollten." Lucius zeigte auch mit einer ernsten Miene, dass er seiner Pflicht als Herausgeber und Bürger nachkam.

Vom Besprechungsraum sah man, wie sich im Flur mehrere Personen um die Assistentin versammelten. Ein Mann mit einer etwas älteren Kamera bemühte sich, diese auf seine Schulter zu hieven, während eine bekannte Reporterin, Angelika Baumer, sich in einem Taschenspiegel anschaute.

„Was geht da im Flur vor?", fragte Bastian, der damit sein auferlegtes Schweigen brach.

Lucius und Helena, die mit dem Rücken zum Empfangsraum saßen, drehten sich synchron um und schauten sich die Ereignisse an, die sich dort abspielten.

„Oh, das ist mein nächster Termin. Sie sind leider zu früh dran." Lucius stand auf und schloss die Tür des Besprechungsraums hinter sich.

„Scheinbar bekommen Sie durch diese Ereignisse eine gute Presse, oder?" Bastians Direktheit war nicht das, was man als höflich bezeichnen konnte, aber scheinbar in diesen Moment das einzig Passende. Sogar Lukas freute sich über seine Bemerkung.

„Haben Sie die Presse darüber informiert, dass wir hier sind?" Bastian forderte eine Antwort.

Helena, die sich offensichtlich kaum konzentrieren konnte, blickte unsicher herum und holte tief Luft.

„Sie sind mir nicht so wichtig, dass ich deswegen noch die Presse darüber informieren müsste, oder?" Eine leichte Verärgerung war in ihrer Stimme zu hören.

„Ich bin gleich wieder da."

Lukas musste seinen Protest für sich behalten, da Helena schnell durch die Tür verschwand.

„Sind diese Menschen ganz dämlich oder haben sie nicht mitbekommen, dass wir in einem Mordfall ermitteln?" Lukas schaute ungläubig zu Bastian.

„Drei Mordfälle. Ich habe das Gefühl, dass wir auch bald mehr interviewt werden als selbst Fragen zu stellen", erwiderte Bastian.

Die Gruppe unterhielt sich ziemlich aufgeregt und die Reporterin Angelika Baumer schaute durch die Glaswand in den Besprechungsraum hinein und nickte mehrfach Lucius zu.

„Ich glaube nicht. Scheinbar nutzt dieser Herausgeber die Situation aus. Wir machen nicht mit und nächstes Mal wird er vorgeladen." Bastian war etwas irritiert.

„Warte ab. Er ist sehr rot geworden und eventuell ist es nur ein Zufall. Geben wir ihm eine Chance."

Lucius kam wieder in den Besprechungsraum zurück. Sein Gesicht war etwas rot angelaufen, aber das konnte auch von der Aufregung herrühren.

„Tut mir leid, wir haben bald eine neue Veröffentlichung und mit den aktuellen Ereignissen macht sich die Presse da breit, wo sie kann. Ich hoffe, Sie missverstehen nicht die Situation."

„Ich bin sicher, wir werden es bald besser verstehen, und Sie werden uns bestimmt dabei helfen." Lukas wirkte sehr selbstbewusst und machte Lucius klar, dass er sich nicht gerne manipulieren ließ.

„Bitte schauen Sie sich diese Fotos von den Opfern an." Bastian legte die Fotos ohne Vorwarnung auf dem Tisch und wartete auf die Reaktion. Er bemerkte auch, dass die Gesprächszeit mit Lucius nur kurz sein würde.

Lucius' rötliche Gesichtsfarbe schien sich noch zu intensivieren, als er die Fotos zu sehen bekam.

„Haben Sie die Damen erkannt?"

„Eine Sekunde bitte. Ich glaube, mir wird schlecht." Lucius presste seine Hand auf die Brust und versuchte wieder Fassung zu bekommen.

Während eine aufgeregte Angelika Baumer wieder in Richtung des Besprechungsraums schaute und Helena sie offensichtlich daran hindern wollte, bekam Lucius sich wieder in Griff.

„Ich wusste nicht, dass diese Frau auch unter den Opfern war." Lucius zeigte mit dem Finger in Richtung einer lächelnden, blondierten Mulattin namens Fabiana.

„Kannten Sie sie?" Lukas wusste dies aus seinem Gesichtsausdruck herauszulesen, jedoch wollte er die Bestätigung haben.

Nach zwei Sekunden Pause wurde Lucius von Helena unterbrochen, die gerade wieder in den Raum hineinkam.

„Ich hatte die Presse nicht vorher bestellt. Damit das klar ist", sprach Helena etwas aufgeregt.

„Es kann sein, dass ich dies unvorsichtigerweise nebenbei im Telefonat mit Frau Baumer erwähnt habe, dass sie nicht zu pünktlich kommen sollte, weil wir vorher die Polizei hier hätten." Anders hätte dieser Verlag niemals eine Reporterin wie Angelika Baumer hierher bekommen, das war Lukas klar. Offensichtlich wollte Lucius von der Situation profitieren, aber er wurde rot, als er ertappt wurde, und jetzt kämpfte er offensichtlich mit der Angst, dass die Mordserie eventuell in einen negativen Zusammenhang mit seinem Verlag gebracht werden könnte.

„Unser Anliegen ist einfach zu beantworten. Kennen Sie diese Frauen oder kennen Sie sie nicht?" Lukas wuchs von einem sympathischen Zwanzigjährigen innerhalb von Sekunden zu einem bedrohlichen Moloch und überraschte damit sogar Bastian.

Helena schaute sich die Bilder etwas genauer an, während Lucius vergebens den Anschein zu erwecken versuchte, diese Frauen auf den Fotos nicht zu kennen.

„Diese hier war die Brasilianerin. Fatima? Fanny oder irgend so ein Name mit F, denke ich", sagte Helena zögernd.

„Fabiana?", schlug Bastian vor.

„Richtig. Eine sehr … kommunikative Frau." Die Pause vor dem Adjektiv deutete eher auf eine Abwertung der verstorbenen Fabiana hin.

„Also diese hier kann unmöglich ein Opfer sein", Helena tippte mit dem Zeigefinger auf das nächste Foto.

„Wie meinen Sie das?" Lukas war unsicher, da er diese Profilfotos vom Leichenbeschauer bekommen hatte und sich sicher war, dass dies die Frauen von den Tatorten waren.

„Das hier ist Frau Bergstrom."

Lukas drehte sich hinter Bastian und fragte hinter vorgehaltener Hand:

„Was soll das? Ich dachte, du hättest die Informationen geprüft."

„Habe ich und das ist die Frau vom zweiten Tatort. Die Fabiana ist die Erste und die Dritte heißt Martina."

Lukas war unsicher, wie er die Lage einschätzen sollte.

„Haben alle diese Frauen hier gearbeitet?"

„Nun?" Helena war unsicher, auf was die Frage zielte.

„Erzählen Sie bitte, waren diese Frauen hier tätig?"

„Fabiana war nicht besonders kompetent und ein kleines Luder, würde ich zusammenfassen. Laut Agentur soll sie mit einer Frau zusammen gelebt haben, aber mein Eindruck war, dass sie die Finger auch nicht von Männern ließ. Als die Agentur sie hierher schickte, meinten sie, sie sei engagiert, und nach kaum zwei Monaten habe ich sie erwischt, wie sie sich ihrem Chef, meinem Mann, anbiederte." Lucius lief wieder rot an. „Kurz danach beschwerte sich die Bergstrom, dass Fabiana sich an unseren Herrn van Hülsen ranmachen wollte. Zugegeben, er hat das nie bestätigt und er ist auch sehr abgehoben und würde nicht unbedingt auf sowas eingehen. Sie wurde sofort gefeuert, darum haben wir sie hier auch nie vermisst und ehrlich, ich habe nichts von diesen Morden mitbekommen, da ich momentan sehr beschäftigt bin." Helena machte ihre Meinung von der Dame sehr deutlich und trotz ihrer schläfrigen Art war zu merken, dass sie eine Autoritätsperson im Unternehmen war.

„Hatte sie mit dem Roman von Eros Petrocelli zu tun?" Lukas war an diesen Teil des Informationspuzzles besonders interessiert.

„Ich muss erklären, dass sie mich nicht angemacht hat, wie meine Frau meint. Es war ein Missverständnis, das von einer Intrigantin konstruiert wurde", verteidigte sich Lucius.

„Du und Marjorie habt euch nie besonders verstanden, aber sie war klug und achtsam. Er gibt das nicht zu, aber glauben Sie mir, diese Fabiana war ein sehr gewieftes Luder", erwiderte Helena.

Es wurde klar, dass hier eine Meinungsverschiedenheit herrschte und eine Befragung unter solchen Umständen schwieriger werden könnte, urteilte Lukas. Bastian, der scheinbar mit dem Protokollieren etwas überfordert war, blickte etwas ratlos umher.

„Ich bin nicht an Büroklatsch interessiert. Bitte geben Sie uns eine klare Antwort. Waren diese Frauen hier tätig?", forderte Lukas noch einmal.

„Wie gesagt, diese zwei ja. Bei der dritten Frau bin ich mir nicht sicher, was da los war. Sie und Marjorie haben Streit gehabt und ich verlor die Nerven und … na ja … Marjorie hat daraufhin gekündigt." Helena schien etwas nachzudenken, aber scheinbar setzte ihr ein Kater zu.

Helena blätterte in ihrem Kalender und suchte dort nach Hinweisen.

„Unsere Assistentinnen arbeiten hier kaum drei Monate und werden von der Agentur gewechselt. Ich glaube, Margie war hier am längsten. So ungefähr vier Monate. Davon arbeitete sie zwei Monate mit Fabiana zusammen, bei der Dritten bin ich mir nicht sicher. Falls sie die ist, an die ich denke, war sie kaum zwei Wochen hier", erinnerte sich Helena.

„Geben Sie uns die Kontaktdaten der Arbeitsagentur, bitte." Bastian warf dies ins Gespräch ein, war sich aber unsicher, ob er das tun sollte.

„Die Dritte hier", Lucius zeigte mit dem Finger darauf, „die hast du hier mit Margie rausgeworfen."

Helena fühlte sich etwas beleidigt von der Vorstellung, dass sie sich danebenbenommen hätte.

„Wie meinst du das?", wollte sie wissen.

„Margie hat gekündigt, weil diese Frau hierherkam und sie beschuldigte, etwas getan zu haben, und beide Frauen sind aufeinander losgegangen. Dabei schlug diese Frau

Margie ins Gesicht. Der Skandal war enorm. Ich vergesse das nicht. Sie wurde von der Polizei mitgenommen."

Helena lief rot an.

„Ich habe das nicht so in Erinnerung. Ich weiß, dass da etwas war. An den Streit kann ich mich erinnern, aber nicht so im Detail."

Lukas und Bastian hörten interessiert zu und machten sich während des ganzen Gesprächs Notizen. Es vergingen weitere zehn Minuten wie bei einem Tennisspiel, wo einer den Ball zum anderen spielt und wartet, ob dieser ein Fehler macht.

Als beide Ermittler merkten, dass es hier im Moment nichts mehr aufzunehmen gab, standen sie mitten in einem Verteidigungsmonolog Helenas auf.

„Ich denke, mein Kollege und ich müssen uns leider vorerst verabschieden. Ich bin sicher, dass die Presseleute nicht länger abwarten wollen, und wir müssen diese neuen Informationen bewerten", sagte Lukas förmlich und steckte dabei seine Sachen wieder in seine Aktentasche hinein.

„Ich bitte Sie, mir die Kontaktdaten der besprochenen Personen zuzusenden. Nur eine letzte Frage: Wieso merkten Sie nicht, dass diese drei Personen plötzlich nicht mehr zur Arbeit kamen?", fragte Bastian.

„Ich kenne manche Personen nicht, die hier arbeiten, und die meisten sind nach einigen Tagen weg. Mit meiner Frau zu arbeiten ist sehr …", Lucius erntete einen vorwurfsvollen Blick von Helena, „… anspruchsvoll. Wir haben bisher kein Glück mit Assistentinnen gehabt. Nicht wahr, Schatz?"

Helena schmollte etwas und nickte.

„Ich schaue nie fern und die Zeitungen meide ich auch gerne. Wir hätten niemals gemerkt, dass eine fehlte, weil auch andere Assistentinnen hier zuvor ohne Vorwarnung den Arbeitsplatz verlassen haben." Helena schien sich ihres negativen Images bewusster geworden zu sein.

„Wir melden uns, aber nächstes Mal werden wir Sie bitten, zu uns ins Büro zu kommen, damit wir Ihren Tagesablauf nicht stören." Lukas deutete zu der erwartungsvollen Frau Baumer im Flur.

Beide Ermittler gingen zum Flur und schauten, wie Angelika Baumer sich um neue Informationen bemühte, während Helena sich schamlos als Opfer einer angeblich harten Befragung ausgab. Sie stützte sich an den Türrahmen und stellte ihre Erschöpfung zur Schau. Zwischen Oohs und Aahs nickte Angelika Baumer und signalisierte dem Kameramann, alles aufzunehmen. Die Glocke des Aufzugs läutete und seine Türen öffneten sich.

„Die Frau kommt auf gar keinen Fall auf die Liste der Verdächtigen", meinte Lukas.

„Alkoholiker können manchmal sehr gewalttätig sein", hielt Bastian dagegen.

„Sie kann sich kaum auf den Beinen halten. Aber ihr Mann lügt offensichtlich."

„Ja, stimmt, aber worüber ist mir nicht klargeworden. Die Fahne der Frau war kaum zu überriechen."

„Keine Ahnung. Kann auch nur ihre Art sein. Ich habe nichts gerochen."

„Alle drei Frauen waren hier und haben in irgendeiner Form eine Beziehung gehabt. Ich hoffe, Rosi hat mehr Glück."

„Las uns diese Berichte von Karamanlis lesen und überlegen, wie wir weiter ermitteln wollen. Peter ist bald weg und dann sind wir nur auf uns gestellt."

24

Claude Debussy trillerte auf einem Klavier und welches seiner Stücke da gespielt sein sollte, konnte Hugo nicht erkennen. Hugo mochte zwar einige seiner Stücke, aber außer Clair de Lune waren alle anderen Stücke ziemlich unbekannt.

Wie viele andere französische Komponisten klang dieses Stück nach Spielboxmusik. Viele Sekunden und Terzschritte, blumig um ein Allegro, das fast zu einem Adagio wurde. Zu langsam für seinen Geschmack. Hugo gähnte gelangweilt.

Sein Telefon meldete sich zum dritten Mal und er wollte erneute lange Gespräche vermeiden, da der Besuch des alten Ermittlers mit seinem Hund ihn sehr aus der Fassung gebracht hatte. Er suchte vergeblich nach Hundehaaren, denn er war sicher, dass sie irgendwo sein mussten.

„Van Hülsen." Seine Stimme klang schroff und genervt.

„Oh Mann. Ist dir eine Laus über die Leber gelaufen?"

Margareth klang gewitzt wie immer, doch etwas überrascht.

„Margareth. Ich bin heute extrem müde und die Polizei war da und stellte mir viele Fragen, die ich nicht beantworten kann. Gut, so viel zu mir. Wie geht es dir?" Die Frage war lediglich höflich und nicht darauf angelegt, beantwortet zu werden. Doch Margareth hielt sich nicht an die Erwartung.

„Mach die Musik leiser. Was hat er gefragt?"

„Nichts von Bedeutung. Das Erwartete halt. Vor allem wollte er wissen, wer alles Kontakt mit dem Manuskript hat. Ich habe erwähnt, dass es keiner außerhalb des Verlages sein kann, was ihre Suche nach einem Verdächtigen reduziert, oder?"

„Ich wäre gerne dabei gewesen. Das ist alles so aufregend."

„Bist du wahnsinnig? Der Ermittler kam mit einem Hund hierher." Entsetzen war in seiner Stimme zu hören.

„Hat er deine Sachen beschnüffelt?"

„Nein."

„Und was war dann dabei?"

„Nichts, aber ich bin es nicht gewohnt, dass Vierbeiner hier auf meinem Teppich sitzen."

„Du bist mir einer. Zimtzicke."

„Ach, Margareth, ich bin müde und meine Korrekturen sind abgelehnt worden und scheinbar ist Lucius auch sauer. Ein bisschen viel Stress für mich. Jetzt kommt eine E-Mail vom Ermittler, in der er nach den drei Mitarbeiterinnen von Helena fragt." Als Hugo merkte, was er gelesen hat, hielt er kurz inne.

„Alle drei haben für Helena gearbeitet? Warte mal." Hugo las die E-Mail und schaute sich die Fotos der Profile an, die Lukas im Anhang beigefügt hatte.

„Oh mein Gott!", rief Hugo in den leeren Raum und legte das Telefon kurz auf dem Tisch, damit er die Tastatur besser bedienen konnte. Er vergaß sogar kurz sein Gespräch mit Margareth.

„Fabiana habe ich gekannt. Die dritte heißt Martina, habe ich mal gesehen, aber ich weiß nicht mehr wo. Aber die zweite ist Margie. Sie gab mir die Ideen für den Roman von Eros." Hugo holte das Telefon wieder und sprach mit Margareth weiter.

„Du hättest eigentlich erzählen sollen, dass die Grundlage des Romans nicht von dir kam. Mit der Wahrheit hättest du dich besser getan", warf Margareth ihm vor. Plötzlich klang ihre Stimme wie verdoppelt. Er war sich nicht sicher, aber scheinbar war sein Telefon nicht in Ordnung. Er klopfte kurz daran.

„Ich habe zwar die Idee und den Plot angehört, aber der Rest der Arbeit mit Eros war nur meine Arbeit. Darum sehe ich nicht ein, dass ich jemand sonst für diese Idee loben sollte." Hugo sprach fast hysterisch und überhörte, wie die Musik im Hintergrund endlich ein Allegro vollendete.

Die Töne stiegen wieder in ein Dreitakttempo auf und bereiteten sich auf einen Übergang auf Tschaikowsky vor. Die Violinen wurden in einer Fuge von Oboe und Flöten begleitet und die Trommeln hoben die Melodie an, die Hugo fast in Ohnmacht versetzte.

„Margareth, es war meine Idee. Meine Arbeit. Eros ist immer mein Projekt gewesen."

„Aber der Zauberspiegel war nicht deine Idee, sondern die von Margie Bergstrom. Das wissen wir beide." Ihre

Stimme schien noch weiter weg zu sein und Hugo fühlte sich etwas benommen.

„Es ist so traurig, dass das ganze Projekt diese Wendung bekommt, aber ich muss das zu Ende bekommen. Ich will nicht wegen dieser Mordfälle belangt werden. Ich bin nicht daran schuld. Und meine Idee sollte nicht mit diesen Tragödien im Zusammenhang gebracht werden. Lucius schrieb, dass er Gloria mit der Umstrukturierung des Romans beauftragt hat. Das ist mein Ende." Hugo war betroffen und offensichtlich hatte er mit seiner Schlussfolgerung Recht.

„Da stimme ich dir zu, mein Lieber, aber wenn das so weitergeht, muss die Polizei sogar die Veröffentlichung hinausschieben, und wenn Lucius dabei Gefahr wittert, verschachert er dich und dein Projekt an eine der billigen Verlage und du bist dann Geschichte und Eros wird mit dir auch nicht mehr arbeiten wollen. Oder?" Hugo erkannte, dass die Stimme am Telefon härter wurde und sie schien den ursprünglich fröhlichen Unterton zu verlieren.

Konfrontiert mit dieser möglichen Alternative seiner nahen Zukunft, wurde Hugo von Verzweiflung erfüllt. Er wusste, dass jetzt, da es sich herausstellte, dass alle drei Opfer mit seinem Projekt direkt oder indirekt in Verbindung standen, es unausweichlich war, dass er sich um die Aufklärung bemühen musste.

„Margareth, ich fühle mich unwohl. Lass uns ein anderes Mal telefonieren. Ich muss den Ermittlern etwas helfen." Er wollte ihre Stimme noch einmal hören, etwas schien nicht am richtigen Platz zu sein, aber er konnte nicht identifizieren, was.

Wieder war die Leitung tot und Margareth war bestimmt seit einigen Minuten weg. Wieder ärgerte er sich über ihre Art, sich mitten im Gespräch zu verabschieden.

Hugo saß am Computer und überlegte, wie er jetzt doch zugeben sollte, dass er gelogen hatte.

„Sehr geehrter Herr Assmann, sehr geehrter Herr Lukas Mireus,

ich antworte Ihnen beiden, da nach dem Besuch von Herrn Assmann und der E-Mail von Herrn Mireus ich zugeben muss, dass ich mich etwas unter Druck gesetzt fühle.

Die mir von Herrn Mireus gezeigten Fotos gehören zu Assistentinnen vom Verlag, und ich habe mit zweien davon gearbeitet.

Zugegeben, Margie Bergstrom war in die Struktur des Romans involviert und sie hat sich mit einigen Ideen am Projekt beteiligt. Sie war jedoch nur eine Hobby-schriftstellerin und ihre Bildung in der Geschichte war autodidaktisch, was mich dazu veranlasste, ihren Beitrag in meiner Aussage zu vernachlässigen. Mir war auch nicht klar, dass sie eins der Opfer war.

Ich bitte Sie, diese Korrektur in meine Aussage aufzunehmen.

Das erste Opfer, die Brasilianerin, war sehr ehrgeizig, aber verfügte nicht über die besten Voraussetzungen für meine Unterstützung und sofern ich mich erinnere, war sie gegenüber dem Verlagsleiter etwas zu freizügig, was zu Konfrontationen im Verlag führte."

Hugo lehnte sich kurz in seinem Bürostuhl zurück und genoss das Orchester im Swan Lake. Während eine Sopranino-Flöte eine Einleitung spielte und direkt von einer Armada von wütenden Violinen und Celli überholte wurde, wackelte Hugo mit seinem Kopf, wie nach dem Rhythmus der Musik tanzend.

Er musste zugeben, dass mehr von der Wahrheit enthüllt werden musste, und er wollte alles tun, um weitere Probleme zu vermeiden. Dann schrieb er weiter, begleitet von Tenorposaunen und einer traurigen Oboe.

„Margie Bergstrom hieß eigentlich Margareth Bergstrom und sie kann nicht ihr zweites Opfer sein, da bin ich mir sicher, und wer das erzählt hat, denke ich, hat gelogen ..."

Der Satz machte keinen Sinn für ihn. Er überlegte, wann er Margareth wirklich zum letzten Mal gesehen hatte.

Die Violinen verstiegen sich mit mehr Kraft in die Melodie und verwandelten die Symphonie in eine teuflische Paraphernalia. Ein Geschenk, das man sich weder wünschte noch annehmen wollte.

Hugo schaute seine E-Mail an, setzte Francis in Kopie und blickte wieder unschlüssig zum Telefon. Er wollte es nicht wahrhaben, aber die Wahrheit spiegelte sich in seinen geschriebenen Zeilen. Während er den Button „Absenden" drückte, zitterte sein Körper und er wusste, dass nun das letzte Kapitel geschrieben werden musste.

25

Schrill jaulte der Mixer und rot und lila färbte sich die Mischung an Beeren und Früchten, die sich darin befanden.

„Francis", rief Eros, um die Drinks anzukündigen.

„Meine Gabrielas sind fertig. Wo sind die Hurricane-Gläser?" Eros bemühte sich zwar, etwas in der Küche zu machen, aber wie Francis bereits wusste, machte seine Mithilfe mehr Arbeit, als wenn er alles selbst in die Hand nahm, jedoch wollte er seinen liebevollen Partner nicht demotivieren.

Francis kam in die Küche mit den angesprochenen Gläsern und auf der anderen Hand brachte er das passende Dekor für die Drinks mit.

„Ich bin froh, dass das Thema mit den Korrekturen vorbei ist, aber Helena erzählte mir Beunruhigendes über den heutigen Besuch der Polizei im Verlag. Übrigens, sie teilte auch mit, dass Gloria sich mit uns zusammensetzen und eine Umstrukturierung der Texte vornehmen wird." Francis klang geheimnisvoll und verschwörerisch.

„Ich kann mir vorstellen, was die Polizei für einen Eindruck bekommt, wenn sie herausfinden, wie viele Promille Helena am Tag hat. Sie würde mindestens für ein Jahr in einer Entzugsklinik verschwinden. Sie war gestern auch etwas über dem Pegel, oder?"

„Oh Eros, sei nicht so böse. Sie trinkt, ja, aber das war nicht das Thema. Die drei Opfer der Aubinger Morde waren Assistentinnen bei ihr, wie hundert andere Frauen. Das Büro hat sozusagen nur Tagelöhner. Ich habe sie nicht gekannt, aber wenn Helena sich an die Gesichter erinnert, dann haben sie mindestens mehr als drei Wochen in diesem infernalen Büro gearbeitet." Francis goss die Gabriela in die Gläser und mit einem Spachtel holte er das letzte Bisschen aus dem Mixerbecher heraus.

„Du sagst, dass alle drei für Helena im Büro gearbeitet haben?"

Francis brachte die Drinks zum Tisch, wo sich Eros bereits bequem platziert hatte. Sorge zeigte sich auf seinem Antlitz. Eine kleine Falte zwischen seinen schmalen Augenbrauen war zu sehen. Sein Adamsapfel bewegte sich stärker als sonst, was seine Aufregung erahnen ließ.

„Nicht nur das. Alle drei waren an unserem Projekt beteiligt. Ich weiß, dass Fabiana Lucius angemacht hat und von Margie an Helena verpetzt wurde. Den Skandal habe ich zum Teil mitbekommen, weil Helena mich damals in ihrer Verzweiflung zum Mittagessen eingeladen hat. Ich muss zugeben, wenn du mich so oft betrügen würdest, wie Lucius es ihr antut, dann hätte ich längst deinen Schwanz an die Möwen verfüttert."

Diese schmerzliche Vorstellung von einer Francis-Furie, die Genitalien abschneidet, machte auf Eros Eindruck und er zuckte kurz zusammen.

„Auha."

„Ehrlich, ich denke, dass Lucius bereits alles gevögelt hat", Francis machte eine Pause und blickte in Eros' unschuldige Augen, „… was nicht vorher von Helena erwischt worden ist."

„Mann. Du bist auch heut nicht in deiner besten Verfassung, oder? Es war nur ein Ausrutscher. Er ist nicht mal mein Typ. Und wenn ich mit ihm was gehabt hätte, hätte ich es dir erzählt." Eros versuchte seine Unschuld zu beteuern, aber Francis wusste, dass die Warnung gewirkt hatte.

„Nun, egal wie. Dein Lektor ist auch ein Spinner. Scheinbar war Margareth Bergstrom die eigentliche Urheberin des Zauberspiegel-Projekts. Er schrieb eine etwas wirre E-Mail. Ich ignoriere seine Anrufe, wie Lucius es gewünscht hat. Scheinbar ist er in Ungnade gefallen. Offenbar, wie ich in der letzten E-Mail verstanden habe, war er nicht die Muse unseres Romans. Ich hoffe nur, dass er das nicht so an die Presse weitergibt, sonst werden die Leser denken, dass du nichts zu dem Roman beigetragen hast. Eventuell ist das der Grund, warum uns jetzt Gloria zugeteilt worden ist."

Da Eros bewusst war, dass Francis das meiste selbst geschrieben hatte, war er sicher, dass ihm keiner seine Arbeit streitig machen konnte. Jedoch Idee und Plot kamen von Hugo, offensichtlich von einer anderen Quelle geklaut. Francis zog an seinem Strohhalm, verschluckte sich plötzlich und hustete.

„Hast du dich verschluckt? Was ist denn?", erkundigte sich Eros.

„Wenn diese drei Frauen wussten, dass du nicht der Urheber der Idee bist und Hugo nicht eine leitende Muse war, wäre das auch ein Mordmotiv. Ich übertreibe nicht. Wenn ich der Autor wäre und eine der Assistentinnen mich erpressen würde, da würde ich nicht lange überlegen, wie ich mit ihr umgehen würde."

Eros' Augen wuchsen zu Tellergröße.

„Oh Mann. Heute bist du aber brutal. Dir fehlt wohl etwas Zuneigung." Eros trat hinter Francis und schmiegte sich liebevoll an ihn.

„Ja, das brauche ich, aber wenn jeder, der an diesem Projekt gearbeitet hat, umgekommen ist, verstehst du das, dann bin ich der Nächste."

Eros wurde von dieser Logik übermannt und er bekam Angst. Er verstand Francis' Schlussfolgerung und erkannte die potenzielle Gefahr, in der er schwebte. Wie zu seinem Schutz suchte er in Francis' Armen Zuflucht.

„Dir wird niemals jemand etwas tun. Das kann ich dir garantieren. Du bist mein und wer dir was antut, muss erst über meine Leiche trampeln." Eros spielte gerne den starken Mann, aber in seinen Augen war doch die latente Angst zu erkennen. Francis war von seiner Logik nicht begeistert, aber ihm wurde klar, dass auch alle drei Assistentinnen Zugang zum Manuskript hatten. Sie hatten sich im Verlag entschieden, die Assistentinnen auszuschließen, allerdings sehr spät.

„Wer kam auf die Idee, die Assistentinnen aus dem Korrektorat des Romans auszuschließen?", fragte Francis mitten in seinen Überlegungen.

„Das hat Helena selbst veranlasst. Nach dem Skandal mit einer der Assistentinnen, ich denke der letzten, wurden sie aus dem Projekt ausgeschlossen. Ich war es sowieso leid, jedes Mal jemanden neu einzuarbeiten. Wieso hat man im Verlag nicht mitbekommen, dass die Assistentinnen verschwanden?"

„Dir ist schon klar, dass Helena ein Miststück ist und sie das Personal häufiger als die Kaufhäuser wechselt und es keiner mit ihr länger als zwei Monate aushält? Anwesende ausgenommen, aber wir zahlen genug dafür." Francis merkte, dass sein Glas langsam leer wurde und offensichtlich der Alkohol mehr Informationen hervorbrachte als erwartet.

„Ich war auch kaum dort, daher kannte ich sie auch nicht, aber es ist sehr unangenehm, in solch einen Skandal involviert zu werden. Wir sollten deine Bedenken auch der Polizei melden."

Francis wog die Möglichkeiten ab und schlürfte den Rest seines Drinks aus.

„Eros, wir sollten uns auf jeden Fall über den Zustand der Ermittlungen informieren und sicherstellen, dass keine Information verborgen bleibt. Diese Information von Hugo kam für mich unerwartet. Aber vor allem will ich wissen, wer Margareth ist oder war."

26

Beißender männlicher Schweiß belegte die Luft in der Büroetage. Zwei übergewichtige Herren trotteten vom Flur zum Büro und zurück und holten Peter Assmanns Pflanzen ab. Eine Dritte in der Gruppe war eine Frau, die man ohne Zweifel als Kampflesbe bezeichnen konnte. Kräftig und mit Armen und Schultern, die mit hochwertigen Tattoos verziert waren. Während sie die Pflanzen vom Flur zum Aufzug holte, hielt sie schamlos nach möglichen Zuschauerinnen Ausschau, die sich an ihrem Auftritt begeistern könnten.

Pflanzenerde war an mehreren Stellen zu sehen. Peter versuchte den Schmutz mit einem Handbesen und einer Schaufeln zu entfernen.

„Hi Peter. Wir treffen uns im Besprechungsraum, um die Ergebnisse abzugleichen. Offenbar sind wir auf einige Informationen gestoßen, aber auch auf einige klärungs-bedürftige Probleme. Kannst du dabei sein?" Lukas entpuppte sich als selbständiger Professioneller und die Frage nach seiner Teilnahme am Gespräch verstand Peter nur als Zeichen der Höflichkeit, aber lieber wäre er samt den Pflanzen auf Nimmerwiedersehen weggegangen. Nach so vielen Jahren in diesem Büro sehnte er sich nach etwas Neuem in seinem Leben.

„Lukas, ich komme gerne, aber es ist hoffentlich klar, dass ich so gut wie weg bin, oder?"

„Eh Alter, klar. Keiner wird dich von deiner Rente abhalten. Aber wir müssen diesen Fall klären und du bist unser bester Ermittler. Und jetzt, da ich nicht mehr die scheiß Pflanzen gießen muss, gefällst du mir noch besser."

Peter mochte Lukas und sein vormals fast kindliches Auftreten schien sich zu verändert zu haben und er war sich sicher, dass sich alle drei Nachfolger gut entfalten würden.

Peter gab Anweisungen an die für den Transport der Pflanzen Verantwortlichen und machte sich auf zum Besprechungsraum.

Als er die Tür öffnete, war die Ermittlungsakte bereits auf dem Hauptmonitor zu sehen. Diesmal war aber Rosemarie an der Tastatur und Bastian hatte sich vorne hingestellt, um die Präsentation zu übernehmen.

„Kinder." Peter machte eine Pause und schaute sich das Ergebnis seiner Ausbildung an. „Ab heute seid ihr nicht mehr meine Kindern, sondern meine Nachfolger. Darum bedenkt, dass ich nur meine Abschiedsfeier plane und euch nur im Geist unterstütze. Wer hat was vorzutragen?"

„Danke, Peter. Ich denke, alle werden mir zustimmen, dass die Ausbildung bei dir eine Chance für uns alle ist, und wir hoffen, diesen Fall noch mit dir abschließen zu können." Bastian wirkte in seinem Anzug um einiges reifer als sonst.

„Ich bekam von Rosemarie den Abschlussbericht über das erste Opfer. Sie starb wirklich an einem Unfallsturz. Es ist ausgeschlossen, dass sie durch Fremdeinwirkung starb. Was nicht ausschließt, dass sie jemand zum Verunfallen gebracht hat, aber wir sind uns einig, dass Fabiana in ihrer

Wohnung stürzte und dabei tödlich verunglückte." Das Bild der Fabiana erschien als Animation im Vordergrund, während Bastian die Lage erklärte.

„Und wieso wurde sie im Park …", wollte Peter noch fragen.

„Warte. Wir haben noch mehr ermittelt", wandte Rosemarie ein.

„Die Leiche wurde zum Park getragen und dort wie bekannt präsentiert. Wir ermitteln noch, wer das gemacht hat und warum. Jedoch haben wir auch geklärt, dass Fabiana zwar den Verlagschef angemacht hatte, eventuell nur um einen Karrieresprung zu machen, aber sie war lesbisch und gemäß der Aussagen einiger ihrer Freundinnen konnte sie sich auf gar keinen Fall für Lucius … ich meine, als Mann … besonders interessieren", ergänzte Bastian.

„Du weißt schon, Lesben sind nicht diese Frauen aus dem Osten mit den falschen Titten und den langen Fingernägeln …", warf Lukas ungeschickt einen Witz ein, der die Runde nicht sonderlich amüsierte und Rosemarie offensichtlich etwas irritierte.

„Ich weiß, was Lesben sind. Ich habe sogar schon einen Fernseher. Ist das aber für diesen Fall relevant?" Peter konterte damit Lukas' Anspielung auf seine mangelhaften Kenntnisse der modernen Welt.

„Das Interessante dabei ist, dass Martina, das dritte Opfer, mit Fabiana liiert war", informierte Rosemarie.

Lukas wollte ein Zeichen einer Umarmung machen, aber Peter mahnte ihn rechtzeitig, es nicht zu tun.

„Aha. Was war dann der Grund für die Anzeige wegen Ruhestörung in diesem Verlag?" Peter überlegte kurz und schien selbst erkannt zu haben, dass Martina von dem Mord oder Unfall bereits wusste und sich selbst an die Aufklärung des Falls gemacht hatte.

„Das hat sich in einem Streit zwischen den Assistentinnen Margie und Martina ergeben, aber keine konnte eine klare Auskunft über die Hintergründe liefern. Auch in dem Bericht aufgrund der damaligen Anzeige wurde über die Hintergründe nichts festgehalten."

„Gut, von der Logik her ist es dann so, dass Fabiana nach einem Unfall stirbt, ihre Freundin zum Ermitteln in den Verlag geht und sich mit dieser Margareth oder Margie streitet. Wie ist diese Margareth denn in alles involviert?" Peter war begeistert von den Fortschritten; denn anscheinend würde dieser Fall noch vor seiner Abschiedsfeier abgeschlossen sein.

„Wie wir erfahren haben, ist diese Margareth der ursprüngliche Kopf hinter dem Roman von Eros Petrocelli. Scheinbar hat sie mit dem Lektor, Hugo van Hülsen, zusammengearbeitet. Wir müssen noch klären, wie der Zusammenhang zwischen dieser Frau und dem Lektor ist, aber dem Anschein nach waren sie nur Arbeitskollegen." Bastian schien zum Ende seines Vortrags zu kommen.

„Aber wir wissen, dass der, der die Leiche in den Park brachte, auch nicht zwangsläufig die anderen zwei zum Park gebracht hat, weil zwar in allen drei Fällen das Muster gleich ist, aber nicht alle Details." Rosemarie dachte immer noch über ihre Theorien nach und überlegte, ob die Tat auch von einer Frau ausgeführt worden sein könnte.

„Alle drei Leichen sind leicht. Sie wogen unter sechzig Kilo und die Details vom Spiegel und die Präsentation der Körper sind meiner Ansicht nach weibliche Merkmale", insistierte Rosemarie. Bastian unterdrückte einen Protest.

„Aber uns fehlen Beweise und bei so viele Frauen, wie in diesem Verlag arbeiten, kann man hier jahrelang Interviews führen. Ich habe die Daten bekommen: Es arbeiteten zwölf Frauen als Zeitarbeitskräfte in diesem Büro. Drei sind tot und ich telefonierte mit vieren und alle sagten, dass die passende Beschreibung für diese Arbeit unter Helena Grünmantel die Hölle auf Erden ist." Bastian erzählte zwar nicht, dass er nicht alle angerufen hatte, weil er private Sachen erledigen musste, aber das schien auch niemanden zu interessieren.

„Ich möchte vorschlagen, dass wir noch einmal die Zeitabläufe von allen involvierten Personen überprüfen und die Liste der Verdächtigen aufstellen." Bastian selbst war nicht überzeugt, dass da etwas zu finden war, aber es war zumindest eine Idee.

„Ich würde mich eher auf den Roman konzentrieren. Ich bin weiterhin überzeugt, dass der Täter ...", Lukas schaute zu Rosemarie, „... oder die Täterin uns Hinweise in dem Text gegeben hat oder sich an der Vorlage orientiert hat. Das müssen wir abklären." Lukas war sich über die Machart der verschiedenen Bücher von Eros nicht klar. Der neue Stil war gehobener und fast wie von fremder Hand geschrieben.

„Es klingt logisch und ich würde Bastians Vorgehen auch unterstützen. Rosemarie könnte die enorme Zahl an Frauen, die in diesem Verlag beschäftigt sind, überprüfen.

Eventuell hat sie dort mehr Erfolg als wir", schlug Peter vor.

„Hast du einen besonderen Grund gehabt, Arnaud zu deinem Interview mitzunehmen?", wollte Bastian wissen.

„Ja. Lukas schrieb in seinem Bericht einige Details über Herrn van Hülsen, was mich auf den Gedanken brachte, dass er eventuell Drogen nimmt. Depression, starke Stimmungsausbrüche und diese überpenible Art könnten etwas bedeuten, aber ich denke, Arnaud muss noch mehr trainieren. Er schien nur an Keksen interessiert gewesen zu sein." Peter lächelte.

„Das ist aber lustig. Arnaud bettelt niemals bei mir am Tisch. Ich muss aufpassen. Ich will nicht, dass er sich sowas aneignet."

Alle schienen mit den Vorschlägen vorerst zufrieden zu sein, aber alle wussten auch, dass die Hinweise zu wenig eindeutig waren und die Menge an schmutzigen Spuren noch zu groß.

In der Zwischenzeit hatten die Umzugshelfer alle Pflanzen aus dem Büro abtransportiert und zwei Mitarbeiter der Transportfirma reinigten die Aktenschränke.

Sie gingen alle zusammen vom Besprechungsraum zum Großraumbüro und schauten in den plötzlich heller gewordenen Raum und vermissten die Pflanzen. Der Geruch von feuchter Erde überdeckte den alten gesetzten Duft der Jahre, der sich an den Wänden festgesetzt hatte, und drängte sich unangenehm in den Vordergrund.

„Wirst du die Arbeit hier vermissen?", fragte Rosemarie.

„Ich denke nicht", antwortete Peter kurz.

„Legst du dir wieder einen Hund zu?", wollte Lukas wissen.

„Das bestimmt. Damit andere nicht meinen, dass ich keinen Hund mag." Peter schaute zu Bastian, der diese Stichelei aber nicht zu bemerken schien.

„Aber jetzt will ich noch diesen Roman zu Ende lesen. Eventuell finde ich da was." Peter ging zu seinem Sessel.

27

Liane wurde an einem feuchten und kalten Morgen am Friedhof in Peiting beigesetzt. Außer dem Pfarrer, der sie nie zuvor gesehen hatte, war nur der treue Hausmeister anwesend. Ein Staatsbeamter kam, um sich umzuschauen, da mit dem tragischen Tod Lianes auch eine Ermittlung in Gang gekommen war, die bis dahin außer einer Anzeige gegen Unbekannt nichts hervorbringen konnte.

Zwei einsame Raben saßen an einem Kirschbaum am Rande des Friedhofs und klagten krächzend über ihre Beschwerden, hervorgerufen durch den starken Wind aus Osten, der an jenem Morgen besonders unangenehm blies.

Der Pfarrer gab die Wörter aus seinem Gebetsbuch von sich und hoffte, dass keiner bemerken würde, dass er zwischen den Sätzen noch ein Gähnen unterdrückte, und mit weit geöffnetem Mund beendete er seinen mühsamen Monolog.

„Amen."

Der Hausmeister wurde von dem heftig ausgesprochenen Gebetsschluss wachgerüttelt und prompt an der Tür waren die Sargträger, die Lianes Überreste zum Krematorium befördern sollten.

„Sind Sie mit der Verstorbenen verwandt gewesen?", fragte der Pfarrer, da scheinbar kein anderer im Raum an einem Plausch interessiert zu sein schien.

„Nein. Ich war nur der Hausmeister. Wir kannten uns nur aus der Zeit, in der sie hier gewohnt hat. Den Rest der Zeit über war das Haus leer oder es kamen Urlauber, aber eher selten."

„Schrecklich, was da geschah."

„Ich habe sie tot aufgefunden. Es war noch schrecklicher, als was man so vom Hörensagen erfährt. Ich glaube, ich stehe immer noch unter Schock."

„Ich habe bereits viele Tote gesehen, aber ein Gewaltopfer bisher nicht. Es ist unglaublich, was in der Gesellschaft geschieht."

Der Wind wechselte die Richtung und die zwei jammernden Raben gaben ihre Klage auf und zogen weiter. Am Himmel bildeten sich dicke Cumuluswolken und trotz der hellen Sonnenstrahlen fühlte sich der Tag kühler an als manche Wintertage.

„Ich danke, dass Sie sich so sehr um die Benachrichtigung der Kirche gekümmert haben."

„Es war selbstverständlich. Sie hatte niemanden sonst, der sich um sie kümmerte."

Für den Hausmeister schien hier noch einmal ein Kapitel seines Lebens zu enden. So wie die alte Anna ihn verlassen hatte, hatte ihn Liane in diesem Haus allein gelassen. Keine hatte ihn je wahrgenommen, keine hatte ihn je beachtet. Er war sich bewusst, dass jeder, der dieses Haus je bewohnt hatte, ihn als selbstverständlich angesehen und dabei vergessen hatte, dass auch er Träume hatte.

Als Liane ihn zum ersten Mal traf, zeigte sie sich an seinem Körper sehr interessiert. Ihre Augen zogen ihn aus, *streiften ihm gierig und ohne jeglichen Scham die Kleider vom Leib.*

Andrea, der das nicht verborgen blieb, begleitete ihr Verhalten mit entsprechendem weiblichen Anstand. Doch Liane nutzte Geld und Macht, um sich an ihn heranzumachen und ließ nicht davon ab, Andrea in ihren Depressionen mit Erniedrigungen das Einzige zu rauben, was sie besaß.

Als Andrea klar wurde, dass auch ihre Liebe gestohlen wurde, entschloss sie sich, für ihre Vergnügungen Callboys zu beanspruchen. Sie gab auf, sich für jemanden zu interessieren, weil Menschen wie Liane ihr immer wieder alles stahlen.

Als der Hausmeister per Zufall mitbekam, dass Andrea erschlagen worden und im Teich des Hauses in Oberammergau versteckt worden war, wurde ihm klar, dass Liane in den Vorfall involviert war. Da entschloss er sich, Liane mit ihrem eigenen Spiegelbild zu konfrontieren und der verdienten Bestrafung zuzuführen.

Andrea war die einzige Frau, die sich für ihn interessiert hatte, und sie war auch tragisch und ohne Vorwarnung gestorben. Insgeheim wusste er jedoch, dass auch Vergeltung seinen Schmerz nicht lindern würde.

Er schwieg weiter und unterdrückte seine Gefühle, aber die lodernde Flamme der Rache wird weiter in seinen Augen brennen. Dieselben Augen, die nur er in seinem Spiegelbild sehen konnte.

28

„Es ist scheinbar Ruhe angesagt", kündigte Francis an, nachdem er zum wiederholten Male an diesem Tag den Eingangskorb in seinem E-Mail-Programm überprüft hatte.

Eros hatte seinen Kopf noch im Kühlschrank und suchte nach den Zutaten für ein Belize, einen Margarita-Drink.

„Hör auf. Er wird nach dem Anschiss von Lucius mit seinen absurden Korrekturen aufhören. Was brauche ich für das Belize? Ananas? Vor allem, nachdem wir ihn nur noch ignoriert haben, muss er mitbekommen haben, dass er ausgedient hat."

Francis ließ meistens Eros ergebnislos nach Zutaten suchen, weil er wusste, dass Eros es niemals schaffen würde, selbst einen Drink zu mischen. Als er die Gefahr der Unordnung im Kühlschrank witterte, protestierte er entschlossen.

„Setz dich."

Eros lächelte vergnügt, weil seine Aktion wieder Früchte getragen hatte, und saß auf dem Hocker am Küchentresen.

„Nicht zu süß, bitte."

„Ja." Francis öffnete den Kühlschrank.

„Tue auch nicht zu viel Eis dazu. Das tut mir an den Zähnen weh."

„Ja."

„Füllst du es in die großen Gläser?"

Francis kannte alle Beschwerden, die sich meistens nur in der Reihenfolge abwechselten, aber inhaltlich immer die gleichen waren. Er nickte zustimmend und holte Maracujasaft, einen Pfirsich und weißen Rum und ging zum Mixer, während sein Mann wie ein kleiner Bub auf den leckeren Drink wartete.

„Ja, ich gebe etwas mehr Zimt in deinen Drink", sagte Francis, Eros' Aufforderung zuvorkommend.

„Danke. Beinahe hätte ich es vergessen." Eros schien etwas ansprechen zu wollen, suchte aber noch die richtigen Worte, was deutlich seinem Gesichtsausdruck zu entnehmen war.

„Was ist mit dir los? Warum willst du meinen Lieblingsdrink haben?" Francis wusste, dass Belize sein Drink war und Eros lieber Gabrielas oder Margaritas trank.

„Ich mache mir etwas Sorgen."

„Über was denn? Wir haben deinen Roman beendet und deinen Lektor erst einmal auf die Reservebank gesetzt. Jetzt müssen wir nur noch die Veröffentlichung abwarten und die Zeit genießen. Nun, wir müssen auch Lucius um Geld bitten. Er ist wieder zu spät dran. Gloria hat scheinbar eine große Veränderung vorgenommen und sie schrieb, dass auch Teile der ersten Versionen wieder benutzbar wären. Ich bin da sehr gespannt."

„Diese Mordserie und alle diese Treffen mit der Polizei, dies alles macht mich nervös und seit du behauptet hast, dass du eventuell in Gefahr wärst, bin ich etwas verunsichert", beichtete Eros.

„Unsinn. Mir macht mehr Angst, dass wir mit dieser Reporterin zur Polizeikonferenz verabredet sind. Sie ist für mich schrecklicher als alles andere. Hast du ihre neue Haarfarbe gesehen?"

Eros grübelte noch weiter und schaukelte seine dicklichen Beine in der Luft herum. Als er merkte, dass Francis auf eine Antwort wartete, schüttelte er statt einer Antwort den Kopf.

„Nun, ich kann mir nach solch einer Arbeit Morddrohungen an den Friseur vorstellen. Sie sieht wie die Vogelscheuche aus dem Zauberer von Oz aus." Francis bekreuzigte sich, wie es die Katholiken machen, aber jeder wusste, dass er eine Kirche niemals als Gläubiger betrat.

„Trotz des Verbots von Lucius rief ich Hugo an und wollte in Erfahrung bringen, wer diese Margareth war." Francis sprach mit einem leichten Anflug von Verschwörung in seiner Stimme.

„Und was hat er dir erzählt? War sie wirklich die Autorin unseres Plots?"

Francis servierte die fertigen Drinks und saß Eros gegenüber am Küchentresen.

„Huhm? Ich weiß nicht, was ich in Erfahrung gebracht habe. Scheinbar war er auf das Thema nicht anzusprechen. Er meinte, dass Margareth nur eine Freundin von ihm sei, die er im Verlag kennengelernt habe, aber mehr sei nicht zwischen beiden gewesen. Er wollte nicht weiter darüber reden. Irgendwann meinte er, dass sie ihn angerufen hätte, was unmöglich war, da sie bereits seit einigen Wochen tot war. Er ist meiner Ansicht nach nicht ganz dicht. Aber ich denke, dass er gestresst ist, daher habe ich meine Befragung sein lassen und bat ihn, mir irgendwann zu schreiben. "

„Zu schreiben? Mann! Wenn alle, die in Verbindung mit dem Roman stehen, wie die Fliegen sterben, muss er wohl sagen, was er mit dieser Frau zu tun hatte. Wieso hast du nicht nachgefragt?"

Eros war leicht aufgebracht und Francis erkannte die Anzeichen der Verzweiflung in seinem Gesicht.

„Dramatisiere die Lage nicht. Ich glaube lediglich, dass etwas mit Hugo nicht stimmt. Er sprach von dieser Margareth, als wäre sie am Leben, aber dann wieder über ihren Tod, und angeblich gab es keine Bestattung. Ich fragte, ob er bei ihrem Begräbnis dabei war."

„Das sollten wir vielleicht Lucius erzählen. Ich will nicht von einem Verrückten überrascht werden. Meinst du wirklich, dass er spinnt?"

Francis war sich über Hugos Zustand nicht ganz schlüssig, aber die verschiedenen gesundheitlichen Beschwerden in den letzten Monaten, die Aussetzer und die Tatsache, dass Hugo Gesichter und Mimik nicht richtig deutete, waren ihm aufgefallen.

„Ich habe Lucius bereits angeschrieben. Er war nicht da. Ich telefonierte dann mit Helena. Sie sind im Verlag alle etwas aufgebracht. Es läuft etwas mächtig schief dort und mit Hugo, aber keiner will was sagen."

„Ich hoffe nur, dass Lucius nicht das Ganze abbläst und den Vertrag kündigt."

„Ach was. Wir haben so viel Presse wie nie zuvor und wenn das Buch herauskommt, wird es wie warme Semmeln verkauft. Diese Angst musst du nicht haben. Vor allem sind unsere Einnahmen vertraglich versichert."

Eros schlürfte seinen Drink zu Ende und stand auf.

„Egal wie, ich fahre zum Verlag und will das persönlich klären. Hugo ist mir seit einigen Wochen negativ aufgefallen und aufgrund deiner Geschichte sehe ich jetzt schon ein Problem auf uns zukommen. Vor allem vom Ergebnis, den Roman meine ich, wird keiner je denken, dass es von mir kommt. Der Stil passt nicht und die dreckigen Szenen fehlen und ohne nackte Möpse und stahlharte Schwänze wird niemand glauben, dass das Buch von mir ist. Vielleicht ist dies auch Gloria aufgefallen. Ich gehe hin, sobald ich das mit Lucius und Gloria besprochen habe. Ich werde ohne einen Termin dort erscheinen."

Francis war kein Freund von solchen spontanen Aktionen und wusste nur zu gut, dass dies auch nicht der Mentalität der meisten Deutschen, die er kannte, entsprach. Eros agierte manchmal nach seiner italienischen Art und brüskierte manche Menschen, was vielleicht in der Situation nicht klug war, aber er musste zugeben, dass er es für effektiver hielt.

„Ich weiß nicht, ob Gloria dort ist. Sie arbeitet auch im Homeoffice. Soll ich mit dir hinfahren?", bot sich Francis an.

„Nein, Schatz, diesmal will ich das allein hinbekommen. Versuche die Angelika Bäumer zu erreichen und sag ihr, dass wir eine exklusive Mitteilung zu meiner nächsten Veröffentlichung machen möchten, aber nur, wenn der Preis stimmt. Ich bin sicher, du kannst ihr das gut verkaufen."

Francis war sich nicht sicher, was Eros vorhatte, ob er wirklich zum Verlag fahren wollte oder was sonst, wurde ihm nicht klar, aber es war ihm absolut klar, dass Eros log oder zumindest nicht die ganze Wahrheit über sein Vorhaben sagte.

„Was hast du wirklich vor?"

„Vertraue mir. Diesmal weiß ich wirklich, was zu tun ist. Wir werden mehr als ein Buch herausgeben."

29

Stille erfüllte den abgedunkelten Raum und obwohl Hugo mehrmals über seine klassische Musik nachdachte, war er von seinen eigenen Gedanken überfordert und so musste er auf alle anderen Ablenkungen verzichten. Er war sich sicher, mit Margareth mehrmals in den vergangenen Monaten telefoniert zu haben, jedoch erkannte er, dass angesichts der vorliegenden Fakten etwas nicht zu stimmen schien.

Hugo öffnete die Anhänge der E-Mail von Peter Assmann. Dort sah er die Fotos der drei Frauen, der Opfer in den Aubinger Fällen. Dort waren keine Tatortfotos zu sehen, sondern die Fotos, mit denen sich diese Frauen beim Verlag für die Zeitarbeitsjobs beworben hatten. Er nahm an, diese Fotos stammten aus der Mitarbeiterkartei oder von einem professionellen Portrait-Fotografen. Die Gesichtsausdrücke sahen bei allen dreien fast gleich aus. Glatt gekämmte Haare, aufgedrehte Locken und eine halb kurz geschnittene Frisur unterschieden die Damen, aber Lächeln, leere Augen und die starre Haltung vor der Kamera ließen alle gleich aussehen. Die Gesichter sagten ihm nichts und er erkannte auch den Ausdruck in den Gesichtern nicht wie sonst. Alle drei waren nur wie Wachsmasken.

Ein Funken einer Erinnerung flog durch den Raum und riss ihn aus der Beobachtung. Für einen kurzen Moment dachte er an eine schlafende Frau. Doch diese Erinnerung verflog so schnell, wie sie gekommen war.

‚Was geschieht hier?', fragte er sich.

Das blaue Licht seiner Anlage blinkte und kündigte an, dass zum aktuellen Stück auch das dazugehörige Video gezeigt werden konnte, doch er wollte nichts mehr hören. Er wollte nur eine Antwort auf die eine Frage.

Er schaltete seinen Computer an und rief das Schreibprogramm auf. Während die Anwendung hochfuhr und mehrere Geräusche in der Computerlüftung zu hören waren, überlegte er, ob er sich die Zeit für einen Tee nehmen sollte.

„Sehr geehrter Herr Assmann,

als ich mich mit meinem Hinweis gemeldet habe, mit dem Zusammenhang zwischen dem Roman von Eros Petrocelli, den ich betreue, und ihren Vorfällen um die Joggerinnen in Aubing, dachte ich, zur Aufklärung beigetragen zu haben.

Doch seitdem wurde ich mit zwei Befragungen belästigt und eine Aufklärung scheint doch noch nicht erfolgt zu sein.

Vor allem verstehe ich jetzt, dass auch die Opfer nicht korrekt identifiziert zu sein scheinen. Als ich Ihre Fotos bei dem letzten Treff sah, war ich mir unsicher, aber jetzt kann ich mit Sicherheit sagen, dass das zweite Opfer nicht Margareth Bergstrom ist, da ich mit ihr seit über zwei Jahren fast jede Woche telefoniere.

Um wem es sich in Ihrem Fall handelt, kann ich nicht sagen, da mir die Frau unbekannt ist.

Ich bin im Moment wegen dieser Situation verunsichert, aber ich denke, Sie sollten Ihre Unterlagen überprüfen und auch der Identität der zweiten Person klären.

Mit freundliche Grüßen

Hugo van Hülsen"

Hugo las mehrmals seinen Brief und überlegte, wann er Margareth tatsächlich zum letzten Mal gesehen hatte. Das war eigentlich bereits vor achtzehn Monaten, dachte er. Er öffnete seinen Kalender und schaute, wann er sich mit ihr verabredet hatte.

Es war nicht tagsüber.

Seine Erinnerung brachte auch etwas anderes hervor, als er hoffte. Er drückte die Fernbedienung seines Radios und ließ eine willkürlich gewählte Melodie laufen. Er suchte nach einer Beruhigung, aber diese schien sich momentan nicht mehr einstellen zu wollen.

‚Mozart?', fragte er sich unsicher. Die Melodie war nicht beruhigend, sondern eher belebender. An den Adagios und am angedeuteten Staccato erkannte er die Zauberflöten-Arie von Mozart.

Tränen füllten seine Augen und eine weitere Erinnerung blitzte kurz vor seinen Augen auf. In seiner rechten Schläfe spürte er ein aufdringliches Pochen.

Er hatte Margareth zum letzten Mal abends im Aubinger Park getroffen.

Kurz stach es wieder in seiner Schläfe und diesmal wurde seine Erinnerung klarer und er sah wieder Margareth an jenem längst vergangenen Tag vor sich.

„Es war ein Unfall", sagte Margareth unter Tränen, als er im Park ankam.

„Wie ist das passiert?", wollte er wissen und blickte erst auf eine Frau, die am Boden lag, dann wieder zu Margareth.

„Sie hatte meine Notizen zu Eros' Buch gestohlen und trug diese bei Lucius vor, als wäre es ihre Idee. Ich wusste, dass sie hier nach der Arbeit zum Joggen gehen wollte, und so stellte ich sie hier zur Rede."

Hugo sah die tote Fabiana auf dem Boden liegen und schaute wieder zu Margareth.

„Sie ist ausgerutscht", stieß Margareth zwischen Schluchzen und Weinen hervor. Sie zeigte mit dem Finger auf eine Stelle irgendwo am Eingang des Parks.

„Warum hast nicht den Notruf und die Polizei angerufen?"

Margareth versuchte zu erklären und bis sie ihre Worte fand, verging etwas Zeit.

„Wie sollte ich das tun? Ich habe die Beherrschung verloren, sie geohrfeigt und sie ist dann ausgerutscht. Ich bekam es mit der Angst zu tun. Darum rief ich dich an. Wenn hier was schiefgeht, ist auch dein Projekt kompromittiert."

An jenem Tag wurde Hugo von einem Schock ergriffen und manchmal überlegte er, inwiefern Margareth geistig normal war. Er verstand die Lage und war sich sicher, dass, wenn Margareth die Polizei angerufen hätte, sie bestimmt in eine Heilanstalt eingewiesen worden wäre. Damit wäre seine im Verlag beendete Karriere endgültig auch als externer Berater beendet, da er sich sicher war, dass Lucius seinetwegen keine schlechte Presse riskieren würde.

„Warum hast du ihren Körper so aufbereitet?" Er sah, wie die Haare von Fabiana wie vom Wind aufgestellt waren und ein Spiegel in ihrer linken Hand lag. Als Hugo dies realisierte, wurde ihm noch klarer, dass er mit seinem Buchprojekt involviert war und eine schlechte Presse auch in diesem Fall unvermeidlich war. Angst stieg in ihm hoch und als er sich daran erinnerte, wurde ihm übel.

Er blickte auf das Telefon und es schossen ihm weitere Erinnerungen an die Gespräche mit Margareth durch den Kopf. Ihm wurde klar, dass er seit diesem Vorfall unter Schock lebte. Er blendete jenen Tag aus, aber vielmehr wurde ihm klar, dass er sich die Gespräche mit ihr eingebildet hatte. Jedes Mal, wenn er Margareth vermisst hatte, hatte er ihre Stimme wiedergehört.

Seine Hände zitterten und er kämpfte mit der Übelkeit, die sich in seinem Bauch wie ein wildes Tier bemerkbar machte.

‚Oh mein Gott', dachte er mit Entsetzen an diese Erinnerung.

Wieder pochte seine Schläfe, jedoch diesmal spürte er in seinem Mund den Geschmack von Rost. Er roch Verbranntes in der Luft und schaute sich um, jedoch im Raum brannte weder eine Kerze noch irgendetwas anderes. Wieder wurde es vor seinen Augen dunkel und die Melodie von Mozart erfüllte den Raum deutlich lauter als zuvor.

„Ich habe sie nur so aufgestellt, weil sie sonst sowieso keinen Nutzen für uns hätte. Sie war schon tot. So kann sie wenigstens etwas an unserem Buchprojekt beteiligt sein", lachte Margareth unter Tränen.

Hugos Blick erfasste wieder die Realität, die ihm offensichtlich entglitten war. Er konnte sich nicht mehr erinnern, aber er wusste jetzt, dass er ein Problem hatte.

Hugo suchte sein Telefon und wählte die Nummer des Notrufs. Doch er war unsicher, ob dies alles wirklich geschah.

Nach mehrfachem Klingeln hörte er eine Stimme im Telefon:

„Notruf."

Seine Stimme versagte.

„Wer ist da bitte?", fragte die aufmerksame Dame am Telefon, die annahm, dass eventuell eine Person Probleme beim Sprechen hatte. Sie wartete geduldig und hörte das Flennen und die angefangenen Wörter, die nicht aus Hugo herauswollten.

„Beruhigen Sie sich. Ich kann warten."

Nach einigen Sekunden brachte seine Stimme es doch heraus:

„Ich habe ein Problem."

Er erinnerte sich, wie sich Margareth umgebracht hatte und ihm vorher am Telefon mitteilte, dass sie sich im Park aufstellen wollte, um ihm mit dieser letzten Tat zu helfen. Sie war wirklich besessen. Sie konnte nicht akzeptieren, dass er nicht in der Lage war, sie zu lieben. Er erinnerte sich an den Schock dieses Apres-vous. Martina hätte sie entlarvt und dies hätte sie zur Verzweiflung gebracht.

„Wer spricht bitte?", fragte die Stimme unsicher.

„Hugo van Hülsen. Ich habe ein wirklich großes Problem."

Hugo löschte die E-Mail an Peter Assmann und schaltete seinen Monitor aus. Jedoch weiter konnte er nicht sprechen. Ein letztes Mal pochte es in seiner Schläfe und diesmal stach ein Schmerz bis in sein rechtes Auge und ein Licht tat sich in der Dunkelheit seines leeren Blickes auf. Während die letzten Takten der Zauberflöte sich verabschiedeten, hörte er in der Ferne, wie eine Stimme sagte: „Bleiben Sie wach, sprechen Sie mit mir."

Doch dies tat er nie mehr wieder.

30

Francis legte die Tastatur beiseite und wurde bleich. Seine Hand hob er zum Mund. Sein Gesichtsausdruck schien starr geworden zu sein und für eine Sekunde konnte man denken, er würde in Ohnmacht fallen.

„Eros, komm mal her", rief er vom Wohnzimmer aus.

Keine Antwort kam und da fiel Francis ein, dass Eros wahrscheinlich noch beim Jogging unterwegs war. Es war Donnerstagvormittag und so musste er noch eine Stunde auf seine Rückkehr warten.

Francis lief auf und ab, als wäre er aufgebracht. Etwas an seiner Aufregung ließ Angst vermuten. Er nahm das Telefon und wählte eine Kurzwahltaste.

Eine weibliche Stimme meldete sich auf der anderen Seite der Leitung.

„Gib mir Lucius, bitte. Es ist sehr dringend." Man konnte seiner Stimme auch ohne diesen Hinweis die Dringlichkeit entnehmen.

Die weibliche Stimme faserte etwas wie „Einen Moment bitte". Francis ging weiter auf und ab und tippte mit seinem Finger auf das Telefon.

„Ja, Lucius Grünmantel hier."

„Was bedeutet diese E-Mail von dir? Wieso ist das Projekt zu Ende? Ich verstehe nicht, wieso du nach zwei Jahren das Ganze hinwerfen willst."

Lucius machte eine lange Pause, in der sein Atmen zu hören war.

„Ich habe die Version, die du mir geschickt hast, gelesen und ich denke, ich muss die Notbremse ziehen. Das ist kein Petrocelli-Schmuddel-Drama, wie ich es kenne und danach unsere Kampagne ausgerichtet habe. Wo sind die lasziven Szenen, die schwulen Matrosen mit dicken Dödeln oder gar die überklugen Prostituierten? Alle diese Charaktere sind weg und das Drama ist so düster beschrieben, dass ich mich nach dem Lesen total depressiv fühlte."

Es klang logisch und hätte Lucius je zuvor die Beschwerden von Eros und Francis gelesen, hätten sie wahrscheinlich zehn Monate Arbeit gespart.

„Aber Lucius, das habe ich dir jedes Mal wieder erzählt und deiner Frau zum Lesen gegeben. Wieso jetzt der plötzliche Sinneswandel? Wir rechnen auch mit diesem Geld."

„Das Geld wird kein Problem sein. Das Projekt wurde am Anfang versichert und wir kommen da gut raus. Gloria hat mit Eros das Ganze so verändert, dass wir jetzt eine neue Situation haben. Für dich auch keine schlechte Lösung, glaub mir. Aber ich muss momentan abwarten. Gloria kommt gleich hierher, dann weiß ich mehr."

„Wir könnten noch die erste Version benutzen, aber die Kritiken von Hugo waren vernichtend."

Es folgte noch eine lange Pause und Francis befürchtete, noch eine weitere schlechte Nachricht würde folgen.

„Ach ja, Hugo. Ihr habt noch nicht davon erfahren."

„Was denn?"

„Er wurde heute mit dem Notdienst ins Krankenhaus eingeliefert."

„Was hat er denn?"

„Wir wissen es nicht, aber wie es scheint, kann es ein Nervenzusammenbruch sein oder sowas. Scheinbar ist es mit seinem Tumor schlimmer geworden. Aber das ist alles versichert und wir sollten nach vorne schauen. Hast du eine Idee? Her damit?"

Francis überlegte kurz und ihm fiel auf, dass Lucius in dieser Situation viel zu ruhig war.

„Tumor? Ich wusste nichts darüber. Warum benutzen wir nicht die allererste Version des Romans? Sie war komplett und war Eros pur und unverfälscht. Wenn du uns einige Tage gibst, könnten wir sie sogar mit etwas von der aktuellen Version verfeinern und dann könnten wir das Projekt doch retten."

Francis sah eine Möglichkeit und bevor Lucius zu Wort kam, setzte er hinzu:

„Aber wir werden Tag und Nacht daran arbeiten müssen und eventuell sollten wir uns über einen besseren … Bonus unterhalten."

„Bringe mir was und dann sprechen wir darüber, wie es weitergeht, aber besprecht das mit Gloria. Ich bin sicher, dass Helena die Veröffentlichungsparty nicht absagen will, und ich wäre für alternative Lösungen empfänglich, aber diese aktuelle Version hat mit Eros als Autor keine Aussicht auf Erfolg."

Francis hatte einen Geistesblitz und sah nun noch eine weitere Möglichkeit, doch er benötigte Zeit, um sich die konkrete Lösung zu überlegen.

„Wie geht es mit Hugo weiter?"

„Warten wir, bis das Krankenhaus über seinen Zustand berichtet. Melde dich später. Mach's gut."

Francis verabschiedete sich kurz und hörte, wie sich die Eingangstür öffnete.

„Ich bin wieder da." Ein langes Aah stand am Ende des Satzes und Eros fing an, wie von Francis angeordnet, sich am Eingang der schmutzigen Kleider zu entledigen.

„Wirf das nicht in den Korb, lass es lüften, ich wasche gleich. Wir müssen uns dringend unterhalten. Es kocht in der Hölle und Lucius hat das Projekt in dem aktuellen Zustand abgesagt."

Eros, der in diesen Moment sein Hemd über den Kopf zog, wurde von der Nachricht völlig überrascht.

„Wie meinst du das?"

„So wie ich gesagt habe. Lucius meint, dass der Roman nicht ein Eros-Werk ist und so nicht auf den Markt kommen darf. Gloria will eine Rettungsalternative entwerfen. Ich setze mich mit ihr zusammen."

Eros trocknete seine Haare mit dem verschwitzten Hemd, machte große Augen und sein Gesicht zeigte seine Ratlosigkeit.

„Und das jetzt, da wir so kurz vor dem Ende dieser Tortur mit diesem Korinthenkacker sind."

„Bitte sprich nicht so von Hugo. Er wurde ins Krankenhaus eingeliefert."

Eros zog gerade seine kurze Hose aus und ließ sie auf den Boden fallen.

„Mann! Was ist denn hier heute los?!"

„Geh in die Dusche. Ich muss mir etwas überlegen und Gloria anrufen."

„Ich habe Hunger. Die Menschen brauchen nicht Freiheit, sie brauchen Brot", jammerte Eros.

„Dostojewski um diese Tageszeit ist mir zu viel. Ab ins Bad und gib mir eine Stunde Zeit. Danach machen wir Frühstück und dann…" Francis überlegte, wie es weitergehen sollte.

Eros schaute fragend und wollte ein obszönes Zeichen mit seiner Hand und seinen Genitalien andeuten, doch wurde er rechtzeitig von Francis aufgehalten.

„Für Bao bao haben wir später Zeit. Jetzt muss ich das, was mir im Kopf vorschwebt, erst einmal vorbereiten."

„Wir müssen etwas tun, weil wir mit dem Geld dieses Projektes gerechnet haben."

„Lucius hat angedeutet, dass Geld nicht das Problem sein wird. Jedoch wegen Hugos plötzlichem Krankenhausdrama und der Absage der letzten Version des Romans müssen wir eine Lösung finden. Ich denke, dass Helena uns bei der Argumentation helfen wird, weil sie bestimmt nicht die ganzen Vorbereitungen umsonst gemacht haben will. Ich habe eine Idee, aber wir müssen die Konsequenzen genau überlegen."

„Ich habe immer behauptet, dass mit Hugo etwas nicht in Ordnung ist, und wir haben Lucius mehrfach auf die redaktionellen Kontroversen hingewiesen."

„Ich glaube nicht, dass Lucius sich um den Inhalt schert. Er will nur etwas verkaufen, was Geld bringt. Zugegeben, deine porno-erotischen Texte sind witziger und Hugos Richtung ist für meinen Begriff zu viel Byron und zu wenig Boccaccio."

„Ich schlug Gloria zwei Bücher vor. Eins von dir und eins von mir. Machst du was zum Essen?"

„Mein Buch?"

„Ja. Die Ausarbeitungen von Hugo sind mehr dein Stil und meine ersten Kapitel habe ich ihr geschickt. Helena war davon begeistert, weil sie dann die beiden Versionen der Deckblätter benutzen könnte."

Francis winkte Eros zum Bad.

„Wie ein indischer Aphorismus sagt: Das Schachspiel ist wie ein See, in dem eine Mücke baden und ein Elefant ertrinken kann. Ich denke, wir müssen genau überlegen, wie wir das Problem mit Lucius lösen."

31

Das Büro war ohne die viele Pflanzen leer und fühlte sich fremd an. Peter sah die Spuren seiner langjährigen Anwesenheit in diesen Räumen wie weggewischt, als wäre er niemals dort gewesen. Auf dem Aktenschrank, wo er seine besten Pflanzen gehalten hatte und die Sonne am hellsten schien, waren Finger-Food und einige Gebäcke präsentiert. In der Mitte lag eine Torte, die gegen seinen Willen die Aufschrift „Danke" präsentierte, und drei Marzipanpüppchen winkten Auf Wiedersehen. Rosemarie hatte auf eigene Verantwortung das Dekor tauschen lassen. Bunte Grußkarten und einige ausgepackte Geschenke waren am Nebentisch zu sehen und daneben kaute Arnaud ein Brötchen, das er von irgendwo stibitzt hatte.

„Lieber Peter, wir werden dich hier sehr vermissen. Ich denke, das kann ich im Namen aller Kollegen sagen." Klaus zeigte sich wie immer als der beste Pressesprecher der Gruppe und verteilte wohlwollend an alle Komplimente.

Klaus merkte auch, dass Peter der Abschied schwerfiel, aber zum anderen schien Peter sich auch auf die ruhigen Jahre zu freuen. Seine Frau fühlte sich wie ein Fisch im Wasser und versuchte, sich von Gesprächen fernzuhalten.

„Ich hoffe, dir gefällt meine Variante der Torte. Weißt du bereits, was du künftig machen willst?" Rosemarie verriet mit ihrer Stimmlage eine Mischung aus Neugier und Bedauern wegen Peters Abschied.

„Unser letzter Fall wird leider eine komplizierte Lösung haben, wenn wir nicht auf eine neue Spur stoßen, aber ich würde mich freuen, wenn du mich über Neuigkeiten informieren würdest. Die Torte ist mit Sicherheit besser dekoriert als meine Auswahl, das muss ich zugeben." Peter wäre am liebsten nicht zur Feier gekommen und seine Frau schien seine Geduld mit ihren deplatzierten Bemerkungen zu strapazieren.

„Also, dass das erste Opfer an einem Unfall starb und von dem zweiten Opfer im Park aufgestellt wurde, sagt die Spurensicherung. Wieso kamen sie so spät auf diese Idee?" Bastian glaubte noch nicht allen Rückschlüssen von Karamanlis.

„Ja, er nimmt das an, weil die Fingerabdrücke, die er zuerst bei einem anderen Täter suchte, Margareth Bergstrom gehörten. Die Spiegel wurden auch von Margareth gekauft. Die Quittung haben wir zwar nicht gefunden, aber die Abbuchung von ihrer Kreditkarte, und es sollten noch zwei davon existieren, weil in dem Karton der Drogerie fünf in der Packung waren. Wir nehmen an, dass sie die anderen entsorgt hat", erklärte Rosemarie.

„Aber Margareth selbst wurde dann als …?", meinte Bastian fragend.

„Margareth wurde vergiftet. Ob von ihr selbst oder von Martina Neboliev, ist unklar, aber die Fingerabdrücke der Martina Neboliev waren am Spiegel an dem Tatort, an dem Margareths Leiche gefunden wurde. Auch die Zutaten für das Gift wurden von Martina selbst besorgt und wir konnten den Einkauf auch nachweisen." Rosemarie sprach akzentuiert und mit guten Pausen, weil ihr die Reihenfolge selbst noch erklärungsbedürftig war.

„Stimmt. Sofern meine Ermittlungen keine Lücken aufweisen, hat Martina das Gift selbst besorgt." Lukas war stolz, diesen Teil allein hinbekommen zu haben.

„Aber warum begeht Martina dann Selbstmord mit einem Messer? Frauen benutzen lieber Gifte, dachte ich." Rosemarie war fest überzeugt, dass der Gebrauch eines Messers eine zu brutale Methode für eine Frau ist.

„Bitte, Rosi. Diese weibliche Romantik hat nichts mit der Realität zu tun, und Martina war eine Lesbe, was auch eine eigene Logik hat und meiner Ansicht nach nicht in dein Muster passt. Das Messer stammte aus ihrer eigenen Küche." Bastian wehrte sich gegen die Zuweisung von Standardrollen und glaubte den Urteilen und Profilen der Psychologen wenig.

„So gesehen haben wir dann nur einen Unfall, einen aufgeklärten Mord und dazu einen Selbstmord. Stimmt's?" Klaus wusste nicht, wie er das an die Presse geben sollte.

„Das Ganze scheint im Affekt passiert zu sein. Fabiana, das erste Opfer, geriet mit Margareth in Streit und Martina war die Liebhaberin ..." Lukas wurde dann kurz von Rosemarie unterbrochen.

„Partnerin, Lukas, Partnerin. Achte bitte auf die Begriffe." Lukas nickte Rosemarie zu und lief rot an.

„Wie auch immer, die Partnerin. Sie hat bestimmt Margareth für den Unfall zur Verantwortung gezogen. In der Verzweiflung hat sie sich dann selbst umgebracht. Für mich macht alles Sinn, aber warum die Inszenierung der

Leichen? Das kann ich mir nicht erklären", schloss Lukas ab.

„Es wird nicht einfach sein, das an die Presse zu geben. Ich werde das als Dreiecksdrama in einem lesbischen Milieu präsentieren. Damit werden für jeden die Verhältnisse klarer sein." Klaus staunte über die dokumentierten Zusammenhänge.

„Noch schwieriger ist zu erklären, dass Karamanlis diese Spuren so viele Monate nutzlos gehortet hat, ohne die Zusammenhänge zu erkennen." Bastian warf einen Keks zu Arnaud hin, der gelangweilt auf seiner Decke lag.

„Ist er krank?", wollte Peter wissen.

„Nein. Er hat sich überfressen an dem Überangebot an Brötchen und den Gaben der Gäste." Alle lachten und auch Arnaud, der mitbekam. das Zentrum der Gespräche geworden zu sein.

„Dem Lektor scheint es nicht gut zu gehen, habe ich gehört." Lukas brachte neuen Stoff ins Gespräch.

„Er ist seit langem krank. Ich habe die Medikamente bei ihm gesehen. Ich denke, das wusste er selbst", erinnerte sich Peter an seinen Besuch bei Hugo.

„Ich fand von dem Partner von Petrocelli übertrieben, dass er fürchtete, er sei das nächste Opfer. Ich hielt das für eine Dramatisierung und glaubte wirklich nicht an diese Möglichkeit." Lukas wollte sich als Experte für das Verhalten von Francis ausgeben, aber seine Kollegen gingen nicht darauf ein.

„Ich fand es nicht unwahrscheinlich. Immerhin war er eine der Personen mit Kenntnissen über die Tatortdetails. Ich überlege nur, warum alle drei Frauen sich diese Bühne bereitet haben. Margareth hat Fabianas Tod für ihre Idee missbraucht, eventuell für den eigenen Tod, aber warum Martina das tat, ist mir unklar." Bastian versuchte seine Theorien zu präsentieren.

„Da denke ich, dass Martina lediglich an den Tod ihrer Partnerin gedacht hat. Sie hat sich nur an dem gemeinsamen Abschied orientiert. Laut Bericht ist der dritte Tatort auch nur mit den Fingerabdrücken von Martina Neboliev belegt, was eine Fremdbeteiligung ausschließt." Peter hörte die Theorien und der letzte Satz von Rosemarie schien ihm etwas in Erinnerung zu rufen, aber er kam nicht darauf.

„Egal wie, dieser Fall war sehr stressig und ich würde mich freuen, wenn in diesem Park auftaucht." Peter ging dann zur Torte, die auf seinen ersten Anschnitt wartete.

„Wünsch dir was und schneide die Torte an. Wir wollen alle ein Stück davon haben." Lukas schien am meisten Interesse an der Torte zu haben.

„Ich wurde zur Veröffentlichungsfeier von Eros eingeladen. Scheinbar wird das der Hit sein. Die Frau des Editors hat mir eine Einladung geschickt. Vielleicht haben sie dort Verwendung für meine Memoiren. Sie hat mich diesbezüglich angesprochen."

„Uh! Peter als Schriftsteller, Mann, oh Mann!" Lukas schob Peters Arm zur Torte und machte eine Geste, dass er sich auf seine Tortenstücke freute.

„Ich habe nach diesem Fall bestimmt Material für ein eigenes Buch."

32

Die Zeiger der Uhr im Empfangsraum des Schlosses schob sich auf neunzehn Uhr und pünktlich gingen die Türen zum Hermessaal auf. Dort fanden mehrere Veranstaltungen im Jahr statt und das geübte Personal stellte sich für den Empfang der Gäste bereit.

Helena stand in bester Aufmachung an der Tür und begrüßte einige Gäste, die vom Parkplatz ankamen, während ihre neue Assistentin sich um die Verteilung des hereinkommenden Stroms bemühte.

„Oh mein Gott!", rief Francis aus, als er vom Parkplatz aus Helena am Empfang sah. „Die Alte hat sich aber in Schale geschmissen."

„Wenn sie will, schafft sie es, wirklich gut auszusehen", bemerkte Eros.

Kurz hinter dem Eingangstor kam ein etwas desorientiertes Paar in sehr formeller Kleidung dazu. Peter Assmann genoss seine ersten Tage in der Rente und auf Einladung von Helena war er mit Lucy zur Veranstaltung gekommen.

„Ich kenne Sie, nicht wahr?", fragte Francis Peter Assmann, der mit seiner Frau an der Sektbar bei Eros und Francis ankam.

„Sie sind der …", Peter suchte die richtigen Worte und Francis eilte zu Hilfe.

„Ich bin Eros' Partner. Wir haben uns mal während der Ermittlungen in Ihrem Büro getroffen, denke ich." Francis war charmant wie immer und überprüfte mit entsprechender Diskretion die Garderobe von Frau Assmann.

Gloria, die ehemalige Assistentin von Lucius Vater, war bei solcher Veranstaltung immer als Ehrengast eingeladen. Sie trat selbstsicher ein und zog durch ihr lautes Lachen und ihre unüberhörbaren Begrüßungen. Sie trug ihr bestes Kleid für einen solchen Event: ein rotes und schwarzes langes Kleid in einem sehr spanischen Design, das sich kaum übersehen ließ. Als sie Eros sah, winkte und grüßte sie überschwänglich.

„Junger Eros." Luftküsse wurden zwischen beiden ausgetauscht.

„Das ist Herr Assmann." Eros hielt kurz inne, da er nicht mehr wusste, was Herr Assmann für einen Titel hatte.

„Ich bin jetzt Rentner und beabsichtige, meine Memoiren von diesem Verlag herausgeben zu lassen. Frau Grünmantel hat mich eingeladen."

„Er war der Ermittler im Fall der toten Frauen von Aubing", erklärte Francis.

Gloria blickte etwas unsicher, da sie scheinbar nicht wusste, worüber sie sprachen.

„Das habe ich nicht gesehen. Aber ich freue mich, dass du dich so gut entwickelt hast." Gloria sprach zu Eros, aber blickte zu allen in der Runde. „Als er hier zum ersten Mal hinkam, war er noch ein ganz grünes Ding in Schlabberhosen. Du bist jetzt ein richtig schöner Mann geworden..." Gloria blickte zu Francis. „... und offensichtlich leider fest vergeben."

„Ach, Gloria. Du fehlst mir. Heute wird mein neuer Roman angekündigt, aber es wäre noch schöner, wenn du diese Ankündigung gemacht hättest. Gloria ist eine hervorragende Rednerin und bei diesem Projekt meine Retterin."

„Du Schmeichler. Wer weiß, vielleicht arbeite ich wieder irgendwann mit dieser …" Gloria hielt ihren Satz geschickt unvollständig und fügte charmant hinzu: „… tüchtigen Dame. Helena ist sehr tüchtig, muss man sagen." Alle in der Runde bis auf Peter bekamen mit, dass Gloria Helena eigentlich lieber als Miststück bezeichnet hätte, aber dies blieb unausgesprochen.

„Waren auch Sie hier tätig?", fragte Peter.

„Ja. Ich war die Assistentin von Lucius Grünmantels Vater. Ein sehr edler Geschäftsmann." Peter verstand, dass Lucius damit gemeint war, aber wer Lucius kannte, wusste, dass das Lob seinem Vater galt.

„Sind Sie jetzt auch Rentnerin?", wollte Lucy, Peters Frau, erfahren.

„Nicht ganz. Ich arbeite hin und wieder hier in einigen Projekten als Beraterin. Aber bald werde ich zu der vergessenen Generation dieses Hauses zählen und meinen Abschied von der Arbeitswelt in einem Landhaus genießen. Irgendwann muss man doch in Rente gehen."

„Wir haben dich im Lilos vermisst. Aber wir haben allen von deiner Hilfe für unsere Veröffentlichung erzählt. Das war der Tagestratsch", schmollte Eros ein wenig. Francis' Augen rollten kurz nach oben und er hoffte, Eros würde das Tratschen nicht zu sehr ausdehnen.

„Ich kann nicht mehr so spät ausgehen. Ich werde schon um zehn Uhr abends müde. Ich wundere mich, dass ich durch eine Frau wie Helena ersetzt wurde. Ich dachte immer, dass ich unersetzbar wäre, aber scheinbar bekommt sie das gut hin." Gloria schaute auf die große Zahl der ankommenden Gäste und nickte zustimmend.

„Warum wundert Sie das?", fragte Lucy, die nicht mehr arbeitete, interessiert.

„Nun? Die Frau war eine langweilige Biochemikerin und ..." Gloria beugte sich geheimnistuerisch in die Runde und fuhr fort: „... ihre Saufgelage sind ziemlich berüchtigt. Ich hoffe, dass sie heute bei so viel Alkohol und Gästen noch ihre Höschen bis zum Ende der Nacht anbehält." Alle lachten und Lucy gab einen kurzen Laut von sich. Sie hob ihre kleine Hand vor den Mund und lachte herzlich über diese boshafte Bemerkung.

Gloria, die ihren Auftritt vor diesem Publikum bewusst genoss, setzte noch einen darauf.

„Bei der letzten Party im Dezember musste Lucius den Fotografen einiges bezahlen, damit sie nicht die Fotos von Helena nach ein Uhr in der Früh veröffentlichten."

„Gloria", mahnte Francis, „ich dachte, ich hätte die böseste Zunge hier."

„Ach was. Du bist noch in der Ausbildung, Schätzchen."

„Von einer Biochemikerin zur Geschäftsführerin eines Verlags ist wirklich ein gewagtes Unternehmen. Aber sie hat es wirklich sehr gut hinbekommen." Eros nippte von seinem Sekt und schaute zur Runde, die sich im Saal bewegte.

Angelika Baumer kam ohne ihre Kollegen, aber mit zwei Kameramännern. Sie war weder diskret, noch respektierte sie die private Sphäre der Gäste und drängte sich überall dazwischen, gefolgt von ihren Assistenten.

„Diese Reporterin lässt keine Veranstaltung ausfallen. Mir wäre lieber, wenn Thorsten die Berichterstattung übernommen hätte. Er ist etwas professioneller und nicht so aufdringlich." Eros rümpfte seine Nase in Richtung Angelika Baumer.

„Ja, ja, Schätzchen, und er ist ein Meter achtzig groß und wenn dein Mann nicht hinguckt, bietest du ihm ein privates Interview", scherzte Gloria.

„Gloria!?", protestierte Eros und hielt dabei Francis' Ohren zu.

„Ich erzähle Gloria gleich etwas über misslungene Männeranbahnungen", warnte Francis und hob dabei die Augenbrauen und Eros, der befürchtete, dass Gloria über sein Verhältnis zu Lucius lachen würde, wechselte sofort das Thema.

„Uh, der DJ spielt jetzt Sixties."

Die Musikanlage wurde sanft lauter gestellt und der anfängliche Swing aus den fünfziger Jahren wurde durch sechziger Motown ersetzt.

Der Saal war sehr blumig dekoriert und das Catering kam dem Auftrag, die Gäste abzufüllen, bestens nach.

„Ich bekam nur mit, dass Helena scheinbar eine sehr strenge Chefin sein muss. Sie hat immer neue

Assistentinnen. Ist sie wirklich sehr streng?", wollte Peter wissen.

„Huhm?", überlegte Gloria. „Neh. Sie will nur nicht, dass man zu viel über ihre Geschäfte weiß. Jedes Mal, dass eine Assistentin zu viel über die Interna der Firma lernt, wird sie ersetzt. Ich wusste zu viel und war in drei Monaten nach ihrem Eintritt in die Geschäftsleitung weg. Es ist nur ihre Art. Man sagt ja: ‚Vorsicht ist die Mutter der Porzellankiste'. Scheinbar nimmt sie diesen Aphorismus sehr ernst."

„Apropos Aphorismen, Francis macht mir Lernkarten mit Aphorismen, damit ich meinen Wortschatz verbessere." Eros streichelte seinen Partner, nachdem er das gesagt hatte.

„Ich hoffe, dass dein Buch für die Leser genauso witzig ist wie das erste. Ich musste mich anstrengen, bei all den Lachanfällen, die ich beim Lektorieren bekam, schneller zu arbeiten", sagte Gloria charmant.

„Es war nicht einfach. Wir merkten leider nicht, dass Hugo so krank war, und dadurch hat sich unser Projekt etwas hingezogen. Er wollte am Ende nur lyrische Beschreibungen lesen und wir waren bereits bei morbiden Texten vom Niveau Hemingways angelangt. Aber das haben wir mit deiner Hilfe gut zu Ende gebracht. Wir haben eine ursprüngliche Version des Romans benutzt und Lucius war vom Ergebnis unserer sechzig Arbeitsstunden begeistert", gab Francis voller Stolz auf seine Arbeit von sich.

„Oh, der arme Hugo. Sein Tumor wurde sehr unterschätzt. Ich habe nicht viel von der letzten Zeit mitbekommen." Gloria erinnerte sich an ihre Zeit, in der sie mit Hugo zusammengearbeitet hatte.

„Waren Sie Kollegen?", wollte Peter wissen.

„Oh ja. Wir waren die besten Kollegen hier. Leider ist er mit dem Wechsel in der Geschäftsführung zu einem externen Angestellten geworden und auch wegen seiner Krankheit war klar, dass er hier nicht mehr in Vollzeit arbeiten dürfte."

„Er war krank. Das war mir neu. Eigentlich haben wir erst davon erfahren, als er ins Krankenhaus eingeliefert wurde. Manchmal war er auch sehr jähzornig." Eros fühlte sich immer noch etwas unbehaglich wegen der Ereignisse.

„Er wäre auch nicht vom Notdienst geholt worden, wenn es nur ein Auawehwehchen wäre." Francis rollte mit seinen Augen, als er merkte, dass Eros sich nur oberflächlich mit Hugos Zustand auskannte.

„Krank ist zu viel gesagt. Er hatte nur ein Tumor, der scheinbar zu groß wurde. Das wussten wir bereits vor dem Projektanfang", informierte Gloria.

Peter wurde von dieser Information sehr überrascht und versuchte sich an sein Interview mit Hugo erinnern. Er hatte zwar wahrgenommen, dass Hugo sich etwas zu hypochondrisch verhielt, aber es war ihm nicht seine Krankheit aufgefallen. Er zog die Möglichkeit in Betracht, dass der Tumor wahrscheinlich sein abweisendes Verhalten erklären könnte.

„Ach schau, wer da ist!?", rief Gloria.

Eberhard war der ehemalige Anwalt des Verlags und gehörte ebenfalls zu den alten Eisen, die jetzt in Rente gingen. Diese alte Generation jedoch besaß die besten Verbindungen zu Buchhändlern, darum vergaß Helena nicht, sie stets zu Veranstaltungen einzuladen. Er kam mit feinen italienischen Schuhen, die auf Hochglanz poliert waren, auf die Gruppe zu.

„Gloria. Was für eine Perle du bist! Wenn ich nicht verheiratet wäre, würde ich dich sofort anbaggern. Halt! Ich bin nicht verheiratet", alle lachten.

„Das ist Herr Assmann und seine Frau, und Eros und seinen Francis kennst du noch, oder?" Gloria übernahm wie immer die Vorstellung in der Runde.

Eberhard prostete allen mit seinem Sektkelch zu.

„Heute bist du der Star hier. Um was geht es in deinem Buch?", wollte er erfahren.

„Nicht nur ich. Francis wird auch vorgestellt", erklärte Eros.

„Wir haben die ursprüngliche Version des Buches in Eros' Stil als ‚Blutige Tage einer Hure' herausgegeben und ich übernahm die letzte Version vom ‚Zauberspiegel' und die ist jetzt als mein erstes Buch herausgegeben worden. Angelika Baumer weiß darüber noch nichts. Bitte Vorsicht", klärte Francis auf, stolz über seine erste Ausgabe, aber auch etwas verschämt wegen des billigen Titels des neuen Eros-Buchs.

„Vergiss es, Francis. Sie ist bereits hinter der Bühne und macht Fotos von den Deckblättern. Die Überraschung des

Abends ist vorbei." Gloria machte unmissverständlich klar, dass sie die Reporterin nicht mochte.

„Da schau her. Lucius hat doch etwas aus dem Schaden gemacht", sagte Eberhard.

„Was für ein Schaden?", wollte Peter wissen.

„Nun, Hugo war krank, darum haben wir das Projekt ‚Zauberspiegel' mit Eros als Autor versichert. Sollte Hugo während des Projektes eines natürlichen Todes sterben, hätte es keinen Versicherungsanspruch gegeben. Da Hugo in Folge seines Drogenkonsums starb, wurde dies als Versicherungsfall gemeldet. Die Entschädigung deckt bestimmt die Kosten und aus einem Projekt sind zwei Bücher entstanden. Das ist unter dem Strich bestimmt ein Plus für den Verlag. Schade nur um den armen Hugo."

„Ist Hugo tot?", fragte Francis überrascht.

„Leider ja. Er ist vor zwei Stunden von uns gegangen. Drogen können keinen Tumor heilen und in seinem Fall haben sie scheinbar sogar den Wachstumsprozess beschleunigt. Traurig. Er war ein netter Kerl."

Peter erfuhr von dieser Versicherung zum ersten Mal und dachte daran, dass Versicherungssummen schon in manchen Mordfällen von Relevanz waren, da sie durchaus ein Leitmotiv eines Mordes sein können, aber da die Opfer die drei nicht versicherten Frauen waren und Hugo nichts damit zu tun hatte, konnte Peter keinen Zusammenhang sehen.

„Er nahm Drogen?" Francis war schockiert.

„Tumore sind angeblich schmerzhaft und wenn dazu noch im Kopf, sind noch andere wenig angenehme Symptome dabei. Ich verurteile ihn deswegen nicht. Ich hoffe, Sie als ehemaliger Polizist haben dafür Verständnis. Ich denke, von allen früheren Kollegen habe ich noch am meisten Kontakt mit ihm gehabt. Ich besuchte ihn noch im Krankenhaus und dort sagte mir der Arzt, dass Hugo zu viel Halluzinogene und Schmerzmittel genommen hatte. Ich wusste davon nichts, aber scheinbar hatte er sie in seinem Teevorrat versteckt."

„Ich war Ermittler. Kein Polizist", erklärte Peter, wie wenn er sich entschuldigen wollte. „Wie lange ist er krank gewesen?", setzte er dann nach.

„Seit drei Jahren ungefähr. Als der Wechsel in der Leitung kam, sind wir, die Alten, alle nach Lucius' Willen ersetzt worden." Eberhard sprach seine Verbitterung zwar nicht aus, aber sie war trotz seines Lächelns nicht zu übersehen.

„Wie kamen diese Wechsel zustande? Ist der Vater von Herrn Grünmantel in Rente gegangen?" Peter war überrascht, wie wenig er über diesen Verlag wusste.

„Die Ärzte meinten, dass er dement oder altersmüde sei. Er litt an Erinnerungslücken und als er zu halluzinieren anfing, habe ich das im Sinne des Unternehmens Lucius gemeldet. Leider hatte ich damit hier auch meine eigene Karriere beendet", erklärte Gloria mit Elan und es klang fast so, als wäre sie trotzdem mit dem Zustand zufrieden.

„Übrigens, Sie bekommen von mir eine Einladung für kommende Woche. Jetzt fällt mir ein, Helena macht mit Ihnen dieses Biografie-Projekt. So lernt man sich kennen."

Eberhard sollte noch dieses Projekt mit Peter Assmann führen.

„Singst du für uns heute?", wollte Gloria wissen.

„Gewiss. Wir müssen zur Bühne, Francis. Unsere Romane werden bald vorgestellt", sagte Eros zu Francis, um ihn abzuholen, und beide verabschiedeten sich kurz.

Gloria Gaynor trällerte aus dem Lautsprecher und der DJ bereitete offenbar langsam einen Wechsel in die Achtziger vor, bevor Eros annonciert würde.

Gloria tänzelte bereits mit einigen früheren Bekannten nahe der Bühne und Helena schwitzte wie sonst unter den starken Lampen auf der Bühne. Lucius, der immer noch eine Krawatte zu binden versuchte, gab auf und ließ sich von der neuen Assistentin helfen. Peter und Lucy standen noch neben Eberhard, der scheinbar gerne redete.

Das Mikrophon pfiff laut und mit einem Krächzen endete die Musik und Helena klopfte lässig auf das Mikrofon.

„Einen schönen Abend möchte ich allen wünschen. Heute stellen wir zwei neue Romane vom Mayer Verlag vor."

Ein Murmeln ging durch die Menschenmenge, die mittlerweile über dreihundert Gäste zu zählen schien. Der Saal war voll und trotzdem kamen immer noch einige Gäste. In der Garderobe stapelten sich Taschen und Mäntel und die drei Studenten und die Studentin, die dort arbeiteten, waren bereits am Ende ihrer Kräfte.

„Eros Petrocelli", sprach Lucius emphatisch und Eros kam auf die Bühne. Ovationen und Pfiffe erfüllten den Saal.

Helena stellte mit einigen weniger bedeutenden Worten die Bücher vor. Links von der Bühne waren zwei Türme von Exemplaren aufgestellt und sechs Verkäufer standen fleißig da und händigten die Exemplare für die Unterschriftsstunde aus.

Einige Gäste monierten, dafür bezahlen zu müssen, andere waren eher interessiert, ihre Exemplare noch zu bekommen, aber insgesamt schien alles harmonisch abzulaufen.

Eberhard, der ehemalige Anwalt des Verlags, hatte sich in der Zwischenzeit von Peter und seiner Frau verabschiedet und unterhielt sich mit zwei Damen an der Sektbar. Gloria stand nah an der Bühne und Peter und Lucy schauten gespannt, wie eine Buchvorstellung wohl ablief.

„Ich hoffe, dass dein Buch auch mit solch einer Präsentation herauskommt. Es ist schon spannend", murmelte Lucy etwas hoffnungslos. Eros war ein Publikumsmagnet und er brachte seit Jahren seine Anhängerschaft mit. Da war ihr auch bewusst, dass Peter dafür vorher einiges würde leisten müssen.

„Ich glaube nicht, dass eine Biografie von einem Ermittler so viel hergibt, aber einige meiner Fälle waren sehr interessant."

Wieder pfiff das Mikrophon und diesmal war Lucius ganz vorne und sprach geschickt zum Publikum.

„Meine Damen und Herren, wir alle haben fast zwei Jahren gespannt auf diese neue Veröffentlichung gewartet und es ist uns mit besonderem Einsatz gelungen, ein neues Exemplar aus der kreativen Welt des Eros Petrocelli zu präsentieren."

Es folgte eine Applauswelle, die fast etwas künstlich klang. Dabei bemerkte Francis, dass tatsächlich ein Teil des Applauses von der DJ-Anlage kam. Er lächelte etwas verlegen, da er bis zu diesem Tag zuvor nie auf einer Bühne gestanden hatte.

„Mit besonderer Freude präsentieren wir auch das erste Werk von Eros' Muse und treuem Begleiter Francisco Moraes Figuera, unserem lieben Francis. Beide Autoren signieren für Sie nach der Vorstellungsstunde."

Nochmals folgte ein mechanischer Applaus und diesmal applaudierten mehrere der Gäste mit, die sich dazu verpflichtet fühlten, und Eros trat nach vorn und lächelte voller Elan seinen Fans zu. Scheinwerfer erloschen und vier Spots leuchteten in voller Kraft wie kosmische Strahlen auf den kleinen Eros, der durch diesen Effekt besonders groß wirkte.

Lucius zog Francis kurz zur Seite und es ging Musik an. Eros sang einen alten Hit und die Mädels im Publikum kreischten verzweifelt nach jedem seiner erotisierenden Hüftschwünge. Er rieb mit seiner Hand über die sichtbaren Brusthaare und eines der Mädchen in der ersten Reihe fiel in Ohnmacht. Ordnungspersonal kam zu ihrer Rettung und während das etwas beleibte Mädchen hinausgetragen wurde, tänzelte Eros für seine Fans. Als das Lied zum Finale ansetzte, schob Lucius Francis zur Bühne und dieser stand, ohne zu wissen, wie ihm geschah, vor Eros, der sich hinkniete und etwas aus seiner Tasche holte. Als das Publikum bemerkte, dass es sich um einen Verlobungsring handelte, steigerten sich die

Schreie ins schier Unermessliche und zwei weitere Mädchen fielen zu Boden. Mit einem Kuss, den Francis eigentlich nicht wollte, endete die Vorstellung und Lucius kam lächelnd und applaudierend zur Bühnenmitte. In seinen Augen glänzten die kommenden Verkaufszahlen. Die Presse fotografierte wie im Rausch jeden Moment dieser Vorstellung.

Angelika Baumer war trotz der beiden Assistenten in eine Menschentraube geraten und konnte kaum die Bühne sehen. Ihre Kameramänner hievten die Kameras in die Luft und versuchten dadurch, so viel wie möglich von der Show mitzunehmen.

„Presse, Presse!", schrie Angelika Baumer und versuchte sich einen Weg bis zur Bühne zu bahnen.

„Wieso habe ich das nicht vorher erfahren?", heulte Angelika Baumer nutzlos in die Menge.

Viele Tabus wurden mit Eros' Geste gebrochen und diese wilden Zeichen der neuen Welt und seine Laszivität motivierte viele Fans, sich in diesem Moment ihren Geliebten im Publikum hinzugeben und anstatt der Vorstellung zu applaudieren, heulten sie und machten sich Liebesversprechungen.

Angelika Baumer, die kaum bis zwei Meter vor die Bühne kam, hatte plötzlich eine Idee.

„Filmt und fotografiert die Pärchen!" Als sie merkte, dass ihre Assistenten immer noch Richtung Bühne wollten, schrie sie: „Sofort diese Pärchen interviewen!"

Tags darauf sollte dann dieser Abend in der Presse als der Tag der neuen Liebe gepriesen werden, mit zahlreichen

Fotos der Gäste und einigen Interviews mit heulenden Mädchen.

Der DJ, der sich der Situation bewusst war, setzte seinen mechanischen Applaus auf doppelte Lautstärke und dimmte die Lichter auf halbe Stärke.

„Liebe Freunde, Fans und Liebende ..." Das Publikum, das nicht besonders jung war, verhielt sich wie Pubertierende und kreischte mit. „... mit meinem Buch ‚Blutige Tage einer Hure' bringe ich eine neue Art der Femme fatale in die Literaturwelt. Sie ist rachsüchtig und sie ist gnadenlos, weil die Welt sie so gemacht hat. Genießt die letzten Tage eines Rachezuges einer unerschrockenen Mörderin."

Bereits nach dieser kurzen Ankündigung war der Turm mit seinen Werken zur Hälfte abgetragen und Helena befürchtete, dass die bestellten Exemplare nicht für das Publikum ausreichen würden. Die aktuelle Assistentin huschte mit zwei Liefermännern zwischen den Lieferwagen und dem aufgestellten Turm hin und her und versuchte dabei, die herablassenden Blicke der furchteinflößenden Chefin zu übersehen.

„Meine Lieben!", rief Eros noch in das Publikum. „Mein Partner und meine Muse ist etwas schüchtern." Lange Ohhs folgten und einige lächelten. „Sein Werk ist ein lyrisch und anspruchsvoll geschriebenes Werk. Dies widmet er dem verstorbenen Hugo van Hülsen, unserem lieben Freund und Lektor, der von uns gegangen ist. Lebe wohl, lieber Freund!" Einige Personen waren sehr gerührt von dieser Nachricht, auch wenn sie sich kaum vorstellen konnten, wer überhaupt Hugo war oder was ein Lektor mit dem Werk zu tun hatte. Francis hätte am liebsten Eros eine Schelle für diese Übertreibung verpasst, sah aber die Notwendigkeit ein.

„Einige Worte zu meinem Werk möchte ich trotzdem verlieren", hob Francis an. „Der Zauberspiegel ist auch die Geschichte einer Mörderin in einem Liebesdreieck, aber von der anderen Seite der Geschichte von Eros. Er schrieb in seinem Stil vom Diesseits und ich vom Jenseits, der Traumwelt. Ich bin sicher, dass Sie beide Werke genießen und auch beide Seiten der Geschichte spannend finden werden." Francis fing an zu zittern und seine Stimme begann zu versagen. Er übergab in diesem Moment das Mikrofon an Lucius und bewegte sich mit Eros zum Autogrammtisch.

Die Bücher wurden fast ausverkauft und die letzten Exemplare lagen auf dem Tisch aufgestapelt und die Türme waren längst abgebaut und von den zufriedenen Buchhändlern und Fans abgekauft worden.

Die Nacht war fast vorüber und Gloria kam zu Eros und Francis, um sich zu verabschieden.

„Mir reicht es völlig. Ich werde es nicht bis zur Hauptattraktion schaffen." Sie zog ihr Kinn in Richtung Helena, die bereits um diese Zeit leicht torkelte und inmitten einer Traube junger Männer laut lachte.

„Ich rufe dich morgen an und werde in allen schmutzigen Details von der Blamage berichten", sagte Eros belustigt.

„Lasse bitte keine Details aus. Ich will Fotos und wenn sie kotzt und sich mit diesen Buben vergnügt …", da unterbrach Francis ihren Redeschwall: „… benutzen wir das dann als Vorlage für das nächste Werk von Eros." Alle lachten, bis ihnen fast die Luft ausging.

Peter, der sich in diesem Umfeld ein wenig verloren vorkam, und Lucy, die auch etwas eingeschüchtert war, wollten sich auch verabschieden.

„Wir sollten auch packen. Ich bin solche Veranstaltungen noch nicht gewöhnt. Es ist wirklich sehr schön", sagte Peter zögernd.

„Er ist meschugge und das letzte Mal, dass er mich ausgeführt hat, war der Josef Strauß noch im Amt", lachte Lucy und verabschiedete sich von den beiden jungen Männern.

„Bedeutet das alles, dass das Buch, das ich gelesen habe, dann gar nicht herausgegeben wurde?", wollte Peter noch erfahren.

„Doch. Nur nicht in einem Buch, sondern in zwei. Die erste Version, die von Eros etwas verrucht und mit vielen derben erotischen Details geschrieben wurde", führte Francis aus und fuhr dann fort: „Und meiner Wenigkeit blieben die leicht lyrischen Beschreibungen mit Kerzenleuchtern von berühmten Skulpteuren et cetera."

„Ich habe die beiden Bücher gekauft und werde sie mir zu Gemüte führen. Ich verabschiede mich nur noch von Helena."

Alle winkten und Francis musste noch eine Bemerkung loswerden:

„Er muss sich beeilen, weil der linke Träger von ihrem Kleid bereits verdächtig runterrutscht." Wieder lachten alle und Peter und Lucy, die dies von der Ferne mitbekamen, winkten nochmals ein Auf Wiedersehen.

„Ich glaube, es wäre unpassend, sie jetzt in diesem Kreis zu stören", sagte Lucy.

„Ich glaube, dass du Recht hast."

„Wie immer", lächelte sie.

In diesem Moment sah Peter zu einem Spiegel im Hintergrund des Raumes hinüber, der ein verzerrtes Bild der lachenden Helena und einer Gruppe von Männern wiedergab, und er schauderte, als er erkannte, dass im Spiegel das Gegenteil einer harmlosen Trinkerin zu erkennen war.

Ein besonderer Dank an alle, die mich mit Kritiken und neuen Ideen in den zahlreichen Besprechungen unterstützt haben.

Insbesondere bedanke ich mich bei den Gästen meiner Lesungen, die mich immer wieder motivieren, neue Romane herauszugeben.

Weitere Veröffentlichungen des Autors

Deutsche Romane

- Altreia, Drama, 1998
- Geheimnis der verdorrten Rosen, Mystery, 2009 – Reimo Verlag *
- Virtuelle Liebe, Kurzroman, Thriller, 2016 *
- Paloma, Kurzroman, Thriller, 2016 *
- Die Muse, Kurzroman, Erzählung, 2016 *
- Post Mortem Kino, Roman, Drama, 2016 *
- Die Heilerin, Roman, Thriller, 2017 *
- Geheimnis der verdorrten Rosen, Mystery, 2017 (neue Version) *
- Das Zauberspiegel des Eros, Roman, Thriller, 2017 *
- Das Tal, Roman, Thriller, 2017 *
- Jahreszeiten der Sünde, Roman, Thriller, 2018 *

Englische Romane

- Virtual Affairs, 2018 *

Deutsche Hörspiele

- Paloma, 2018

Kunstkataloge

- Geliebter Vater, 1995 *
- The new Artist, 1996 und 1997
- Liebe in Stücken, 2009 *
- Kunstkatalog, 2010
- Liebe in Stücken, Edition II, 2016 *
- Kunstkatalog, 2017 *
- Kunstkatalog, 2018 *

(*) Gelistet in der Deutsche National Bibliothek